우리 신화로 풀어보는 글쓰기

숨어 있는 보물,
우리 신화를 창의적 상상력의 지렛대로!

우리 신화로 풀어보는 글쓰기

최성철 지음

책읽는귀족

글쓰기가 더 재미있고 쉬운 일이 되기를

● 주몽이 새로운 나라를 세우고자 부하들과 함께 부여를 탈출하여 압록강에 이르렀을 때, 부여의 군사들이 그들의 바로 뒤까지 쫓아왔다. 강 앞에 선 주몽은 당황했다. 배 한 척 보이지 않았다. 주몽은 채찍을 들어 하늘을 가리키며, 큰 소리로 울부짖었다. 그리고는 가지고 있던 활로 압록강을 내리쳤다. 그러자 갑자기 물고기와 자라 떼가 몰려와 긴 다리를 만들어주었다. 주몽 일행은 무사히 강을 건넜고, 부여의 군사들이 강을 건너려 하자, 다리를 만들고 있던 물고기와 자라 떼가 순식간에 사라져버렸다. 다리 위에 있던 군사들은 모두 물에 휩쓸려 죽고 말았다…….

(이 이야기는 고구려 건국의 주인공 주몽 신화 중 일부이다.)

● 이집트에서 탈출한 이스라엘 백성들을 이집트 군사들이 쫓기 시작했다. 모세는 당황했다. 그들을 이끌고, 약속의 땅 가나안으로 들어가려면 아직 갈 길이 멀었는데, 눈앞에는 시퍼런 바다가 가로막고 있질 않은가. 모세는 양팔을 들고 하늘을 향하여 울부짖었다. 그리고는 가지고 있던 지팡이로 바닷물을 내리쳤다. 순식간에 바다가 갈라지고, 모랫바닥이 드러나기 시작했다. 사람들이 무사히 바다를 다 건너자, 갈라진 바다가 다시 붙기 시작했다. 그들을 뒤따라오던 이집트의 군사들은 모두 물에 휩쓸려 죽고 말았다…….

(이 이야기는 백성들을 데리고 이집트를 탈출하여 홍해를 건너던 모세의 출애굽기 중 일부이다.)

신화를 읽다 보면, 동서양의 역사적 사건들이 유사하게 전개되었음을 보고, 신화가 가지는 교훈성과 그 시사하는 바에 대하여 많은 생각을 하게 된다. 서로 다른 측면에서의 공통점을 비교한다는 것은 무리가 있지만, 벌어졌던 신비한 사건의 그 유사성에 대하여, 그것도 연대와 지역이 전혀 무관한 것이었음을 볼 때, 지금에 와서 느껴지는 것은 무엇일까.

동서양의 태곳적 신화는 서로가 닮은 점이 많다. 천지창조부터가 그렇다. 커다란 암흑 덩어리에서 신들이 나타나 세상을 만들고, 해와 달을 만들고, 구름과 바람을 만들고, 사계절을 만들었다. 우리나라 환인과 그의 아들 환웅의 이야기지만, 서양 신화의 천지창조도 이와 비슷하다. 천지창조란 동양에서나 서양에서나 그렇게 진행될 수밖에 없었겠지만, 동서양을 통틀어 인간의 삶이 신화를 바탕으로 시작되었다는 것에 신화의 중요한 의미가 있음은 부정할 수 없는 사실이다.

신화라는 것이 지금은 하나의 화석화된 이야기로 우리 곁에 있지만, 그것이 눈물겨운 것이었든, 맹랑한 것이었든, 손에 땀을 쥐게 하는 것이었든, 한바탕 웃음을 주는 것이었든, 그리고 그 주인공들이 영웅이었든, 무당이었든 읽어볼 때마다 흥미롭고 풍요롭게 느껴지는 것은 그만큼 우리의 생활과 어느 면으로든지 관계가 있기 때문일 것이다. 신화와 그 주인공들에게 고마워할 일이다.

영혼을 깨우고 살찌우게 하는 글쓰기

이번에 이러한 우리나라 신화와 설화에서 10개를 추려서 『우리 신화로 풀어보는 글쓰기』를 만들었다. 우선은 1) 각각의 이야기마다 그 내용을 간단히 정리하고, 그 배경과 의미를 돌이켜봄으로써 현존하는 신화에 대한 이해를 돕도록 하였고, 2) 그 내용을 통하여 좋은 문장과 그렇지 못한 문장을 만들어 비교 설명함으로써 올바른 문장 만들기에 도움이 되도록 하였으며, 3) 보다 재미있고, 흥미로운 글쓰기 실습을 위하여 신화의 이야기들을 살짝 비틀거나 뒤집어서 새로운 이야기들을 만들어 보았다.

이를 통하여 다양한 창작의 기회를 제공하고, 새롭고 신선한 상상력의 세계 속으로 날아다녀 볼 수 있는 공간을 제공하였다. 또한, 4) 맞춤법과 표준어에 대한 많은 사례를 통하여 글 쓰는 데 있어서 실무적인 도움이 되게 하였으며, 5) 어떻게 하면 글의 소재를 찾을 수 있을까, 어떻게 하면 그것을 글로 잘 표현할 수 있을까 하는 문제를 여러분과 같은 눈높이를 가지고 고민해보았다. 이는 영혼을 깨우고 살찌우게 하는 글쓰기가 되리라 믿는다.

글을 쓴다는 일은 말을 하는 것보다 열 배, 아니 백 배는 더 어렵다. 생각도 많이 해야 하고, 시간도 많이 든다. 그러나 글이란 투자

한 만큼 반드시 좋은 모습으로 나타나게 되어 있다.

이 『우리 신화로 풀어보는 글쓰기』는 일반인뿐만 아니라, 청소년을 위한 것이기도 하다. 누구라도 읽고, 글의 소재를 생각하고, 글을 쓰는 일에 도움이 되도록 꾸며보았다.

신비롭고 흥미로운 우리 신화 이야기를 통하여 글을 쓰는 일에 더 재미있고 쉽게 접근하는 계기가 되었으면 한다.

2018년 12월
압구정 작업실에서
최성철

옛 향기

—

어렸을 적 먹었던 사과의 맛을 가만히 생각해보면
씹을수록 고구마같이 고소하여 지금도 입속에 감도는
그 추억의 맛있는 한 조각
어머니, 요즈음 사과는 옛날 같지가 않아요,
그때는 먹을 것이 귀해서 그랬지,
어머니 말씀이 여전히 귓가에 남아 있고
내 입맛이 변한 것일까
분명히 옛날이 한결 맛있었던 유년의 한두 점 기억들이
쪼개진 유리알처럼 맴돌고 있는 내 입속은
영악하게 과거의 식감을 찾아내고
아직도 강하게 부정하고 싶은 지금
몇 가지 확연하기도 불명하기도 한
머릿속 한구석에 쌓인 내 셀로판지 영상들
모처럼 그 그리운 것들의 향기

- 최성철

숨어 있는 보물, 우리 신화를 창의적 상상력의 지렛대로!

창조적 만남,
신화와 글쓰기를 동시에 배우다!

차례

I

단군 신화

우리나라 건국의 신, 단군

신화의 내용

우주 만물의 신 환인에게는 여러 명의 아들이 있었다. 그중에서 환웅은 가장 똑똑하고 영리하였다. 아버지 환인의 지시에 따라 환웅은 하늘과 땅을 만들었다. 어느 날 환웅은 아버지에게 인간 세상에 내려가 살게 해달라고 부탁하였다. 아버지 환인의 허락을 받고, 그가 내려온 곳은 태백산(지금의 백두산)이었다. 그는 태백산 정상에 있는 신단수 밑으로 내려왔다.

그가 내려올 당시, 아버지 환인은 그에게 천부인(天符印) 세 개를 주었는데, 이것은 당시 인간 세상에서는 볼 수 없었던 거울과 구슬, 그리고 칼이었다. 환웅은 그 외에 바람과 비와 구름을 다스리는 기능신들을 포함하여 3천 명의 신들을 거느리고 인간 세상으로 내려왔다. 그가 거느린 신들은 모두 인간 세상에서의 삶을 관장하고 다스리고 잘 살아갈 수 있도록 하는 능력을 갖추고 있었다. 이같이 환웅이 태백산에 내려와 나라를 열었으니, 이것이 곧 신시(神市)였다. 환웅은 리더십과 통치력을 발휘하여 나라를 평안하게 다스렸고, 계층 간 소통을 원활히 하여 백성들을 잘 이끌었다.

어느 날 환웅이 인간 세상을 거닐고 있을 때, 우연히 굴속에서 같이 사는 곰 한 마리와 호랑이 한 마리를 발견하게 되었다. 이들은 서로 사랑하는 사이로, 같이 사람이 되기를 빌면서 굴속에서 생활하고 있었다. 이를 안타깝게 지켜본 환웅은 그들에게 쑥 한 줌과 마늘 스무 개를 주면서, 백일 동안 이 굴속에서 이것만을 먹으면서 햇빛을 보지 않고 견디어 낸다면 사람이 될 수 있다고 하였다.

이 이야기를 들은 곰과 호랑이는 몹시 당황하였다. 어떻게 우리 같은 육식동물이 오로지 쑥과 마늘로, 그것도 아리고 맵고, 맛없는 그것으로, 더군다나 백 일 동안씩이나 먹고 살 수 있을까, 그래야만 사람이 될 수 있다니. 너무나 황당무계한 일이었지만, 그들은 사람이 되고 싶은 욕망에 환웅의 제안을 받아들이지 않을 수가 없었다.

그러나 채 백일도 되지 않고, 결론이 나버렸다. 곰은 환웅과의 약속을 지킨 지 21일 만에 여자의 몸이 되었다. 드디어 학수고대하던 사람이 되었다. 그러나 호랑이는 시작 20일 만에 동굴을 뛰쳐나오고 말았다. 인내심이 부족한 탓이었다. 단 하루만을 더 견뎠더라면 나도 사람이 되었을 텐데……. 웅녀(熊女)로 변한 곰의 모습을 보며, 호랑이는 눈물을 흘리며 가슴을 치고, 땅을 쳤다. 자신을 수도 없이 원망했으나, 이미 엎질러진 물이었다.

인간이 된 곰, 웅녀도 기쁘지만은 않았다. 사랑하는 짝을 잃었기 때문이었다. 그녀는 매일매일 호랑이를 생각하면서 슬픔에 잠겨 있었다. 그녀는 호랑이가 보고 싶어서 종일 그 동굴 앞에서 서성거렸다. 이 모습을 딱하게 지켜본 환웅은 잠시 인간의 모습으로 변신하여 그녀와 결혼하였고, 웅녀가 임신하여 아들을 낳으니, 그가 곧 우리나라를 세운 단군(환검)이다.

환검은 아사달(지금의 평양으로 추정)에 도읍하고, 나라 이름을 조선이라고 정했다. B.C. 2333년의 일이었다. 이 단군 조선은 무려 1,500년 동안이나 계속되었다. 단군이 왕위에서 물러났을 때는 이미 신선이 되었으며, 그때 나이가 1,908세였다고 한다.

환검은 할아버지 환인과 아버지 환웅의 뜻을 받들어 사람, 하늘, 땅, 이 세 가지를 삶의 근본으로 삼았다. 환인처럼 세상을 광명으로 다스리고, 평화롭게 만들었다. 환인이 지상에 세운 나라를 환국이라고 하는데, 환국은 9개의 부족으로 나누어진다. 그중 곰족이 다

스리는 나라를 단국(檀國)이라고 하는데, 이는 '밝은 나라'라는 뜻
이다. 단군이 다스리는 나라가 곧 단국이며, 단국이라는 말에는 '아
침 빛의 나라'라는 의미가 있어서 조선(朝鮮)이라고도 한다.

신화의 배경과 의미

단군(환검)의 통치 정신은 '널리 인간을 유익하게 만든다'는 뜻
으로, 홍익인간이다. 홍익인간이란 단군의 건국이념으로 우리나
라 정치, 사회, 교육, 문화에 있어서 최상위에 있는 이념이다. 무려
4천여 년 전에 만들어진 이러한 건국이념은 대한민국이 존재하는
한, 무한하게 계속되고 계승 발전되어 갈 것이다. 그렇기에 단군의
건국신화는 그 어느 나라의 신화보다도 거시적이며, 미래지향적인
것이라고 볼 수 있다.

단군(환검)이 통치한 지역을 보면, 한반도 전체는 물론, 지금의
만주 및 중국 본토 지역에까지 그 위세가 미쳤다. 그랬으니, 이 지
역에 있었던 말갈족이나 여진족 등이 모두 단군(환검)의 후손이 되
는 것이며, 이 광활한 지역 역시 태고의 우리나라 땅이었음에는 이
견이 없을 것이다. 또 단군은 나라와 백성을 올바르게 다스리기 위
하여 필요한 법을 만들어 시행했다고 한다.

남녀가 서로 시기하지 말고 음탕하지 말라, 서로 사랑하고 돕되 죽이지 말라, 약한 자를 업신여기지 말고, 낮은 자를 깔보지 말라, 사람을 다치게 하지 말고, 하늘의 뜻대로 살라, 하늘을 경배하고 백성을 사랑하면 영원한 복을 누릴 것이다, 등등 통치의 근간이 되는 법을 만들어 공표하였는데, 이를 '환검 8조법'이라고 부르기도 한다.

환웅과 환검은 지(智), 덕(德), 용(勇)을 골고루 갖춘 지도자들이었으며, 최초로 나라를 세웠으니 도전정신을 가진 개척자들이었음이 확실하다. 그들이 여전히 우리 마음 깊이 존재한다는 사실이 그것을 입증해준다.

아직도 지방의 농사짓는 곳에 가보면, 마을이나 집에서 중요하고 큰일을 앞둔 경우, 제사를 드리거나 고사를 지내는 경우가 있다. 사람들은 어른, 아이 할 것 없이 넓은 상 위에 갖가지 음식과 술, 그리고 돼지머리를 놓고 절을 하며 행운과 건강을 빈다. 한 해 농사를 잘되게 해달라고, 적당한 비와 바람과 햇빛을 허락해달라고 하늘과 땅에 있는 신에게 드리는 민속 고유의 행사이기도 하다. 무당을 불러서 한바탕 굿을 벌이기도 한다. 그 대상은 단군과 같은 이러한 조상신이기도 하고, 어느 불특정한 마음의 신이기도 할 것이다.

이러한 의식을 치르고 난 후에, 사람들은 밥을 먹기 전에 음식을 땅에 놓으며 "고시례!" 하고 외치는 경우가 있다. 왜 그럴까? 여기에는 몇 가지 설이 있다. '고시례(高矢禮)'라는 말은 주로 벼농사를 하는 지역에서 하던 관습적 행위에 따른 말인데, 고대 중국의 하왕조 신농씨 시대에 '고술해'라고 하는 사람이 새로운 농사법을 개발했던 것을 기리기 위하여 나온 관습이라는 설이 그중 하나이고, 다른 하나는 환웅에 관한 이야기다.

환웅이 인간 세상에 내려와서 인간에게 농사짓는 법과 가축 기르는 법, 그리고 불을 만드는 법을 알려주어야 했는데, 고시(高矢) 씨를 불러서 이를 알려주었고, 고시 씨는 이를 다시 많은 사람에게 가르쳐 널리 전파했다는 것이다. 농사짓는 법, 가축 기르는 법, 불 만드는 법은 먹고 사는 데 있어서 가장 중요한 수단이었다. 그러므로 고시 씨의 이러한 기여는 길이길이 기려도 부족함이 없는 것이 사실일 터, 고시례, 하고 외치는 것은 이러한 고시 씨에 대한 감사의 표현과 그를 통하여 액운을 쫓고 행운을 부르겠다는 일종의 주문이 아니겠느냐는 생각이 든다.

생각해보면, 환인, 환웅, 환검으로 이어지는 우리 단군 신화는 구약성경의 여러 부분과 유사하다. 종교적 측면을 떠나 신화라는 것이 가지는 일반적 특징이라고도 할 수 있겠지만, 창세기의 천지

창조라든가, 금단의 열매를 따 먹고 난 후 에덴동산에서의 추방, 노아의 방주 사건, 십계명 등은 단군 신화에 나타난 환웅의 세상 만들기나 마고성(우리 신화에 등장하는 인간이 타락하기 이전에 살던 낙원)에서 지소 씨가 따 먹고 알게 된 열매의 다섯 가지 맛, 즉 '오미의 죄'로 인한 인류의 타락, 대홍수 속에서 둘만이 살아남아 인간의 멸종을 막은 오누이의 결혼, 그리고 단군(환검)의 8조법 등과 서로 비슷한 모습인 것이다. 또 환웅을 비롯한 3천신들이 등장하는 신시(神市)를, 제우스신을 비롯한 12신이 등장하는 고대 그리스 올림포스 동산과 비교해보는 것도 흥미로운 일이 될 것 같다.

편안한 문장, 쉬운 문장

단군 신화로 알아보는
올바른 문장 사용법

1

아버지 환인의 지시에 따라
환웅은 하늘과 땅을 만들었다.

이 경우, 이렇게 바꾸어 쓰면 어떨까?

아버지 환인의 지시를 따라
환웅은 하늘과 땅을 만들었다.

'에'를 '를'로 바꾸었을 뿐인데, 어감이 다소 불편하다. 문법적으로는 '에'나 '을'이나 크게 문제 될 것은 없다. 국문법적으로는 '지시를 따르다'가 더 타당할 것으로 보인다. '나를 따르라'라든가, '그를 따라서 뛰어갔다' 등의 표현이 훨씬 부드러운 것인데, 이는 이 부분만 따로 떼어냈기 때문에 그렇게 느껴지는 것이다. 이런 예는 우리 주변에 수두룩하다. 잘못된 문장인데도, 오랜 습관으로 틀리게 써온 문장들이 너무나 많아서 바로 고쳐 쓰는 것이 오히려 불편할 정도이다.

이제부터는 이러한 것들을 찾아내어서 바로 고쳐 쓰는 일을 한번 해보자. 잘못된 문장은 다만 그것이 글이 아니라, 말인 경우에도 의사전달이 잘못되어, 서로 간에 소통이 잘 안 되는 경우가 왕왕 있다. 불통의 원인이 되기도 한다. 같은 말을 쓰는 민족이고, 별것도 아닌 거로 생각했는데도 말이다. 그렇지만 너무 사소한 것은 넘어가자. 사실 그것이 너 죽고 나 사는 일은 분명 아닐 테니까.

> **2**
>
> 환웅은 리더십과 통치력을 발휘하여
> 나라를 평안하게 다스렸고, 계층 간 소통을
> 원활히 하여 <u>백성들을</u> 잘 이끌었다.

별로 문제가 보이지 않는 평범한 문장이다. 이 문장을 다음과 같이 바꾸어 보면 어떨까.

> 환웅은 리더십과 통치력을 발휘하여
> 나라를 평안하게 다스렸고, 계층 간 소통을
> 원활히 하여 잘 이끌었다.

뒷부분의 '백성들을'이란 네 글자를 빼버린 것이다. 상대방에 대한 내 의사전달에는 문제가 없다. 불편하지도 않고, 별로 어색하지도 않다. 그러나 뭔가, 소위 2%가 부족하게 느껴진다. 무엇을 잘 이끌었다는 것인지 알 수가 없다. 그 목적어가 빠졌기 때문이다. 문법상으로 틀린 것은 없지만, 이 문장을 읽는 사람은 환웅이 잘 이끈 것, 역시 앞에 나와 있는 '나라'라고 생각할 것이다.

목적어의 분명하고 정확한 사용은 참으로 중요하다. 우리는 문장을 만들거나 대화를 할 때, 목적어를 생략하는 경우가 많다. 의도적으로 그런 경우도 있겠다. 하지만 무의식적으로 그렇게 되는 경우가 많아서 나중에 무엇을 얘기하려는 것이었는지, 문장 전체나 대화 전체가 애매해지는 경우가 자주 있는 것이다. 문장 속에서 목적어를 정확히 사용하자.

> ### 3
> 환검은 할아버지 환인과 아버지 환웅의 뜻을 받들어
> 사람, 하늘, 땅, 이 세 가지를 삶의 근본으로 삼았다.
> 환인처럼 세상을 광명으로 다스리고,
> 평화롭게 만들었다. 환인이 지상에 세운 나라를
> 환국이라고 하는데,
> 환국은 9개의 부족으로 나누어진다.

이 문장의 앞 두 문장은 과거형인데, 맨 뒤의 한 문장은 현재형이다. 전체적으로 시제가 안 맞는 문장이다. 그러나 이 문장들에서 틀린 부분은 없다. 세 문장을 연결해보아도 문법상 잘못된 부분을 찾을 수가 없다. 우리는 문학적인 글을 읽다 보면 한 문장 안에서도 이러한 시제가 불일치 하는 경우를 자주 만나게 된다. 즉, 과거의 상황을 보다 현실감 있게, 현장감 있게 독자들에게 전달하기 위하여 쓰는 방법인데, 물론, '나누어진다'를, '나누어졌다'라고 써도 무방하고, 오히려 문법상으로는 그것이 더 타당하다.

본문에서 그 뒷부분 문장들은 아예 현재의 시제로 다 가버렸다.

그중 곰족이 다스리는 나라를 단국(檀國)이라고 하는데,
이는 밝은 나라라는 뜻이다. 단국이라는 말에는
아침빛의 나라라는 의미가 있어서
조선(朝鮮)이라고도 한다.

이 문장은 과거의 사실에 대한 작가의 설명이기 때문에 현재의 시제가 더 타당한 것이다.

만약에 이를 다음과 같이 바꾸어 보면 어떨까.

그중 곰족이 다스리는 나라를 단국(檀國)이라고 하는데,
이는 밝은 나라라는 뜻이었다. 단국이라는 말에는
아침빛의 나라라는 의미가 있어서
조선(朝鮮)이라고도 하였다.

자, 그 앞의 문장을 포함하여 전체 문장을 한번 읽어보자. 불편하고 어색할 것이다. 모든 것이 저 과거의 희미한 사실로써 다가오기 때문에 독자가 느끼는 실감의 강도와 그 효과는 반감될 것이 분명하다.

설명이 필요하고, 실감의 강도를 높이고 싶을 때는 이렇게 한 문장 내에서도 시제의 불일치를 만들기도 한다. 그러나 이를 사용할 때에는 조심해야 한다. 잘못 사용하면 시제가 엉망이 되어서 우스꽝스러운 문장이 되어버리고 말 것이니까.

> **4**
> ……단군 신화에 나타난 환웅의 세상 만들기나 마고성(우리 신화에 등장하는 인간이 타락하기 이전에 살던 낙원)에서 지소 씨가 따먹고 알게 된 열매의 다섯 가지 맛, 즉 '오미의 죄'로 인한 인류의 타락, 대홍수 속에서…….

이 문장을 쓰면서 처음에 나는, '……낙원)에서……'를, ……'낙원)에서의……'로 썼다. '의'라는 조사 하나를 더 붙였는데, 처음 내 의도는 성경에 있는 사건들을 단군 신화와 비교하여 그 유사점을 찾아보고자 하는 데 있었다. 그것을 한 문장으로 써야 실감이 나겠다는 생각으로 길게 나열하게 되었다. 그러나 그 사건들이 여러 가지가 되다 보니, 문장이 늘어지고 말았다.

조사 '의'를 넣은 이유는 마고성에서의 인류의 타락을 이야기하기 위해서였는데, 그 '의'를 '인류의 타락'에 연결하고 싶어서였다. 그러나 그 '의' 한 글자 때문에 가뜩이나 긴 문장이 깔끔하지 못하고 누더기처럼 되었다. 특히 그 바로 뒤에 나오는 '열매의'라는 말의 '의'와 겹쳐져서 문장 전체 읽기가 불편해지고 말았다.

그래서 '의'를 제거했더니, 전달하려는 내 뜻도 명확해지고, 문장도 훨씬 부드러워졌다. 한번 천천히 읽어보기 바란다. 우리말에 조사라는 것은 매우 많고, 그래서 그만큼 중요하지만 남발하는 것은 피해야 한다. 조사를 적절히 활용하자.

자고로, 의도적으로 만연체 같은 화려한 문장을 쓰고자 하는 것이 아니라면, 문장은 딱딱 떨어지는 맛이 있는 것이 좋다. 그러려면 간결하여야 한다. 특히 우리나라 사람들은 이 '의'라는 단어를 참 자주 쓴다. 글로도 그렇고, 말로도 그렇다. '의'에 '의'에 '의'…… 아마 조카의 며느리의 동생의 친구, 등등 늘 이런 식이다. 이건 일본식 한자어 번역물을 우리가 자주 접한 까닭도 있다. 물론 영어에도 그런 경우가 많을 것이다. of의 of의 of를 자주 쓰는 경우, 문법적으로는 몰라도 문장은 거칠고, 그 질은 떨어지고 만다.

글은 되도록 간결하게 쓰자. 수식어가 너무 많아 장황한 글은 피하는 것이 좋다. 부사나 형용사 등 각종 수식어를 넣어 문장을 화려하고 길게 늘어뜨리면서 쉼표나 접속사를 이용하여 긴 문장을 만드는 것은 바람직한 글쓰기가 아니다. 수식어나 쉼표, 접속사는 필요할 때만 쓰도록 하자. 이런 것들은 그 사용을 아끼는 것이 좋다. 정확한 표현으로 똑똑 떨어지는 맛이 있는 글을 먼저 써보고, 이를 잘 익힌 다음에 화려하고 긴 문장에 도전해보는 것도 괜찮은 일이다.

단군 신화로 만들어 보는
새로운 이야기

참으로 어려운 문제 앞에 우리는 서 있다. 소설가는 이야기꾼이다. 시인도 수필가도 모두 이야기꾼이다. 다만, 표현하는 방법이 장르에 따라서 다를 뿐이다. 어쨌든 이야기를 잘 만드는 것이 중요하다. 그것을 잘 만들어서 바른 문장으로 써 놓으면 좋은 글이 되는 것인데, 사실 생각처럼 쉽지 않은 것이 또한 이 일이다.

그런데 이야기를 만들기 전에 우리는 글을 접촉하는 일에 어느 정도의 자신감과 태연한 마음가짐을 가질 필요가 있다. 글쓰기를 두려워하면 안 된다는 뜻이다. 아래의 사례(Case)들을 한번 보자. 각각의 경우, 이야기를 달리 썼는데, 이는 그렇게 상상하며 글을 써 갈 수 있다는 생각을 여러분과 공감하기 위해서이다.

Case 1

호랑이가 아니라,
곰이 동굴을
뛰쳐나갔다면?

물론 웅녀가 환웅과 혼인하여 단군을 낳았다는 단군 신화가 곰의 토템 신앙을 상징하고 있다는 것은 널리 알려진 이야기다. 그러나 이런 상징적 요소의 굴레를 한번 벗어나 보자. 그리고 상상의 나래를 펼쳐보는 것이다. 창조적 이야기를 만들어 갈 때는 생각을 제약하는 요소는 없어야 하니까.

이 단군 신화를 한번 거꾸로 생각해보자. 호랑이는 잘 참고 견뎌내어서 드디어 사람이 되었고, 곰이 그만 동굴을 뛰쳐나가고 말았다. 그러면 어떻게 되었을까? 일단 우리는 조상 대대로 곰 족이 아니라, 호랑이 족이 되어서 호랑이의 자손으로 살아가고 있을 것이라는 생각이 든다. 단순하지만, 재밌는 발상이다. '거꾸로 보기'의 축약판인 셈이다.

그러면 과연 환웅은 호랑이와 결혼했을까? 그래서 호랑이는 단군을 낳았을까? 환웅은 조선이라는 나라를 건국해야 하는 막중한 임무를 띠고 있었으니, 분명히 호랑이와 결혼을 했을 것이다. 그러려면 반드시 그 호랑이는 암컷이어야 한다. 환웅이 남자이니까. 자, 그러면 사람이 된 그 호랑이의 이름을 하나 지어야겠다. 여러분은 뭐라고 짓고 싶은지. 곰이 웅녀(熊女)였으니까, 호녀(虎女)라고 짓는 것이 좋을 것 같다.

인간이 되지 못한 곰은 자신의 인내심 부족을 한탄하며, 매일 가슴과 땅을 치며 울부짖을 것이고, 인간이 된 호녀 역시 동굴을 뛰쳐나간 곰을 그리워하며 그 동굴 앞을 매일 서성일 것이다. 그런 애처로운 호녀의 모습을 환웅이 지켜보다가 잠시 인간의 몸으로 변신하여 호녀와 결혼하여 단군을 낳게 된다.

동물의 포효 중 호랑이의 그것이 가장 크고 우렁찬데, 그것은 인간이 되지 못한 통한의 울부짖음으로 뼈에 사무치는 아픔의 소리이기 때문이다. 그래서 인간이 된 곰의 포효는 그렇게 클 필요가 없다. 호랑이에 비하면 몇 분의 일도 되지 못한다. 동물의 포효를 고통의 울부짖음으로 본다면 그럴 것이다. 그러나 곰이 동굴을 뛰쳐나가고 호랑이가 인간이 되었다면, 그들의 포효는 분명 바뀌었을 것이다. 곰의 포효가 호랑이만 해지고, 호랑이의 포효는 고양이만 해지지 않았을까. 이런 상상도 즐거운 이야깃거리, 흥미진진한 글쓰기의 소재가 될 수 있다. 여러분들도 자신만의 상상으로 단군 신화를 비틀고 거꾸로 해서 한번 새로운 이야기를 만들어 보기 바란다.

이야기는 참 복잡해진다. 단군 신화에서는 호랑이를 못 잊어 하는 웅녀가 애처로워 환웅이 기꺼이 인간의 몸으로 변신하여 웅녀를 사랑해주었는데, 그런 웅녀가 환웅의 청혼을 거절한다? 그렇지만 충분히 가능한 이야기다.

글쓰기라는 것은 문학적 허구를 통한 이야기에서 시작되기도 한다. 우선 환웅은 엄청난 배신감을 느꼈을 것이다. 아버지 환인의 걱정대로, "역시 인간 세상은 배신이 판치고, 신의가 없는 곳이야, 에이, 도로 하늘로 가버려야겠다"면서 상한 자존심을 잔뜩 안고, 구름을 불렀을 것이다.

아니면, 조선의 건국이라는 엄청난 대의를 설명하면서 정신을 차리지 못하고 있는 웅녀를 나무라거나 달래거나 했을까? 환웅도 남자인데, 웅녀를 주막에 불러내어 신선주라도 따라주며 환심을 한번 사보려고 했을까? 그런데 이건 아닌 것 같다. 적어도 환인의 아들, 환웅인데……

그러나 신과 인간이 공존했던 그 시대에는 이런 상상도 충분히 가능하다. 어떻든 이렇게 되면 조선의 건국이라는 역사적 대사건은 의외로 복잡해졌을 것이며, 환웅은 다른 여자를 선택해서라도 단군(환검)을 낳고, 환검은 조선을 건국했을 것이다. 나라를 세워야 했으니까, 곰이나 호랑이가 아닌, 다른 동물이 등장할지도 모르는 일이다. 웅녀의 거절에 따른 다른 동물의 등장도 흥미로운 일이 될 것 같다.

Case 3

마늘과 쑥이 아니라,
초콜릿을 먹으라고
했다면?

이거야말로 신나는 일이다. 그렇지 않아도 쓰고 맵고 아리기만 한 쑥과 마늘은 입에 대기조차 싫었는데, 초콜릿이라니? 이게 무슨 횡재란 말인가? 사실 육식동물들인 곰과 호랑이에게 초콜릿도 입에 맞는 음식은 아니다. 그러나 쑥과 마늘에 비하면 천당과 지옥인 셈이다. 환웅은 그것을 백 일 동안 먹으라고 주었는데, 아마 그들은 그것을 단 며칠 만에 다 먹어치웠을 것 같다. 그리고 그다음 날부터는 먹을 것이 없어서 열 손가락을 빨며 있지 않았을까.

성격을 보면, 곰은 호랑이에게 아껴 먹으라고 타일렀을 것 같고, 호랑이는 짜증을 냈을 것 같다. 그렇게 보인다. 날짜 계산을 하며 초콜릿 개수를 따져보고 있는 곰의 모습과, 이것을 인상을 쓰며 지켜보고 있는 호랑이의 모습이 떠올라 웃음이 절로 나온다.

더 중요한 것은 호랑이가 동굴을 뛰쳐나가지 않았을 것 같다는 생각이다. 물론, 호랑이가 뛰쳐나간 이유가 꼭 마늘과 쑥 때문은 아니었겠지만. 맛있는 초콜릿 때문에 21일을 잘 견뎌내면서 드디어 둘 다 인간이 되었다. 그 바람에 환웅은 웅녀와 결혼하지 못하게 되고, 단군도 태어나지 못하게 된 결과에 따른 우리 조선의 건국은?

이야기의 전개는 무한하다. 무궁무진하다. 이런 생각을 가지고 상상의 나래를 펴면서 글쓰기에 도전해 볼 만하다. 단군의 건국 신화에 등장하는 초콜릿! 그렇다면 그 이름은 초콜릿이라는 외래어로 불리기 이전에, 순수한 우리말의 이름이 생겼을 게 분명하다.

Case 4

곰과 호랑이 둘 다
잘 견뎌내서 사람이 되어
서로 결혼했다면?

이것처럼 바람직한 일은 없을 것이다. "서로 사랑하는 이들은 드디어 인간이 되어서 아들, 딸 많이 낳고, 오래오래 행복하게 살았다"라는 고전 동화 같은 이야기 속에 조선의 건국은 그 행방이 묘연해져 버릴 것이다. 환웅이 웅녀와 혼인할 수 없게 되었기 때문이다.

그렇다고 호랑이를 원망하지는 않았을 것 같다. 그들은 환웅과의 약속을 인내와 고통 속에 지킨 것이었으니, 환웅은 그들을 축복해주면서 오래오래 살도록 조화를 부려주었으면 부려주었지, 호랑이를 탓할 만한 그런 졸장부가 아니니까.

그래도 단군을 낳아 건국은 해야 했으므로, 다른 동물들이 등장하지 않았을까? 또 다른 곰과 호랑이? 아니면 토끼와 원숭이?

이런 상상력의 동원은 자유롭고 신선해야 한다. 그리고 그것을 이야기 글로 담아낼 때, 재미가 있어야 한다. 재미없는 글은 요즘 아무도 읽으려 하지 않는다. 여기에서 재미라는 뜻은 오로지 흥미만을 뜻하는 것이 아니라, 감동과 격려, 그리고 글을 쓴 사람과 읽는 사람과의 상호 공감을 의미한다.

맞춤법 상식

생활 속에 살아 있는 '쌩쌩 맞춤법'

나는 우리말을 얼마나 제대로 알고 있을까? 눈만 뜨면 사용하는 것이 바로 말이고, 쓰는 것이 글인데, 문법에 맞게, 맞춤법에 맞게 사용하고 있는지 아닌지, 틀린 것조차 모르고 사용하고 있지는 않은지 나 스스로 궁금해진다.

틀린 것이라고 하더라도 워낙 오랫동안 사용해온 데다가 의사소통이나 의견전달에 전혀 어려움이나 문제점이 없었으며, 그 누구도 지적을 해주지 않아 우리는 틀린 말을 맞는 말처럼 사용해오고 있는 것, 또한 사실이다. 먹고사는 일에 있어서 그것 때문에 어떤 문제도 야기되지는 않았다. 성인이 되면 국어시험을 보는 일도 없으므로.

그러나 이번 기회에 맞춤법에 틀린 말과 맞는 말들을 한번 정리해보자.

'반죽이 좋다', '변죽이 좋다', '번죽이 좋다'

부끄럼을 타는 일이 없이 좀 뻔뻔스러운 사람을 표현할 때 위의 세 가지 중 어느 것이 맞을까? 정답은 가장 아닐 것 같은, '반죽이 좋다'이다. 대부분 '변죽이 좋다'라고 알고 있을 것이고, 가끔은 '번죽이 좋다'라고도 할 것이다. 아마 '번죽이 좋다'라고 하면 옆 사람이 바로 '변죽으로' 시정해줄 것이다. 반면에, '반죽이 좋다'라는 표현은 너무 낯설다.

반죽이란 무엇인가? 밀가루 반죽처럼 가루에 물을 섞어 비벼놓은 것이 반죽이다. 반죽이 잘되면 단단하고 차진다. 끈기가 있는 것이다. 잘된 반죽 같은 사람, 성격이나 태도가 그런 사람, 반죽이 좋은 사람이다. 관용구로 쓰이는 표현인 것이다.

변죽이란 그릇의 가장자리나 모서리를 뜻하는데, '변죽이 좋다'라는 말을 억지로 거기에 꿰맞추자면 모서리가 좋은 그런 사람이 된다. 모서리가 좋은 그릇, 이것 역시 좀 뻔뻔스럽고 넉살이 좋은 사람의 상징일 수 있다.

　그러나 이것은 지나친 구겨 넣기이다. 번죽은 아마도 변죽에서 파생된 단어일 것이다. 'ㅓ'와 'ㅜ'의 모음조화에 따른 변죽의 변형일 것으로 생각된다. 어떻든 '반죽이 좋다'가 맞는 말이다. 반면에, '변죽'은 '변죽을 울리다'에서처럼 직접 말하기가 쑥스럽거나 껄끄러울 때, 요점을 피하여 빙빙 돌려서 주변 이야기를 하는 것을 표현할 때 사용한다.

'틀리다'와 '다르다'

　이 표현은 각기 다 맞는 표현이다. 틀린 것은 틀린 것이고, 다른 것은 다른 것이니까 문제가 될 것이 없다. 문법적으로도 그렇다. 그러나 우리는 종종 이 단어를 잘못 사용하는 경우가 많다. '다르다'라고 해야 하는 경우에 종종 '틀리다'를 써서 그 '틀리다'의 본뜻을 오도하게 만드는 것이다.

　간단한 예로, "내가 강북 ○○집에서 먹은 추어탕 맛은 강남 ㅁ

□집에서 먹은 그 맛과 '틀리다'"라고 말하는 경우가 왕왕 있다. 이 표현은 틀린 것이다. 이때는 '다르다'라고 표현해야 한다. '틀리다'의 반대말인 '맞다'를 생각해보면, 그 이유를 쉽게 알 수 있다. 강북 추어탕 집의 추어탕 맛이 틀려먹은 것이 아니라, 강남 추어탕 집과 비교했을 때 그 맛이 다른 것을 표현하는 것이기 때문이다. 이것은 맞고 틀리고의 문제가 아니라, '서로 다른 것'에 대한 문제인 것이다.

이러한 예는 우리의 일상생활에 부지기수로 많다. 예를 하나 들면, 내 친구가 내가 다니는 헬스장에 놀러왔다. 그는 헬스장에 있는 운동기구들을 휙 둘러보며, 우리랑 별 차이가 없네, 했다. 그렇지 뭐, 헬스장이라는 것이 다 거기서 거기지. 나는 그렇게 대답하고 그 친구에게 자전거를 한번 타보라고 했다. 그 친구는 자전거 안장에 올라탔다. 그리고는 페달을 돌리기 시작했다. 잠시 뒤에 그는 자전거에서 내리며, 야, 이건 우리 거 하곤 틀리네, 하고 말했다. 다양한 기능에 놀라는 모습이었다.

나는 그 친구에게 '틀리네'라는 표현이 틀렸다고 지적해 주었다. 이때는 다르다고 표현하는 것이 맞는 것이었다. 야, 이건 우리 거 하곤 다르네, 이렇게 표현하는 것이 맞다. 그른 것이 아니라, 서로 다른 것이므로.

'누다'와 '놓다', '눗다'

여러분은 '오줌을 누다'라고 쓰는지, '놓다', 또는 '눗다'라고 쓰는지. 사실 이 맞춤법은 분명하다. '누다'가 맞다. 그러나 말로 할 때는 대부분 우리는 '누타'라고 한다. 오줌을 누타, 똥을 누타, 이렇게 발음하게 된다.

그래서 이것을 글로 쓰려는 순간, 어, 하고 멈칫하게 되는 것이다. '오줌을 누러 화장실에 갔다'라든가, '누지 못하는 똥을 억지로 누려고 하니, 온몸에 경련이 일었다' 등의 표현이 제대로 된 맞춤법이다. '놓다'는 '누다'의 사투리이고, '눗다'는 '눕다'의 사투리이다.

'가늠', '가름', '갈음'

이 단어들은 다 맞춤법에 맞는 단어들이다. 단지, 그 뜻을 정확히 몰라서 잘못 사용되고 있는 경우가 많다. '가늠'은 사물을 어림잡아 판단해 보거나, 목표나 기준에 맞고 틀리고를 판단해 보는 것을 뜻하고, '가늠'은 구별이나 분별을 하거나, 어떤 것을 쪼개거나 각각 나누는 것, 또는, 승부나 등수 등을 결정하는 일을 의미한다. 그리고 '갈음'은 다른 것으로 대신하는 것을 뜻한다.

문장에서의 사용 예로, '가늠'은 '그는 그것이 이익이 되는지, 손해가 되는지 머릿속으로 대충 가늠해보았다'라고 쓰면 되고, '가름'은 '멀리서 언덕을 걸어 내려오는 그가 남자인지, 여자인지 가름하기가 쉽지 않았다'라고 쓰면 된다. 또는 '이 놀이를 가지고는 1, 2등을 가름하기가 쉽지 않습니다'라는 식으로 쓰면 맞는 표현이 된다. 반면에, '갈음'은 '이상으로 제 취임사에 갈음하고자 합니다'라고 쓰면 된다.

'주십시오'와 '주십시요'

이 표현은 둘 다 우리가 일상생활에서 자주 쓰는 존대형 표현이다. 그러나 '주십시요'는 맞춤법에 맞는 말이 아니다. 앞 음절인 'ㅣ'의 영향으로 '오'가 '요'로 발음은 되지만, '주십시오'가 맞는 말이다. '저에게 기회를 주십시오', '그렇게 해 주십시오'가 맞는 표현이다.

이와 유사한 표현이지만, 다른 사례도 있다. '아니오'와 '아니요'가 그것인데, 이 단어들은 둘 다 맞춤법에 맞다. 다만, 그 쓰임새가 다를 뿐이다. '아니오'는 어떤 사실에 대하여 부정하는 뜻을 나타내는 '아니다'의 변형된 형태이고, '아니요'는 윗사람의 말에 부정해서 대답할 때 쓰이는 말이다. 역시 대답할 때 쓰는 말인, '네'나 '예'도 모두 맞춤법에 맞는 말이다. 둘 다 그 쓰임새에는 별 차이가 없다.

또한, '있음'이 맞는 말이고, '있슴'은 틀린 말이다. '얼음'은 맞고, '얼슴'은 틀린 말이고, '먹음'은 맞는데, '먹슴'은 역시 틀린 말이다. 반면에, '먹습니다'는 맞는데, '먹읍니다'는 틀린 말이고, '얻습니다'는 맞는데, '얻읍니다'는 틀린 말이다.

내 영혼을 살찌우는 글쓰기

일단, 글쓰기를 두려워하지 마라

글쓰기를 두려워하지 말라는 것은 서울대 교수로 재직하셨던 박동규 시인의 말씀인데, 그러려면 우선은 글에 자신을 솔직히 드러내야 하고(진실함), 그 마음가짐은 성실해야 한다는 것이다(솔직함). 성실한 마음으로 자신을 솔직하게 드러내는 것…… 이 말씀은 참으로 중요하고, 또 그만큼 어렵다. 왜냐하면, 진실하고 솔직한 글은 대부분 남에게 보여주기가 쑥스럽고 창피하기 때문이다. 그래서 잘되지 않는다.

그러나 글을 두려워하지 않고 써나갈 때 자신감과 안정감이 내 마음속에 생기게 되어 있다. 어느 정도의 배짱과 태연함도 필요하다. 일기 같은 것이 좋은 사례가 될 수 있다. 물론, 일기라는 것은 남을 보여주려고 쓰는 것은 아니지만, 일기를 쓰는 마음가짐으로 글을 써야 할 필요가 있다는 말이다.

그러나 대부분 사람은 제 마음이 솔직히 드러나지 않은 글을 쓴다. 이렇게 되면 주제를 벗어나거나 가식적인 글이 되기 쉽다. 이러한 글은 글 쓴 사람의 생각이 상대방에게 제대로 전달되기가 어렵다. 물론, 그렇지 않은 경우도 많다. 나름대로 상상력과 창의력을 가지고 쓰는 다수의 문학작품이 그럴 것이고, 에세이가 그럴 것이고, 시가 그럴 것이다.

그러나 글을 쓰는 기본적 생각에는 이러한 진실하고 솔직한 마음이 그 바탕에 스며있어야 한다. 그래야 글쓰기가 두렵지 않는 것이다. 진실하고 솔직하게 자기가 드러나는 일이 글쓰기의 기본이라는 생각을 항상 염두에 두자. 이런 마음가짐으로 생각하고 상상하고, 이야기를 만들어내고, 그것을 글로 옮기다 보면 어느새 내 영혼은 풍요로워지고 편안해진다. 자, 그러면 이제 그런 이야기 만들기, 그런 글쓰기에 대해서 생각해보자.

요즘 글쓰기의 으뜸은 '재미'

모든 일에는 재미가 있어야 한다. 재미라는 것에 대해서는 앞에서도 잠깐 언급을 했지만, 이것을 너무 좁게 통속적으로만 해석할 필요는 없다. 물론 재미가 전혀 없는 일을 하는 사람들도 많다. 재미가 전혀 없는데, 그 일을 한다는 것은 그만큼 고역이 아닐 수 없다. 오로지 어떤 의무감이나 책임감, 소명감 등으로 하는 때도 있을 것이지만, 그런 일에는 분명 한계가 있을 것이다.

작금의 이 세상 속에서, 눈알이 획획 돌아가는 버라이어티한 환경 속에서 재미가 없는 일을 한다는 것은 정말 재미없는 일이다. 직업도 그 옛날과는 달리 귀천의 구분도 다 없어졌고, 다양하고 다채로워졌다. 이런 환경 속에서 재미있는 일을 한다는 것은 그만큼 중요하다. 내 일에 재미가 많았으면 좋겠다고 누구나가 바라고 있다. 솔직히 대통령도 자기 재미가 있어야 하는 것이 아니겠는가.

이 재미라는 것에 단순한 흥미 말고도 의미와 보람까지도 포함해볼 때, 사람은 재미가 있어야 그 일을 열심히 하게 된다. 일하는 도중에 잠시 차 한 잔 마시며, 짧은 여유를 즐기는 것도 다 그 재미의 과정이며, 옷이 푹 젖도록 흘린 땀도 그 일을 한 재미의 결과이다. 이야기 역시 마찬가지다.

글이건 말이건, 그 이야기에 재미가 있어야 읽거나 듣는 사람이 눈을 크게 뜨고 귀를 더욱 쫑긋할 것이고, 쓰거나 말하는 사람도 신이 나서 더욱 열심히 할 테니까. 진실하고 솔직한 마음으로 재미있는 글을 만드는 것, 이야기는 이렇게 만들어 간다고 우선 생각해두자. 그것을 문자로 옮기면 좋은 글이 되고, 읽는 사람 역시 재미와 감동을 느낄 것이다.

가만히 들여다보면, 사람 사는 모든 일에는 나름대로 재미가 다 있는 법이다. 진짜 재미있는 재미, 좀 덜한 재미, 재미가 전혀 없는 이상한 재미 등 그 수준과 정도가 너무 천차만별이라서 그렇지, 사람들 사는 모습은 참 우습고 엉뚱하고 희한하기도 하고, 무섭기도 하고 두렵기도 하다. 그것이 다 재미이다. 엉뚱한 재미, 희한한 재미, 무서운 재미…… 우리 주변엔 온통 그런 것들이 깔려 있다. 자기의 이야기이건, 남의 이야기이건 이야기 만들기의 한 가지 방법은 이런 것들을 잘 엮어나가는 것이다. 이런 것들에 조미료가 적당히 뿌려지면 재미는 곱절이 되고 흥미로워지게 된다.

그러나 사실 사람 사는 모습들이 그렇게 다양하고 재미있게 보여도 그것을 이야깃거리로 삼아서 글을 쓴다는 것은 결코 쉬운 일이 아니다. 비단 소설이나 에세이뿐만 아니라, 간단한 시 한 편, 짤막한 문장 몇 개 쓰는 일조차 막상 하려면 이것저것 많은 것을 생각하게 한다. 무엇을 쓸 것인가, 어떻게 쓸 것인가, 나는 왜 이 글을 쓰려고 하는가 등 많은 생각 앞에서 우두커니 있게도 된다. 멀쩡히 있다가도 글을 쓰려고 하면 온갖 잡념이 머릿속으로 집합한다. 이에 대해서는 차차 얘기해 나가도록 하자.

'모방은 창조의 어머니'라는 말은 곱씹을수록 의미가 깊다. 이 말은 남의 것을 그대로 모방하라는 말이 아니다. 무엇을 하고 싶은데, 아무것도 할 줄 모를 때, 우리는 그것을 잘하는 사람의 흉내를 내보는 것으로 일을 시작한다. 그 모습을 들여다보고, 시늉해보고, 그러다가 새로운 내 것을 만들어 간다. 그 새로운 내 것은 시늉해봤던 그 사람의 것이 아니라, 그것과는 완전히 다른 새로운 나의 창조물이 되는 것이다. 글도 마찬가지다. 좋은 글을 쓰려면 좋은 글을 많이 읽어보아야 한다. 많은 문학작품이 그 대상이다. 비단 문학작품만이 아니라, 많은 인문학 서적들도 그런 대상이 된다.

글 속에는 나의 인격과 삶의 모습이 그대로 담겨 있다

시대를 오가며 읽는 소설, 수필, 시, 그리고 평론, 감상문, 기행문, 논문 등 많은 글에서 우리는 그들의 생각과 사상과 삶을 느껴볼 수 있다. 그러한 느낌 속에서 그동안 움츠러들었던 우리의 상상의 날개가 천천히 펴질 것이며, 사고의 폭도 서서히 넓어지고, 생각의 골도 깊어지게 된다. 우리가 경험하지 못했던 세상의 일들을 그들을 통해서 경험하게 되고, 그것은 우리에게 신선하고 놀라운 세상의 다른 모습을 보여줄 것이다. 또 그런 것들로 나의 시각은 새롭게 열리고, 이것으로 말미암아 새로운 글쓰기의 소재가 생겨날 수 있는 것이다. 새로운 이야깃거리는 그렇게 생겨난다.

왜 사람들은 글을 쓰려고 하며, 글은 왜 우리에게 유용한가에 대하여 언급하기 전에, 이렇게 글을 쓰는 자세와 재미에 대해서 강조하는 이유는 글을 쓰는 사람의 의도와 목적에 그 글이 부합되어야 하기 때문이다. 열심히 글을 썼는데, 그 글을 읽은 사람들 반응이 엉뚱하거나, 나아가 그 반응이 내가 기대했던 것과 정반대라면 글을 쓴 사람은 적지 않게 실망하고 말 것이다. 글 쓴 사람의 의도가 제대로 전달되지 못하는 글은 글로써 의미가 없다. 글이란 바로 나 자신이었다가 나의 분신이기도 하다. 그 글 속에는 나의 인격과 삶의 모습이 그대로 담겨 있다고 생각해야 한다. 그래서 나의 글이란 내가 들여다보는 거울 속의 나라고 느끼는 것이 타당하다. 글쓰기는 그만큼 중요하다.

누구나 적어도 한 번씩은 학창시절에 이성에게 연애편지 한 장 정도는 써보았을 것이다. 고치고, 또 고치고, 읽어보고 다시 고치고 해서 쓴 연애편지 한 장. 그것이 상대방에게 전달되었을 때, 우리는 두 근 반, 세 근 반 되는 가슴으로 상대방의 반응을 기다렸을 것이다. 진실하고 솔직하게 썼다면 분명히 좋은 반응이 올 것이고, 가식적으로 썼다면 반응이 없을 것이다. 거기에다가 조금 더 재미있게 쓴다면 그 반응은? 아마도 백전백승이 아닐지. 바로 그다음 날, 한번 만나자고 대번에 연락이 오지 않을까.

진실하고 솔직한 마음으로 글을 쓰자. 그래야 글을 대하는 것이 두렵지 않게 된다. 그리고 재미있게 쓰자. 글 속으로 들어가 나의 상상력을 마음껏 발휘하자. 진실함, 솔직함, 재미, 상상력, 이 네 가지가 글쓰기의 기본이라고 생각하자. 이런 기초 위에서 쓴 글이 나의 영혼을, 그리고 타인의 영혼을 살찌우는 글이 될 것이다.

2

마고할미 신화

신화 속으로

지리산의 산신, 마고 할미

신화의 내용

마고(麻姑) 할미는 우리나라만이 아니라, 중국의 신화에까지 등장하는 여성 신이다. 그녀는 지상에서 가장 높은 성인 마고성에 살고 있었던 거인이었다. 마고의 두 팔은 하늘보다 높아서 기지개를 켜면 우지직- 하고 하늘이 두 조각이 났고, 그 사이로 해와 달이 나타나서 사람들이 기뻐했다는 설화가 있다. 마고가 큰마음을 먹고 오줌을 한번 누면 온 땅은 물바다로 변하여 사람들은 홍수가 났다고 난리를 피웠다고 하니, 마고가 얼마나 큰 거인이었는지 짐작이 잘되지 않을 정도이다.

이러한 마고할미가 우리나라 신화에서는 지리산의 산신으로서 그 모습을 드러냈다. 이는 아마도 지상 최초의 여신인 마고할미가 우리나라에서는 주요 산을 다스리고 관장하는 산신으로 그 모습이 변형된 것이 아닐까. 지금도 우리나라 각 지방에서는 마고할미에 대한 신화가 유사한 형태로 여러 개 존재한다.

지리산은 경상도와 전라도에 걸쳐 있는 산세가 험하고, 계곡이 깊은 신령한 산으로, 우리나라 영산 중의 하나이다. 마고할미는 이 산의 정상인 천왕봉에서 살았다. '마고할미'라고 하면 '할미'라는 표현 때문에 얼굴이 쭈글쭈글한 노파의 모습을 떠올리겠지만, 사실 마고는 젊고 아름다운 여인이었다. 그래서 마고선녀라고도 불렸다. 날카로운 손톱을 가진 그녀는 손톱이 유난히 길어서 황새 부리처럼 늘어졌다. 그녀는 이 손톱을 관리하고 꾸미는 것이 취미였다.

지리산에 사는 마고할미는 반야라는 한 남자를 사랑하게 되었는데, 어느 날 반야는 집을 나간 후, 돌아오지 않았다. 그녀는 그가 돌아오기를 손꼽아 기다렸다. 그 기다림은 무려 수천 년 동안이나 계속되었다. 그러나 끝내 그가 돌아오지 않자, 마고할미는 화가 난 나머지 그 날카로운 손톱으로 지리산에 있는 나무들을 마구 할퀴기 시작했고, 나무들은 껍질이 모두 벗겨져 하얀 속살이 드러나고 말았다. 지금도 지리산 천왕봉이나 노고단 등 정상 부근에 가면 많은 나무가 껍질이 벗겨져서 하얗게 되고 만 것은 그녀의 이러한 행동 때문이었다.

노고단은 지리산의 최정상에 있다. 노고단이란 말은 노고(老姑; 늙은 마고, 마고할미)에게 제사를 올리던 신단(神壇)이 있는 곳이라는 뜻이다. 마고(麻姑)란 말에 그 어원을 두고 있음을 알 수 있는 대목으로, 마고할미에게 제사를 올렸던 곳이다. 노고단이 통일신라 시대까지는 할미당이라고 불렸다는 기록이 있는 것을 보면, 더욱 이해가 간다. 지금도 지리산은 마고할미 때문에 그 신성한 기운을 유지하고 있는지도 모른다.

마고할미에 대한 신화가 비단 지리산에만 국한되지는 않는다. 몸집이 크고, 힘이 센 마고할미는 제주도의 신화에도 등장한다. 제주도를 만든 설문대할망은 치마에 흙을 담아 나르다가 찢어진 구멍으로 새어 나온 흙이 지금의 골머리 오름이 되었고, 마지막 흙을 쏟아부은 산이 한라산이 되었다고 한다. 오줌발이 너무 세서 성산 앞바다에서 식산봉과 일출봉 사이에 발을 디디고 앉아 오줌을 누었는데, 오줌발이 파낸 곳으로 물이 들어와 우도라는 섬이 생겼고, 한라산 꼭대기를 베고 누우면 발은 제주 앞바다 섬에 닿았다고 한다.

전남 화순 도곡면 계곡 사이에는 큰 바위들이 많다. 운주골에 천불 천탑을 만든다는 소문을 듣고, 마고할미가 이에 동참하고자 그 많은 돌중에 한 개를 치마에 싸서 들고 운주골로 향했다. 그런데

가는 길에 닭이 울면서 천불 천탑이 다 만들어졌다는 얘기를 듣고 화가 난 마고할미가 치마에 쌌던 돌을 발로 차버렸단다. 성격이 참 괴팍하기도 하지. 그런데 그 돌이 무려 300톤짜리였다니…….

신화의 배경과 의미

환웅, 환검이 남성으로서의 하늘신이라면 마고할미는 여성으로서의 지상신이라고 할 수 있다. 그러나 남성 우월적인 신화의 세계에서 우주의 어느 한 부분을 관장하는 능력 있는 여성 신이 등장한다는 것은 매우 흥미로운 일이다. 엄청난 크기의 몸집과 무시무시한 힘을 가진 그 여성 신이 우리나라 지리산 천왕봉으로 온 것이다.

여자의 지위가 남자와 비슷하거나 오히려 높았을 그 옛날에는 우리나라의 무속 세계에서 여성 신은 창세신의 위치에까지 가 있었다. 그러나 남자의 지위가 높아지고, 무속의 힘이 약해지면서 여성 신의 위상은 위축되어서 큰 능력을 휘둘렀던 여신은 지금은 단지 많은 여신 중의 하나로, 아니면 어느 지역의 토속신으로 자리매김하고 있는 것이 현실이다.

그러나 마고할미의 경우는 다르다. 마고할미는 태곳적에 마고성에서 살던 거인이었다. 여덟 명의 자녀를 통하여 소리로 표현되는 우주의 근본 이치를 다스리게 하였고, 이 자식들이 결혼하여 아이들을 낳으니, 이들이 인간의 시조가 되었다. 추측건대, 환웅과 맞먹는 신의 위치가 아니었을까. 그런 막강한 신이 우리나라의 지리산에 왔으니, 우리 민족에 대한 여성 신의 기행(奇行)이나 조화(造化), 그리고 축복은 이미 예견된 것이 아니었을까.

물론, 지리산에 대한 신화나 설화는 많다. 지리산에는 마고할미 말고도 새로운 산신이 등장한다. 조선 성종 때 편찬한 『관찬지리지』에 등장하는 태을산신이 그것이다. 그 지리지에는 '태을신이 지리산에 거하니, 그곳은 여러 신이 모이는 곳'이라고 되어 있다. 조선 후기 실학자인 이중환의 『택리지』에도 '지리산은 태을이 사는 곳으로 신선들이 모이는 곳이다'라고 기록하고 있다.

태을성은 병, 생사, 난, 재화 등을 다스린다는 신령한 별인 북극성을 의미하는 것인데, 이 별을 신격화한 것이 바로 태을성신인 것이다. 이런 것을 보면, 지리산은 여러 신이 공존하는 지역으로, 우리 조상들이 항상 숭배했던 그러한 신령한 산임에는 틀림이 없다.

지리산이 삼남지방에서는 산세가 가장 험하고 큰 산이다 보니 그럴 것이기도 할 텐데, 마고할미는 천왕봉에 살면서 기행을 일삼으면서도 주변 사람들과 산을 오르내리는 사람들에게 마음의 든든한 수호신 같은 모습을 갖고 있다는 것, 그리고 그 변이를 통하여 우리나라 각 지역에서 산신으로서의 그러한 역할을 하고 있다는 것에 특별한 의미를 부여하고 싶다. 그 지역 사람들이 그렇게 믿으며 제사도 올리고 하는 것을 보면, 마고할미는 우리가 정성스럽게 보살피고 잘 받들어야 할 신이 아닌가 하는 생각이 드는 것이다. 마고할미가 설문대할망으로의 변이를 통하여 제주도를 만든 장본인이라는 점에서 이 신화에 대한 흥미는 더욱 깊어진다.

이 신화는 민간사회에 전승되는 과정에서 신화보다는 전설의 하나라는 성격이 두드러졌으며, 희화화되는 경향을 보이기도 했다. 여성 신에 대한 신화나 설화가 가지고 있는 특징적 성격이라고 볼 수도 있겠고, 그녀들이 벌이는 갖가지 기행과 심술이 친근감을 가지고 일반 사람들에게 편하고 쉽게 다가오기 때문이라고도 할 수 있겠다.

마고할미는 키가 얼마나 컸던지 완도 일대의 바다를 걸어서 다녔다. 기다란 손가락으로 땅을 긁어서 산과 강을 만들고, 양손으로 흙을 모아 홍수를 막아서 세상 사람들의 일상생활을 돕기도 했다. 그러나 일부 지역에서의 변형된 할미들은 악행을 일삼기도 하고, 심술을 너무 부려서 지탄의 대상이 되기도 했다. 지리산에 내려온 마고할미는 자신의 그 큰 힘을 무당에게 넘겨주고, 자신은 하늘로 올라갔다.

경기도 지역의 노고할미, 서해안 지역의 개양할미, 충청도 지역의 안가닥할미 등도 거인 여성으로서의 신적 존재로서 그 행위나 성격으로 볼 때, 마고할미의 변이형이라고 보는 것이 타당하다. 이처럼 마고할미는 산을 비롯한 우리나라 곳곳에서 기행을 일삼기도 하고, 가끔 못된 성질도 부리고, 또 우리를 지켜주는 지역 수호신으로서 존재하는 것이다.

마고할미 신화로 알아보는
올바른 문장 사용법

> **1**
> 지리산에 사는 마고할미는 반야라는 한 남자를
> 사랑하게 되었는데, 어느 날 반야는 집을 나간 후,
> 돌아오지 않았다.

이 문장을 이렇게 바꾸어 쓰면 어떨까?

마고할미는 지리산에 살면서 반야라는 한 남자를
사랑하게 되었는데, 어느 날 반야는 집을 나간 후,
돌아오지 않았다.

두 문장 다 문법적으로 틀린 것도 없고, 글을 읽는 사람에게 글쓴이의 의도가 잘못 전달되지도 않을 것이다. 마고할미라는 주어의 위치만 바꾸었는데, 두 문장을 비교해보면서 천천히 음미하듯 읽어본다면, 달라도 뭔가가 많이 다르게 느껴진다.

바꿔 쓴 문장은, 마고할미는, '지리산에 산다'+'반야라는 남자를 사랑한다'라는 두 문장이 병렬식 표현으로 되어 있음을 알 수 있다. 즉, '살면서', 동시에 '사랑하다'는 두 개의 동사를 통하여 그 각각의 상황을 표현한다. 반면, 처음 문장은, '지리산에 사는'이라는 관형구를 만들어서 마고할미를 수식하는 기능을 갖도록 하고 있다.

따라서 처음 문장은 마고할미가 지리산에 사는 것보다 반야라는 남자를 사랑한다는 사실에 더욱 강조점을 두려고 하는 의도가 엿보인다. 그런 면에서 바꿔 쓴 문장은 다소 초점이 흐려 보인다.

여러분은 어떻게 느껴지는가? 처음 문장이 더 간결하고 세련되지 않은지. 관형구를 적절히 만들어서 사용하는 글쓰기는 길게 늘어지는 글을 적절히 끊어주고 잡아매 주는 맛을 느끼게 한다.

단, 조심해야 할 것도 있다. 관형사는 한 문장에 여러 개가 쓰일 수 있는데, 늘어진 문장을 잡으려고 너무 과하게 사용하다 보면, 더 늘어지고 어색한 문장이 될 수도 있다는 점. 이럴 때는 아예 문장을 단문 형태로 끊어가는 것도 괜찮다.

이야기가 나온 김에, 관형사를 여러 개 쓰는 경우를 한번 살펴
보자.

> **2**
> 마고할미가 이에 동참하고자
> 그 많은 돌중에 한 개를 치마에 싸서 들고
> 운주골로 향했다.

이 문장에서 나오는 '그', '많은' 은 모두 돌을 수식하는 관형사
이다. 관형사는 이렇게 한 개의 명사 앞에 여러 개가 동시에 쓰일
수 있다. 이럴 때는 어느 관형사부터 써야 올바른 문장이 되는지
잘 생각해보아야 한다. 위의 문장을, '많은 그 돌중에'로 바꾸어 보
자. 관형사의 위치를 살짝 바꾸어 본 것이다. 말이나 문장이 안 되
는 것은 아니다. 그러나 물 흐르듯 하지 못하다. '그'는 지시관형사
이다. 지시관형사가 다른 관형사와 같이 쓰일 때, 지시관형사를 중
간에 놓지 않도록 하자. '이'나 '저'도 마찬가지다.

다른 예로, '이 열 개의 낡은 의자'라는 표현을 한다고 치자. 이
를, '열 개의 이 낡은 의자'라고도 할 수 있고, '낡은 이 열 개의 의

자'라고도 할 수 있으며, '낡은 열 개의 이 의자'라고도 할 수 있다. 무엇이 가장 올바른 글쓰기일까?

한 문장에 관형사가 여러 개가 쓰일 때는 지시관형사 먼저, 그리고 수를 나타내는 관형사, 그리고 상태와 성질을 나타내는 성상 관형사의 순서로 배열하는 것이 좋다. '모든 그 젊은 사람들'도 아니고, '그 젊은 모든 사람'도 아니다. '그 모든 젊은 사람들'이 가장 적절한 표현이다.

3
할미당이라고 불렸다는 기록이 있다는 것을 보면, 더욱 이해가 간다.

국어의 세계는 참 알쏭달쏭하다. 수학처럼 2×3=6, 이렇게 되는 것도 아니고, 화학이나 물리처럼 어떤 실험의 결과로 답을 얻는 것도 아니다. 세모통을 지나면 세모가 나오고, 네모통을 지나면 네모가 나오는 것도 아니다.

그렇다고 체계나 기준이 없는 것은 아니다. 문법, 맞춤법이 있다고는 하는데, 반드시 그것을 지키지 않아도 내 생각과 의사를 상대방에게 전달할 수 있다. 표준말도 있고, 사투리도 있는데, 어디에 가서 아무거나 써도 먹고사는 데에는 큰 문제가 없다. 이러한 국어의 세계, 그래서 국어는 어렵다. 다른 나라 사람들도 자기 나라의 국어 공부가 우리처럼 헷갈리고 까다롭고 어렵지 않겠나 하는 생각이 든다.

국어에는 품사가 있다. 명사, 동사, 형용사, 부사, 조사, 감탄사 등, 그리고 무슨 격, 무슨 규칙, 무슨 불규칙 등 품사의 복잡한 변형이 있고, 단어, 음절, 구, 절 등 문장의 구성요소가 있다. 이런 것들을 이용하여 문장을 만든다. 소위 자음과 모음을 섞고 조합하여 글자를 만들고, 또 그것들을 이리저리 떼고 붙여서 문장을 만드는데, 내 마음대로 마구 만들다 보면 다른 사람이 그 뜻을 제대로 알지 못한다. 문법과 맞춤법에 맞게 문장을 만들어야 정확한 의사전달이 이루어진다.

이번에는 그 많은 품사 중 수식어인 부사나 형용사의 위치에 대해서 한번 알아보자. 위의 예문에서, '더욱 이해가 간다'를, '이해가 더욱 간다'라고 쓰면 어떨까? 품사가 부사인 '더욱'은 동사인 '간다'를 꾸미고 있는데, 이 문장에서 '더욱'의 위치를 바꾸어 본 것이다. 뭐 그럴 수도 있다. 어떻든 글쓴이가 무엇을 얘기하려는 건지, 우리는 다 안다. 그러나 두 문장을 대비해보면서 읽어보면 어느 문장이 부자연스러운지 금세 알게 될 것이다. 부사의 위치는 그만큼 중요하다.

이번에는 형용사의 예로, '아름다운 큰 눈을 가진 여자'라고 쓸 때, 이를 '큰 아름다운 눈을 가진 여자'라고 쓴다면 무척 어색할 것이다. 일반적으로, 동사나 형용사를 꾸미는 것은 부사이고, 명사를 꾸미는 것은 형용사이다. 이러한 부사나 형용사의 위치는 문장 내에서 매우 중요하다. 두 가지 이유로 그러한데, 첫째는 그 위치의 잘못 선정으로 올바른 문장이 되지 못하기 때문이다. 또 하나는 부사나 형용사가 잘못 놓임으로 인하여 문맥의 긴장감이나 힘이 빠지기 때문이다.

4
성격이 참 괴팍하기도 하지.
그런데 그 돌이 무려 300톤짜리였다니…….

줄임표라고 부르는 말없음표는 문장 부호의 하나이다. 느낌표나 물음표처럼 문장 뒤에서 자기의 역할을 담당하는데, 줄임표는 말 그대로, 할 말을 줄였을 때 쓰거나, 말이 없을 때 사용한다. 중요한 것은 어떻게 이 줄임표를 사용할 것인가이다. 줄임표를 잘못 사용하면 그른 문장이 만들어지기 때문이다. 줄임표는 멋으로 쓰는 부호가 아니라는 것을 명심할 필요가 있다.

위의 예문은 할 말을 줄였을 때 예시로 사용한 것이다. 줄임표 대신 글을 더 쓸 수도 있다는 말인데, 예를 들어, 줄임표 부분을 글로 쓴다면, '마고할미의 그 힘은 도대체 어디에서 나오는 걸까?' 또는, '마고할미의 그 무시무시한 힘이란 우리의 상상을 초월하고도 남음이 있는 것이었다'라고 쓸 수 있을 것이다.

줄임표는 이것의 사용을 통하여 글을 읽는 사람에게 스스로 상상을 하게 만드는 힘이 있다. 이런 효과가 글로 써 놓는 것보다 더 크기 때문에, 글쓰기를 할 때 종종 사용하게 된다. 그러나 한 문장 안에서 너무 자주 쓰면, 글은 몽당연필처럼 부러져서 체신이 없어 보이고, 부리려던 효과는 오히려 반감되고 만다. 특히, 문장의 종결 어미 뒤에서는 줄임표를 붙이지 말아야 한다. '왜 그렇게 하셨어요?⋯⋯', 또는 '그는 언덕 아래로 마구 뛰어 내려갔다⋯⋯'라고 쓰면 안 된다.

마고할미 신화로 만들어 보는
새로운 이야기

앞에서 언급했지만, 이야기는 무한한 상상력에서 나온다. 그만큼 글을 쓰는 데 있어서 상상력이란 매우 중요한 기본적 요소의 하나이다. 마고할미는 여성이었다. 이 요소로 만들어 보는 새로운 이야기는 더욱 재미있고, 다양해질 수 있다. 상상력을 발휘하여 한번 뒤집어보고 비틀어보자.

Case 1

마고할미가 아니라,
마고할배였다면?

〈할미는 할멈을 낮춰 부르는 말로 늙은 여자가 손자, 손녀에게 자기 자신을 이르는 말이기도 하다. 일상적인 말은 할머니이다. 남성의 경우는 할아버지가 일상적 표현인데, 할미에 대비한다면 할배라고 할 수 있다. 할배는 강원도나 경상도 지역에서 쓰는 사투리이다. 할아범이라는 말도 있는데, 이 말은 할아버지를 뜻하는 것이 아니라, 신분이나 지위가 낮은 남자, 또는 하인을 뜻하는 말로 쓰인다. 할비라는 표현도 있는데, 이 말은 표준말이 아니다.〉

흥미진진해진다. 우선 그는 긴 손톱을 갖지 못했을 것이다. 그러다 보니, 하루의 중요한 일과가 손톱 치장과 손톱 관리였던 마고할미 대신 마고할배는 무엇을 하며 지냈을까? 종일 긴 곰방대를 물고 담배를 피우는 것이 대부분을 차지하지 않았을까? 그러다가 실수하여 지리산의 나무들을 다 태워먹는 대형 산불이라도 내지 않았을까? 이렇게 하면서 이야기를 써나갈 수 있을 것이다.

마고신이 할배가 아닌 것이 정말 우리로서는 큰 다행이다. 마고신은 산신으로 그 변이형이 전국의 여러 산에 많은데, 담배를 피우다가 실수하여 전국의 많은 산을 다 태워 먹었을지도 모르니까. 그리고 마고할미가 할미가 아니라, 곱고 아름다운 여자여서 마고선녀라고도 불렸다고 하니, 마고할배도 그런 애칭이 하나 있어야겠다. 한번 지어본다면, 마고선남? 좀 어색하니까, 마고총각이 어떨까?

또한 반야라는 남자친구는 여자가 되어야 할 것이다. 마고할배는 집 나간 반야를 기다리며 그 지루함에 매일 담배를 피우며 술을 마신다. 수천 년을 그래야 했으니, 그전에 폐나 간질환으로 사망해 버리고 말았을 것이다. 그래도 일단 무한한 능력자인 신이니, 아무 문제가 없는 것으로 하자. 그런데 집 나간 여자를 기다리며 그렇게 오랫동안 독수공방할 남자가 있을까? 생각을 바꾸자. 여자만 그러라는 법이 어디 있는가, 이 남녀평등 시대에……

그래서 마고할배는 반야를 기다리다 도저히 참지 못하고 그녀를 찾아 나선다. 여기저기 수소문을 하는데 도저히 그녀의 행방을 알아낼 수가 없다. 지리산으로 돌아온 마고할배의 분노는 점점 깊어지고 드디어 절정에 달할 즈음, 복수하리라고 단단히 마음먹는

다. 이제 이 신화는 복수극으로 달려간다. 그래서 그 분노가 하늘을 찌른 어느 날, 마고할배는 홧김에 지리산을 통째로 불태운다. 마고할미가 길고 날카로운 손톱으로 지리산의 나무들을 마구 할퀴어 하얀 생채기를 냈던 것은 그나마 다행이다. 그 큰 지리산이 온통 볼품없는 민둥산이 되지는 않았으니까.

제주도도 만들어지지 않았을 것 같다. 설문대할망이 아니라, 설문대할배는 치마를 입지 않았으므로, 흙을 퍼 나르지 않았을 것이고, 그냥 담배나 피우고 신선주를 마시고 빈둥빈둥 놀았을 것이다. 우도는커녕 제주도도 우리나라에는 존재하지 않을 뻔했다. 정말 큰 다행이다.

마고할미가 지리산으로
내려온 것이 아니라,
우물 속으로
내려왔다면?

이 역시 재미있는 이야기가 될 수 있을 것 같다. 깊은 우물, 두레
박, 밧줄, 이런 단어들이 할미와 같이 어울리게 된다면 그 분위기는
자못 으스스해진다. 그것도 한밤중이라면? 여러 가지 상상이 우리
를 깜깜한 허공 속으로 떠다니게 만든다.

신이 지상에 내려올 때는 대부분 세상 사람들이 잠자고 없는 새
벽이나 한밤중이 될 확률이 높다. 한밤중에 손톱이 길고, 소복(사실
은 신들이 입는 신복인데)을 입은 어느 여인이 공중에서 내려와 두레
박을 타고 어느 동네 뒷산 우물 속으로 들어간다. 그 우물에는 평
소 물이 거의 말라서 바닥이 보일 정도였는데, 그날따라 물이 우물
턱까지 차오르고 있었다.

모두 자고 없는 시간이었지만, 얼마 전, 우물 근처에 있는 어느
집으로 시집온 젊은 새댁은 시집 일이 너무 많아서 쉴 틈도 없이

한밤중까지 일해야 했는데, 이제 겨우 일을 끝내고 장독에 물을 길어놓아야 했다. 그 새댁이 아무도 없는 한밤중에 물을 담으러 이 우물에 왔다가 이 현장을 보게 되었고, 그 자리에서 그만 기절하고 말았다.

동네 사람들은 그다음 날, 이 해괴한 이야기를 듣고, 이 우물을 파묻어버렸는데, 그 바람에 마고할미는 우물에서 살지 못하고, 지리산으로 가게 되었다. 이 이야기는 으스스한 괴담이 되어 그 근처 동네에서는 늦은 밤에는 물을 길으러 우물에 가지 못하였고, 지리산 노고단에서는 마고할미의 넋을 기리고, 그 혼을 위로하는 진혼제를 올리는 행사가 열리게 되었다. 이렇게 이야기를 꾸미면 마치 전설의 고향 같기도 하다. 어떻든 이야기는 그럴싸하다. 특히, 마고가 여자이기 때문에 더욱 실감 나는 신화나 설화가 될 것 같다.

Case 3

마고할미가 손톱이
긴 게 아니라,
코가 길었다면?

　마고할미의 일상 취미가 그 길고 날카로운 손톱을 치장하고 관리하는 일이었는데, 보통 사람하고 똑같은 손톱을 가지고 있었다면 어땠을까? 이것만으로는 이야깃거리가 되지 못한다. 대신, 신체의 어느 한 부분을 특정 지어서 유난스럽게 만들 필요가 있다.

　코가 길었다고 치자. 그 코의 길이는 수시로 거짓말을 하는 피노키오의 가장 긴 코보다 수백 배는 더 길다고 가정하자. 손톱이 너무 길어서 그것으로 지리산의 나무들을 모두 긁어댔을 정도였으니까. 코도 그 정도 길이는 되어야 마고할미의 격에 맞을 것이다.

　그러면 마고할미의 취미는 코를 치장하고 다듬고 관리하는 것으로 해야 할 것 같다. 코를 다듬는다? 그것으로 이야기를 써나가기가 만만치 않다. 그런데 생각해보면, 얼마든지 상상의 날개를 펼칠 수 있다. 아무래도 콧속의 털은 밧줄 같을 것이다. 그것을 잘 다듬는 일이 결코 쉬운 일은 아닐 것이 분명하다. 콧속의 털을 가지

런히 다듬는다든가, 컴컴한 동굴 같은 콧구멍 속의 분비물을 매일매일 청소해야 하는데, 그것도 일이면 일이 될 것이다. 또 코가 크니, 냄새를 잘 맡을 것이어서 그리스 로마 신화에도 없는 인류 최초의 후각의 여신이 되지 않았을까?

더 중요한 것은 지리산 천왕봉이나 노고단의 나무들은 지금같이 껍질이 벗겨진 채 하얀 살갗을 드러내지 않았을 것이라는 점이다. 그러면 반야가 집을 나가고, 장구한 세월이 흘러도 돌아오지 않자, 마고할미는 그 긴 코를 가지고 지리산에 어떤 화풀이를 했을까? 온갖 힘을 다해서 천둥 같은 콧바람을 불어낸다면?

생활 속에 살아 있는 '쌩쌩 맞춤법'

맞춤법의 목적은 문법에 틀리게 쓴 단어나 문장을 문법에 맞추고자 하는 데 있다. 그러나 맞춤법은 맞지만, 표준어가 아니거나 그 용도가 잘못 쓰이는 경우가 종종 있다. 이번에는 표준어가 아닌 단어들을 찾아보자.

'꼭둑각시'와 '꼭두각시'

많이 헷갈리는 단어 중 하나이다. '꼭두각시'가 맞다. 1988년 이

전에는 '꼭둑각시'가 표준어였다고 한다. 비슷한 발음의 형태가 여러 개 쓰일 경우, 그 의미에 아무런 차이가 없으면 가장 널리 쓰이는 형태를 표준어로 삼는다고 하는 사례에 해당한다.

'두리뭉실하다'와 '두루뭉술하다', '두루뭉실하다'

이 단어들은 모나지도 아주 둥글지도 않으며, 말이나 행동이 분명하지 않다는 뜻을 가진 제일 혼돈을 주는 단어이다. 열에 여덟 명은 '두리뭉실'이라고 대답할 것 같다. 별생각 없이 그렇게 가장 많이 썼기 때문이다.

표준어는 가장 아닐 것 같은 '두루뭉술하다'이다. 그러나 '두리뭉실하다'도 사용하는 단어이다. 이는 모음조화에 의한 표준어의 변형이라고 보아야 할 것이다. '두루뭉실하다'는 완전히 틀린 말이다. '두루뭉술하다'의 명사형은 '두루뭉수리'이다.

여기서 한 가지 덧붙일 말은 '두루뭉술'이라는 단어 뒤에는 '하다'라든가 '하게'라든가 하는 글자가 같이 붙어서 쓰인다는 점이다. 문장 안에서 '두루뭉술' 네 글자만을 사용하면 올바른 문장이 되지 못한다. 이러한 단어를 불구형태소(또는 특이형태소)라고 하는데, 어떤 형태소가 다른 형태소와 결합하는 관계가 매우 제한적일 때, 즉 불구형태소는 몇 개의 특정한 형태소하고만 결합하여 사용된다. '두루뭉술'은 그 바로 뒤에 항상 '하다'나 '하게', 또는 '한'과 같은 단어들을 붙여서 부사나 형용사 등으로 쓰인다는 점을 알아두자.

'새악시'와 '새아씨', '새아기씨', 그리고 '색시'

언뜻 보아도 새악시는 표준말이 아닌 것 같고, 나머지 세 개는 모두 표준말로 보인다. 옳은 판단이다. '새아기씨'는 갓 결혼한 여자인 새색시를 높이는 말이며, '새아씨'는 '새아기씨'의 준말이다. '색시'는 아직 결혼하지 않은 젊은 여자를 뜻하는 단어이므로, '새아씨'하고는 뜻이 다르다. '색씨'는 완전히 틀린 단어이다. 표준말이 아닌 '새악시'는 남쪽지방의 방언으로 '새색시'라는 뜻이다.

그런데 이런 방언들은 문학작품, 특히 시에 종종 등장한다. 비단, '새악시'만이 아니라, 우리는 다양한 방언들을 우리 시구에서 찾아볼 수 있는데, 이는 시적 효과를 높이기 위하여, 또는 운율을 맞추려고 일부러 넣은 것이다.

'남비'와 '냄비'

우리는 주변에서 '남비'라는 말을 종종 듣는다. 올바른 표준말은 '냄비'이다. '남비'는 일본어인 '나베'에서 유래된 말로, 이 말이 '남베'로, 다시 '남비로, 그리고 지금의 '냄비'로 변형되었다고 한다. 그렇다면 '냄비'는 사실 외래어로 표준말이 된다. 우리는 이러한 변형된 단어들을 자주 찾아볼 수 있다.

'아지랑이'와 '아지랭이', '담장이'와 '담쟁이', '덩굴'과 '덩쿨', '넝쿨'과 '넝굴'

이런 단어들은 사전을 찾아보면 어느 것이 맞춤법에 맞는 것인지 쉽게 알 수 있다. 우선, '아지랑이'가 표준어이다. '남비'가 틀린 말이고, '냄비'가 맞는 말인 것을 보면, '아지랭이'가 맞을 것 같은

데, 우리말에서는 뒤에 있는 'ㅣ'모음이 역행되어 일어난 동화현상은 표준어로 보지 않기 때문이다. 표준말 '오라비'가 그렇고, '아비'가 역시 그렇다. 그러나 '풋내기'는 다른 경우이다. 이미 오랜 사용으로 굳어진 형태이므로 이것을 그대로 표준어로 인정하고 있는 셈이다. '냄비'도 이 경우에 속한다고 보는 견해가 대부분이다.

'담장이'는 틀린 말이다. '담쟁이'가 맞춤법에 맞는 말이며, '덩쿨'이 아니라, '덩굴'이 맞는 말이다. 같이 쓰면, '담쟁이덩굴'이 맞춤법에 맞는 말이 되는 것이다. 반면에, '넝쿨'이라는 말이 있는데, '덩굴'과 유사한 단어로, 역시 표준말이다. 그러나 '넝굴'은 '덩굴'의 사투리로 틀린 말이다. 맞춤법의 세계는 참으로 오묘하고, 알쏭달쏭하다.

'멋장이'와 '멋쟁이'

표준어는 '멋쟁이'이다. 우리나라 말에서는 '장이'와 '쟁이'를 구분해서 쓴다. 표준어 규정에는 어떠한 기술을 가지고 있는 사람에게는 '장이'를 쓰도록 하고, 그 외의 경우는 '쟁이'를 쓰도록 하고 있다.

이러한 규정에 따라 멋을 내는 사람은 기술자가 아니므로, '멋쟁이'가 된다. 물 위를 떠다니는 '소금쟁이'가 그렇고, '담쟁이'가 그런 경우이다. 그렇다고 모든 것이 칼로 무를 베듯 명확히 구분되지는 않는다.

기술자의 구분이 애매하다는 것인데, 표준말인 '점쟁이' 같은 경우는 점치는 일을 어떤 기술의 소유자로 볼 것인지에 대한 모호함이 있는 것이다. 반면에, '기와장이', '미장이' 등은 모두 기술자를 나타내는 표준말이다.

'바람'과 '바램'

이 단어는 이제 어느 것이 표준어인지 어느 정도 자리가 잡혀가고 있는 것 같다. 대부분 사람이 '바람'이 표준어라고 알고 있는 편이다. 그러나 여전히 우리 주변에서는 '바램'이라는 표현이 자주 등장한다. 오래된 말과 글의 습관 때문일 것이다.

'너에게 행운이 가득하기를 바래'라고 쓰는 것이 편하지, '너에게 행운이 가득하기를 바라'라고 쓰면 뭔가 어색하고, 문장이 덜 끝난 것 같은 기분이 든다. 또한 '나의 바램은 네가 성공하여……'라고 쓰거나 말을 하게 되지, '나의 바람은 네가 성공하여……'라고 는 잘 안 쓰게 된다.

　'바람'이라는 표현에 좀 더 익숙할 필요가 있다. 특히, '바람'의 동사형인 '바라다'의 사용에 유의하여야 한다. '바래다'라고 쓰기 쉽다. 과거형도 '바랬다'는 틀린 표현이고, '바랐다'가 맞는 말이다. 혹시라도 '바라다'를 '바래다'로 쓴다면, 이는 완전히 다른 뜻을 가 진 단어가 되고 만다. '바래다'는 햇빛이나 습기 때문에 색깔이 변 하는 것을 뜻하기 때문이다.

내 영혼을 살찌우는 글쓰기

모방은 창조의 발판이다

'모방은 창조의 어머니'라는 말을 앞에서 언급했는데, 이 말은 곱씹어서 생각해 볼 필요가 있다. 이 말을 쓴 사람이 아리스토텔레스는 아니지만, 그는 『시학』이라는 책에서 예술은 모방을 거쳐 만들어야 한다고 말하였다. 모든 예술은 인간의 본성에서 나오는 것인데, 그 본성 중에는 모방하는 마음이 있다는 것이고, 이를 통하여 예술작품이 만들어진다고 그는 언급하였다.

그의 이야기는 예술의 기원은 모방이라는 생각을 뒷받침해준다. 그러나 모방이 표절을 의미하는 것은 결코 아니다. 다른 사람 것을 베끼거나 훔치는 것은 부도덕한 일일 뿐이다. 올바르게 모방할 줄 아는 능력이라는 것은 그것을 자기의 것으로 소화하여 새로운 자기 창조의 길을 열어가는 것으로 우리는 인식하여야 한다.

시뿐만 아니라, 다른 글도 마찬가지다. 글쓴이의 생각과 의도와 문체, 수사법 등을 잘 파악하고, 제목을 달리해서, 그런 유사한 글을 여러 번 써볼 필요가 있다. 또는 그 글을 읽고 느낀 점을 써보는 것도 퍽 의미 있는 일이다. 이런 과정을 통하여 잠자는 내 영혼이 서서히 기지개를 켤 수 있기 때문이다.

훌륭한 문장, 감동적인 글을 읽어보고, 천천히 음미해보고 비슷하게 모방하여 한번 써보자. 그러면서 그 글을 쓴 작가의 마음을 느껴보자. 그 작가의 마음속에 들어가 앉아보면 좋겠는데, 그것은 쉽지 않은 일일 테니, 그 글 속의 주인공이 바로 나 자신이라는 착각을 해보는 것도 괜찮은 일이다. 이런 생각을 가지고 우리는 다양한 장르의 글을 읽어볼 필요가 있다. 우선은 좋은 글을 읽어보는 것, 글을 읽으면서 그 글의 주인공이 되어서 글에 들어가서 앉아보는 것, 읽고 난 후의 감상을 적어보는 것, 그리고 나도 그 글을 모방해보는 것……. 이런 과정은 내 영혼을 흔들어 깨워서 글쓰기의 세계로 들어가 보는 체계적 단계이다.

어느 장르인지를 잘 구분하는 일은 글쓰기의 기본이다

각 장르에 따라 글은 그것이 가지고 있는 특징이 다 다르다. 시, 소설, 수필, 희곡, 평론, 기행문, 연설문, 논문, 편지 등 우리는 아주 다양한 글의 종류를 만나게 되는데, 이런 글들은 글쓴이가 독자에게 전달하고자 하는 목적에 따라 구성방법이라든가, 표현방법, 수사법 등 각기 다른 특징이 있다.

여기에서는 각 장르로 글 쓰는 방법을 언급하지는 않겠지만, 일반적으로 생각해보아도 논문을 소설같이 쓰면 안 될 것이고, 연설문을 시같이 쓰면 또 안 될 것은 불 보듯 뻔하다. 그 외에도 다양한 인문학 서적들이 많다. 인문학 분야는 더욱 다양한 주제의 글들이 모여서 큰 바다를 이룬다. 역사, 교육, 과학, 정치, 경제, 교양 등과 함께 건강, 여행 등 취미와 기호 분야의 책들도 많이 있다.

내가 쓰려고 하는 글이 어느 분야인지, 어느 장르에 속하는 글인지를 먼저 정해 놓아야 글쓰기가 덜 힘들고, 진행이 순조롭다. 각 장르의 글마다 그 나름대로 특징과 특색이 있기 때문이다. 글쓰기 전에 내가 쓰는 글이 어느 장르인지를 잘 구분하는 일은 글쓰기의 기본이다. 또 그 분야의 글의 특징을 잘 알고 있는 것이 큰 도움이 되므로, 각 장르 글의 특성과 구성 등을 미리 알아두고, 내가 쓰고자 하는 글의 전체적인 모양을 그에 맞추어 미리 짜본다면 훨씬 효율적이고 수월한 글쓰기가 될 것이다.

좋은 글을 쓰려면 속담이나 격언, 또는 금언 등을 적절히 인용할 필요가 있다. 소설이나 시 등 순수문학 분야의 글에서는 그렇게 권장할 일은 아니지만, 그 외의 장르에서는 이러한 인용이 강한 호소력과 설득력이 생긴다. 평상시 적합한 속담이나 격언을 잘 알아두거나 메모해두고, 글을 쓸 때 필요하면 삽입하도록 하자. 실감도 나고, 전달력도 배가될 것이다. 반면에, 은어나 비어, 속어는 소설 같은 글에서 필요에 따라 의도적으로 사용하는 경우를 제외하고는 쓰지 않아야 한다.

제목은 글의 얼굴이다

글의 제목은 매우 중요하다. 제목이 글 전체 내용의 반이라는 생각을 항상 염두에 두어야 한다. 그만큼 제목을 잡는 것은 중요하고도 어렵다. 이는 어느 장르의 글에서나 다 마찬가지다. 아무리 좋은 내용의 글도 제목을 잘못 잡는 바람에 책을 다 읽어보기도 전에 작가의 의도가 반감되기도 하고, 별 관심을 받지 못하는 경우가 있다. 글을 쓴 사람으로서는 속상한 일이다.

반면에, 아무리 시원치 않은 글이라도 제목 덕분에 한 번 읽어보겠다는 욕구가 생길 수도 있다.

긴 제목이 좋은지, 짧은 제목이 좋은지, 절의 형태가 좋은지, 간단한 명사형이 좋은지, 답은 없다. 책의 제목이 종종 그 시대의 유행을 타기도 하는데, 제목을 통하여 책 전체 내용을 가름할 수 있거나, 또 읽을 사람의 관심을 미리 이끌 수 있다면 제목을 잘 정했다고 할 수 있다. 그만큼 책 제목은 고민하여 잘 잡아내야 한다. 이름을 잘 붙여야 좋은 상품이 되는 것이다. 그런데 '무제(無題)'와 같은 제목은 바람직하지 않다. 아무리 시라 해도 그렇다.

앞에서 적절한 속담이나 격언을 삽입하면 글의 효과가 있다고 했는데, 적당한 유머도 필요하다. 때로는 익살스러운 표현이나 유행에 민감한 반응을 나타내는 표현도 효과적일 수 있다. 글이 재미있어야 사람들은 계속 읽게 되는 것이다. 드라마도, 스포츠도, 예능 프로그램도 재미가 있어야 계속 보게 된다. 그렇지 않으면 사람들은 바로 채널을 돌리고 만다. 유머는 글을 재미있게 만드는 요소 중 하나임을 잊지 말자. 그러나 과하면 안 하느니보다 못하다는 것을 반드시 명심하자. 글의 품위와 체신을 떨어뜨릴 수도 있다는 점.

우리가 글을 쓰다 보면, 횡설수설하는 때가 있다. 특히, 긴 글을 쓸 때 이런 실수를 자주 범하곤 하는데, 이는 글을 쓰면서 글 쓰는 목적을 잠깐씩 잊어버리는 데에서 기인한다. 어느 부분에 집중하다 보면, 잘 나가다 종종 삼천포로 빠져서(이미 오래전에 삼천포시는 사천시로 통합되어서 이제는 이 표현을 쓰는데 큰 부담을 느끼지 않아도 될 것 같다), 거기에서 한참을 헤매기도 하고, 아차! 하고 방향을 급히 틀어 본론으로 왔다가 다시 어디론가 빠지고 하는 경우가 더러 있는데, 글쓰기에 있어서 이 점을 항상 유의하여야 한다. 나무도 잘 보아야 하지만, 수시로 숲을 잘 보아야 한다. 숲과 나무, 모두 중요하니까.

퇴고는 모든 글에 있어서 중요하다

자꾸 고쳐 쓰자. 글은 한번에 써 놓고 덮어버리는 것이 아니다. 자기가 쓴 글은 며칠 뒤에, 적당한 시간이 흐른 뒤에 반드시 읽어 보아야 한다. 분명히 고칠 부분이 생기는 법이다. 읽고 또 고치고, 또 읽고 고치고 하는 것은 좋은 글쓰기의 기본적 태도이다. 밀고 두드린다는 뜻의 '퇴고(推敲)'라는 한자는 시문의 자구를 여러 번 고치는 것을 의미한다.

퇴고는 모든 글에 있어서 중요하다. 물론 단 한 번에 완벽한 문장이나 글을 쓸 수도 있다. 다시 읽어보아도 전혀 고칠 데가 없는 글, 이런 경우도 당연히 있는 법이다. 놀라운 영감으로 그 자리에서 쓴 한 편의 시, 그리고 그 이후 한 번도 고치지 않은 그 시가 지금도 명시로서 전해 내려오기도 한다. 그 시인의 놀라운 능력일 것이다. 그러나 대부분 경우는 그렇지 못하다.

단 한번에 쓴 글이 반드시 멋진 글이 아니듯이, 여러 번 거쳐서 완성된 글이 멋지지 않을 거라는 생각은 버려야 한다. 때로는 이미 발표한 글을 몇 년 뒤에 수정, 개정하는 때도 있다. 내가 쓴 글은 꼭 다시 읽어보고 고치고, 또 읽어보자. '탁마(琢磨)'라는 것을 통하여 눈부신 옥이 탄생하는 법이니까.

그런데 사람들은 왜 글을 쓰려고 하는 걸까? 이렇게 힘든 일을 왜 사람들은 고민하면서 하려고 하는 걸까? 글을 써서 얻어지는 것이 무엇일까? 글쓰기를 통하여 나와 내 생활에 무엇이 달라질까? 우리는 글쓰기에 앞서 이런 근본적인 질문에 종종 봉착하게 되는데, 글을 쓰려고 하는 이유와 이러한 질문에 대하여 우리는 반드시 스스로 답을 가져볼 필요가 있다. 이 문제에 대해서는 다음 편부터 생각해보기로 하자.

머릿속 한구석에 쌓인 내 셀로판지 영상들
모처럼 그 그리운 것들의 향기

3
주몽 신화

고구려 건국의 주인공, 주몽

단군(환검) 시대에 우리나라는 12부족의 연맹체로 이루어져 있었다. 환검 후기시대에 이르면서 12부족은 부여, 고구려, 백제, 신라 등의 부족으로 나뉘고, 이 부족들은 각각의 국가로 형성되어가기 시작하였다. 이제부터는 신화에 인간도 종종 등장하는 혼재의 시대에 들어서게 된다.

신화의 내용

주몽은 고구려를 건국한 인물이다. 그런데 고구려 건국 신화를 얘기하려면 부여라는 나라를 먼저 이해하여야 한다. 부여는 B.C.

2세기경부터 494년까지 북만주 지역에 존속했던 국가이다. 부여를 세우고, 이 광활한 대지를 통치한 사람은 하느님의 아들인 해모수이다. 해모수가 세운 부여는 북부여라고 불렀는데, 원래 그곳은 해부루가 통치하던 곳이었다. 해부루가 그곳을 떠나 가섭원(강원도 강릉 지역으로 추정)이라는 곳에 도읍하고, 이를 동부여라고 했고, 그곳에 해모수가 북부여를 연 것이다. 이는 모두가 하늘의 뜻에 따른 것이었다.

해모수가 통치할 당시 부여성 압록강에는 하백이라는 이름의 용왕이 살고 있었는데, 해모수는 그의 딸 중 큰딸인 유화를 취하여 아내로 삼았다. 해모수는 호쾌하고 자유분방한 사람이었다. 그런데 결혼 축하 자리에서 거나하게 취한 해모수는 유화를 버리고 혼자 하늘나라로 가버렸다. 하백은 단단히 화가 나서 딸 유화의 입을 길게 잡아당겨서 흉하게 만들어 놓고는 백두산 남쪽 어느 연못에 버렸다.

어느 날, 동부여 왕인 금와왕이 연못에서 입이 새부리처럼 기다랗게 나온 여자 하나를 끌어올렸는데, 바로 해모수의 아내 유화였다. 유화는 하늘의 기운을 받아서 임신하였는데, 낳고 보니 커다란 알이었다. 사람이 알을 낳은 것이다. 이를 괴이 여긴 왕은 그 알을 내다 버렸으나, 짐승들이 와서는 알을 품고 보호하였고, 햇빛이 항상 그 알을 비추고 있었다. 이를 본 왕은 다시 그 알을 가져다가 유화에게 주었고, 햇빛이 환하게 비치는 어느 날, 그 알에서 한 아이가 나왔으니, 그가 바로 주몽이다.

주몽은 외모가 준수하고, 기골이 장대하여 어렸을 적부터 비범하였다. 말도 잘 탔으며, 활도 잘 쏘았다. 물레 위에 있는 파리를 맞춰 떨어뜨렸다 하니, 활 솜씨가 특출하였음은 두말할 필요가 없을 것이다. 당시에는 활을 잘 쏘는 실력이 남자의 가장 중요한 능력이었다. 왜냐하면 먹고살기 위해서는 사냥을 잘해야 했기 때문이다. 원래 그의 이름은 주몽이 아니었다. 그러나 당시 부여국에서 활을 잘 쏘는 사람을 주몽이나 추모라고 불렀으므로, 활을 잘 쏘는 그의 이름이 주몽이 되었다.

주몽은 부여에서 어린 시절을 보냈다. 그러나 큰 뜻을 가진 그가 조용히 시간을 보내고 있을 수는 없었다. 유화는 아들의 비범함을 알고, 다른 곳으로 가서 큰 인물이 될 것을 예상하고는 압록강 근처로 그를 보냈다. 그리고 그는 압록강 근처 개사수라는 강(지금의 중국 요령성과 길림성의 접경 지대를 흐르는 부이 강의 옛 이름이라고 추측)에 이르러 하늘의 도움으로 강을 건너 졸본이라는 곳에 도착하여 비류수 근처에 도읍을 정하고, 나라 이름을 고구려라고 정하였다.

주몽은 해모수의 아들이었으므로, 본래 성은 해 씨가 되어야 하나, 높은 곳에서 하늘의 뜻을 받아 태어났다는 뜻으로 고(높을 高) 씨를 자기의 성으로 삼았다고 한다. 이 때문에 나라 이름도 고구려가 되었다는 얘기가 전해진다. 즉, 고주몽이 그의 이름이 되는 것이며, 그가 곧 고구려를 건국한 동명성왕인 것이다.

동명성왕은 하느님의 자손이다. 아버지 해모수가 하느님의 아들이었다는 것, 그리고 알에서 태어난 사실이 그것을 입증한다. 그는 남다른 용기와 지혜와 신의 힘으로 주변 국가를 항복시키고, 국토를 넓혔다. 인근의 비류국 송양왕으로부터 항복을 받고, 그 나라를 고구려에 통합시켰다. 그리고 태평성대를 펼친 동명성왕은 B.C. 19년에 사십 세의 나이로 황룡을 타고 하늘로 올라갔다. 신으로서 세상에서 산 나이치고는 아주 짧은 것이었으나, 인간으로 치면 짧고 굵게 살다 간 것만큼은 확실한 것이다.

신화의 배경과 의미

신화를 포함한 전설이나 설화는 상호 간에 이야기의 연결성이 약하다. 일관성 있게 내려오는 기록역사로서의 모습보다는 각각의 신화가 하나의 이야기로 개별적으로 존재하는 경우가 많다. 한 나라 안의 신화에서도 그렇다. 천지를 창조한 신도 하나가 아니다. 그러다 보니, 세상도 여러 가지 다른 방법을 통하여 만들어졌다. 물론 여기에는 무당들이 전해준 것도 있고, 민간에 민담으로 전해 내려오는 것도 있다.

환인이 이 세상을 창조했다는 신화 말고도 하늘의 신, 옥황상제가 이 세상을 만들었다는 설도 있고, 하늘에서 미륵이 탄생하여 그가 이 세상을 만들었다는 설도 있다. 다 신화적인 인물이라는 것, 태초에 세상은 암흑이었고 혼돈이었다는 것 등 유사점들을 가지고 있으면서 시기가 불명확한 그 각각의 신화를 연대적으로 나열하여 하나의 이야기로 엮는다는 것은 불가능한 일이다.

그래서 신화는 각각의 이야기로서 느끼고 이해하고 즐기는 것이 좋다. 물론, 창세 시기를 지나면 어느 정도 연대의 구분이 가능하다. 여기 고구려를 건국한 주몽의 이야기부터는 단군(환검)의 신화에 이어 어느 정도의 연대 구분이 가능하고, 연결성도 있는 것으로 보인다.

고주몽 동명성왕의 신화에서 우리는 우리나라에 존재했던 부족들의 건국 신화들이 너무 어처구니없이 공중에 떠다니는 것이 아니라, 점점 명확해지는 것을 느낄 수가 있다. 아마 신화 속에 실제의 인간들이 공존하는 경우가 자주 나타나기 때문에 그럴 수도 있다. 물론, 알에서 태어났다든가, 용을 타고 다닌다든가, 거대한 나무를 통째로 뽑아서 들고 왔다든가, 홍해를 건너던 모세처럼 압록강을 배 없이 건넜다든가 하는 부분은 여전히 존재한다. 신화는 역시 신화인 것이다. 그래서 이런 신화 속에 세상 사는 사람들 모습이 같이 그려질 때, 우리는 더 실감 나는 신화의 묘미 속으로 빠져들어 갈 수가 있는 것이다.

백두산을 중심으로 압록강과 두만강에서부터의 땅이 우리나라 국토로 되어 있는 현재 우리 땅의 관점에서 볼 때, 고구려의 존재는 우리 국토의 개념을 달리하게 해준다. 우리 민족국가의 하나였던 고구려는 저 광활한 만주 땅까지 차지하고 있었다. 학창시절에 역사 공부를 할 때, 동명성왕 외에도 열심히 밑줄을 쳐가며 외웠던 광개토대왕이 있었고, 장수왕이 있었다. 645년 보장왕 때에는 양측에서 수십만 명이 동원된 안시성 전투에서 우리 장군 양만춘은 대국인 당나라를 퇴각시켰다. 당시, 양만춘 장군은 화살 한 발로 멀리 있는 당태종의 눈알을 맞혀 그들을 기겁하게 했다는 이야기도 전해진다. 그들은 모두 광활한 만주 땅까지 통치하던 우리나라의 왕이요, 장군들이었다.

고구려는 씩씩한 기상과 용감한 정신을 대변하는 강한 국가로서 우리나라 역사에 영원히 존재하는 나라이다. 오늘날 중국 북동부 지역인 요령성, 길림성, 흑룡강성 등으로 이루어진 만주라는 곳은 그 얼마나 넓고 황량한 곳인가? 또 겨울에는 얼마나 추운 곳인가? 까마득했던 그 시대에 그곳의 겨울은 지금과는 비교조차 할 수 없을 정도로 추웠을 것이다. 그런 열악한 곳에서 고구려인들은 오직 살아남아야 한다는 무쇠 같은 신념 하나로 혹한과 싸우고, 이웃 오랑캐들과 싸우고, 사냥해서 동물을 잡아먹고, 가정을 꾸리고, 아이를 낳고 살아갔을 것이다. 분명 남다른 정신 무장이 있었을 것이다. 그래서 고구려인 하면 광활한 대지에서 말을 달리던 강인하고 단단한 강철 같은 기상을 가진 철인들의 모습이 떠오른다.

우리는 그러한 고구려를 건국한 주몽의 존재 이유에 대하여 다시 한번 깊이 생각해 볼 필요가 있다. 주몽이 말을 달리며, 활을 쏘던 그 넓은 우리의 땅, 만주를 다시 찾아야겠다는 생각과 함께, 중국 요령성 부근에 있었다는 안시성을 찾아 우리 선조인 고구려인들에게 푸짐한 제사상이라도 차려드려야 하는 것이 우리의 도리가 아닐까 하는 생각이 드는 것이다.

주몽 신화로 알아보는
올바른 문장 사용법

> **1**
> 단군(환검) 시대에 우리나라는 12부족의 연맹체로
> 이루어져 있었다. 환검 후기시대에 이르면서 12부족은
> 부여, 고구려, 백제, 신라 등의 부족으로 나뉘고……

이 예문은 별로 문제가 없는 평범한 문장이다. 그러나 이 문장을
다음과 같이 바꾸어 보자.

단군(환검) 시대에 우리나라는 12부족의 연맹체로
이루어져 있었다. 환검 후기시대에 이르면서
부여, 고구려, 백제, 신라 등의 부족으로 나뉘고…….

이 두 문장의 차이점은 뒷부분의 문장에서 '12부족은'을 넣고 빼고 한 것뿐이다. 둘 다 틀린 문장은 아니지만, 어느 문장이 분명한 뜻으로 다가오는지 여러분은 구분이 될 것이다. 문장을 길게 쓰지 않으려고 노력하는 것도 중요하지만, 필요한 어휘를 빼는 것은 바람직하지 않다. 나중에 바꿔 쓴 문장은 '12부족은'이라는 주어를 생략한 것이다. 그러다 보니, 의사전달이 불명확해졌다.

우리나라 문장에서는 주어의 생략이 꽤 많이 일어난다. 필요한 주어를 생략하다 보니, 부정확한 문장이 되고 만다. 예를 들면, '밥 먹었니?', '언제 오니?', '갖다 준대?' 등은 모두 주어가 생략된 문장이다. 이는 우리말의 특성이기도 하다. 그리고 의사전달에 문제는 별로 없어 보이지만, 지나친 주어의 생략은 피하는 것이 좋다.

영어 문장의 경우에는 대부분 'I' 나 'You', 'He', 'She' 등 주어가 뚜렷하게 표시되는 것을 볼 수 있다. 이는 단 주어뿐만이 아니고, 목적어도 마찬가지다. 이러한 문장 성분들의 생략 여부는 문장 전체의 구성과 흐름을 보아서 결정하여야 한다.

2
왜냐하면 먹고살기 위해서는
사냥을 잘해야 하기 때문이었다.

이 문장은 '왜냐하면'으로 시작하여, '때문이었다'로 끝난다. 이 문장을 다음과 같이 바꾸어 보자.

왜냐하면 먹고살기 위해서는
사냥을 잘해야 하는 것이었다.

이렇게 바꾸어 놓고 보니, 어색하고 불편할 것이다. 윗도리 아랫도리가 서로 안 맞는 옷을 입고 있는 것 같다. 그 이유는 앞뒤 문장 서로 간의 호응이 깨져 있기 때문이다. '왜냐하면'으로 시작하면 '때문이다'라고 호응해주는 것이 좋고, '결코'나 '그렇다고 해서'라는 말이 들어가면, '……은 아니다'라는 끝말로 호응해주는 것이 좋다.

한 가지 예를 더 들어보자. '이제 분명한 점은 더 이상 그의 능력에만 의존하고 살 수 없다는 것을 우리가 인지했다는 것으로도 알 수가 있다'라는 문장이 있다고 치자. 좀 긴 문장이니 천천히 읽어보자. 부드럽지 못하고 어색한 표현이 눈에 띄지만, 글 쓴 사람이 무엇을 얘기하고 싶은지는 대충 짐작이 간다.

이 문장을 이렇게 고쳐보자.

'이제 분명한 점은 더 이상 그의 능력에만 의존하고 살 수 없다는 것을 우리가 인지했다는 것이다.'

고친 이 문장이 더 간단하고 명료하다. 전달하려는 그 뜻이 분명해진다. 이러한 앞과 뒤의 호응은 특히 문장이 길어질 때 조심하여야 한다. 사람이건 문장이건 서로의 부름에 제대로 응답할 필요가 있다.

3
다 신화적인 인물이라는 것, 태초에 세상은 암흑이었고 혼돈이었다는 것 등 유사점들을 가지고 있으면서,

이 예문은 인용이 들어가 있는 문장이다. 어떤 사실을 인용하여 문장을 완성하였을 경우, 그 흐름이 어딘가에 걸리는 느낌이 들면 좋지 않다. 이 문장을 '다 신화적인 인물이다라는 것, 태초에 세상은 암흑이었고 혼돈이었다라는 것 등 유사점들을 가지고 있으면서,'로 바꿔 써보자.

부드러웠던 문장이 어딘가에 한 번 걸렸다가 넘어가는 기분이 든다. 인용할 때의 표현을 잘못한 경우이다. 이런 예는 비일비재하다. '이것이 삶이다라는 생각을 해야 한다'보다는 '이것이 삶이라고 생각을 해야 한다'가 맞는 표현이고, '그가 나에게 그녀는 언제 갔느냐라고 물었다'보다는 '그가 나에게 그녀는 언제 갔느냐고 물었다'가 올바른 표현이다.

4
주몽은 해모수의 아들이었으므로, 본래 성은 해 씨가 되어야 하나……

우리나라 글에는 조사의 역할과 기능이 참으로 많고 다양하다. 조사의 종류도 다채롭다. 단 한두 글자인 이러한 조사는 어떤 것을 쓰느냐에 따라 문맥이 크게 달라질 수 있으며, 조사 하나 때문에 문장이 틀어질 수 있다. 이 예문은 주몽의 성에 대한 설명으로, 주몽은 해모수의 아들이기 때문에 아버지의 성인 해 씨를 따라야 한다는 언급을 하는 중이다.

이 문장을 이렇게 바꿔 쓰면 어떨까? 주격 조사인 '주몽은'의 '은'을, 역시 주격 조사인 '이'로 바꾸어서 이렇게 써보자.

주몽이 해모수의 아들이었으므로, 본래 성은 해씨가 되어야 하나……

문법상 문제도 없고, 문장도 크게 잘못된 것으로 보이지 않는다. 그러나 바꿔 쓴 문장에서, 주격 조사 '이'는 자발적으로 무엇을 해보려는 의도가 강해 보인다. 즉, 주몽이 해모수의 아들이 된 것은 그가 의도해서 그렇게 된 것이 아니라, 어쩔 수 없는 결과였으므로 이것을 설명해주는 상황이 필요한 것이다. 그러려면 '은'을 쓰는 것이 타당하다. 아주 미묘한 차이 같지만, 자세히 보면 큰 차이가 있다. '은', '는', '가', '이가'가 모두 주격 조사들인데, 글 쓴 사람의 의도와 문장의 내용에 따라 잘 골라 써야 한다.

'손등에도 빨간 코피가 묻어났다. 백규가 나에게 달려오더니, 내 머리를 뒤로 젖히게 하고는 손날로 내 뒷목을 계속 두드려 주었다'라는 문장을 예로 들어보자. '백규가'의 주격 조사 '가'를 '는'으로 바꾸어 쓴다면 문장 전체의 흐름은 어떻게 될까? 바꿔서 한번 읽어보자. 주격 조사 하나가 문장에 주는 영향이 매우 크다는 것을 알 수 있다. 적절한 조사를 찾아 사용하자.

5

만주라는 곳은 그 얼마나 넓고 황량한 곳인가?
또 겨울에는 얼마나 추운 곳인가?

글쓰기를 할 때, 적절한 문장 부호의 사용은 글 내용의 효과를
높이는 지대한 역할을 한다. 느낌표, 물음표 등 이러한 문장 부호는
글 쓴 사람의 마음과 이것을 읽는 사람의 마음이 일치될 때 그 효
과가 배가되는 것이다.

이 예문에서는 만주라는 곳이 매우 넓고 황량하고 춥다는 것을
두 개의 연속된 물음표를 통하여 강조하며, 읽는 사람에게 공감해
달라고 요청한다.

그런데 이러한 문장 부호는 적절히 잘 섞어 쓸 때만 그 진가를
발휘한다는 것을 유념할 필요가 있다. 의도적으로 쓰는 특수한 문
장이 아니라면 필요할 때만 써야 하는 것이다. 느낌표이건, 물음표
이건 이런 부호를 너무 많이 사용하면 문장이 지저분해지고, 효과
는 오히려 반감되어 안 쓰는 것보다 못하다.

어떤 문장에는 느낌표나 물음표가 한번에 두 개, 세 개가 연달아 있는데, 올바른 표현방법이 아니다. 그 얼마나 슬펐을까?? 라든가, 내 조국이여!! 같은 부호의 중복 사용은 지양할 일이다.

또 감탄사의 사용도 적절해야 한다. 가장 흔히 쓰는 감탄사로는 '아', '오', '오호', 외에, '아니', '저런' 등이 있다. 감탄사 뒤에는 대부분 느낌표가 따라오는 게 보통이다. 이런 부호가 따라오건 안 따라오건 문제는 없다. 상황을 보아서 사용하면 된다.

그런데 '아아', 또는 '오오' 하고 쓰는 때도 있다. 두 글자까지는 사용에 무리가 없으나, 그 이상은 쓰지 않는 것이 좋다. 감탄사 역시, 느낌표나 물음표처럼 의도적으로 그것을 사용하겠다는 문장이 아니라면, 한 문장에서 너무 많이 쓰면 그 효과는 퇴색하고 만다. 과유불급이라는 단어를 생각해볼 필요가 있다.

주몽 신화로 만들어 보는
새로운 이야기

주몽은 늠름하고 씩씩한 기상과 용감한 개척정신으로 무장된 비범한 인물이었다. 그런 인물을 가지고 새로운 이야기를 만들어 보는 것은 참으로 흥미로운 일이다. 더군다나 신과 인간이 한곳에서 혼재되어 생활해가는 환경 속에서는 더욱 재미있고 다채로운 이야기들이 만들어질 수 있다.

주몽이 고구려를
만주 지역에 세우지 않고,
중국 본토 중심 지역에
세웠다면?

우리로서는 대환영할 일이다. 중국 본토가 대대로 우리나라 땅
이었음이 입증되는 것이고, 아울러 백제나 신라가 고구려 지역까
지 올라가서 자리 잡고 있지 않았을까? 특히, 고구려인은 도전적이
고, 진취적인 기상을 지닌 사람들이었으므로, 서쪽으로 전진하면
서 지금의 몽고, 러시아 일부, 심지어는 인도에까지도 손을 뻗치려
하지 않았을까? 몽골제국의 칭기즈칸처럼. 고구려의 왕들이나 장
수들이 칭기즈칸에 비해 그 용맹성과 전투력이 떨어지는 것은 결
코 아니니까. 안시성에서 양만춘 장군이 중국 천하를 쥐락펴락하
는 당태종의 한쪽 눈알에 화살을 꽂은 사실을 보면, 이는 충분히
가능한 이야기다. 분명히 그 국경 지역에서는 밤낮 분쟁이 끊이질
않았을 것은 확실해 보인다.

더 이야기를 꾸며보자면, 고구려가 중국 본토를 차지하고 앉는

바람에 중국은 서쪽으로 밀렸을 것이고, 그 옆의 국가들도 덩달아 서쪽으로 밀려서 아시아 전체가 유럽 쪽으로 밀려가며 각 국가가 형성되었을 것 같다. 그러다 보면, 터키는 지중해에, 프랑스 등 베네룩스 3국은 대서양이나 도버 앞바다에 퐁당 했을지도 모르는 일이다.

그렇지만 각 나라가 지금의 모습으로 존재는 해야 하니, 밀리는 국가들은 아마 러시아 쪽으로 꾸역꾸역 밀려가지 않았을까. 신이 보기에 러시아는 너무 큰 땅을 차지하고 있으므로, 조금 쪼갤 필요가 있지 않았을까. 어쨌든 주몽이 고구려를 중국 본토에 건국했다면, 아시아를 포함한 세계 지도는 사뭇 달라지고 말았을 것은 분명해 보인다.

우선은 고구려 건국의 신비성이 떨어질 것이다. 나라를 세운 인물들은 그 탄생 자체가 신비로웠다. 조선을 건국한 단군은 곰(웅녀)과 신(환웅)의 몸에서 태어났으며, 고구려보다 먼저 나라를 세운 신라의 왕, 혁거세 역시 알에서 태어났다. 비단 나라를 세운 인물이 아니라, 인류의 커다란 역사를 창조했던 인물들은 탄생의 비화가 심상치 않다.

예수는 동정녀 마리아로부터 태어났다. 마리아는 부부 관계없이 순수한 처녀의 홑몸으로 예수를 임신하였다. 신비스러운 탄생이다. 물론 그렇지 않은 적도 있다. 예수보다 500년 정도 먼저 태어난 석가모니는 카필라 왕국에서 어머니, 아버지를 둔 인간의 몸에서 태어났다. 그런데 태어나자마자 걸었다고 하니, 역시 심상치 않은 인물이 될 것은 확실하였다. 그리고 그 한참 뒤에 태어난 이

슬람교의 창시자 무함마드도 일반적인 가정에서 태어난 것으로 알려져 있다.

그런데 잘 살펴보면, 주몽이 알에서 태어났다는 사실보다 주몽의 어머니, 유화가 알을 낳았다는 사실 자체가 더욱 신비롭다. 이는 주몽은 인간의 아들이되, 다른 인간과는 탄생 과정이 달라야 했음을 강조하는 신의 생각으로 읽힌다. 그래서 인간이 알을 낳게 하고, 그 알에서 주몽을 나오게 한 것이다. 인간성을 부각하면서 신비성을 가미한 하늘의 뜻인 것이다.

어쨌든 주몽이 어머니의 몸에서 태어났다면, 하는 상상에서 새롭고 다양한 이야기의 전개는 그렇게 쉽지 않다. 왜냐하면 어머니의 몸에서 태어났다고 해서 주몽의 남다른 외모와 출중한 능력이 감소하지는 않았을 것이기 때문이다. 단지, 고구려 건국의 신비로움이 대폭 줄어들었을 것이다. 그런데 재미있는 것은 주몽 신화는 거기서 그치지 않고, 한 걸음 더 나아갔다. 유화는 그 알을 겨드랑이로 낳은 것이다.

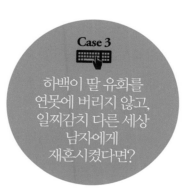

Case 3

하백이 딸 유화를
연못에 버리지 않고,
일찌감치 다른 세상
남자에게
재혼시켰다면?

유화가 일찌감치 세상 남자와 재혼했다면, 아마 주몽도, 고구려
도 존재하지 않았을 것 같다. 알을 낳지 않았을 것이므로. 물론, 더
욱 신비한 일이 벌어져 이들이 알을 낳을 수도 있고, 거기에서 주
몽이 태어날 수도 있다. 그렇게 되면 하늘의 아들인 해모수의 존재
가 너무 쪼그라들고 만다. 이 이야기는 전체적으로 흥미롭지 못하
게 될 것 같다. 단지, 유화는 어느 좋은 남자를 만나서 잘 살았을 것
이고, 신화에까지는 더 존재하지 않았을 것 같다. 어떻든 유화 역시
용왕의 딸이었기 때문에, 인간의 몸을 입은 어느 신과 결혼해서 출
중한 아들을 하나 낳을 수도 있겠다. 그런데 역시 그 아들이 주몽
이 되면 안 될 것 같다. 해모수의 존재가 없어지는 상황이 될 것 같
으니까.

어떻든 고구려는 건국이 되어야 하니, 신은 해모수에게 주몽을

낳게 하도록 다른 일을 시켰을 것이다. 유화와 맞먹는 신분과 신비성을 가진 어느 여자와 재혼을 시켜 고구려 건국이라는 대업을 이루어 갈 것으로 보인다. 그 어느 여자가 하백의 둘째나 셋째 딸이라면 이야기는 어떻게 될까?

슬슬 꼬이면서 복잡해지기 시작한다. 원래 하백에게는 딸이 셋 있었다. 큰딸 유화, 둘째 훤화, 그리고 셋째 위화인데, 해모수가 훤화나 위화를 꼬드겨 하백의 반대를 무릅쓰고 결혼해버렸다면? 그럭저럭 주몽은 탄생할 텐데, 그 용왕 집 자매들 간의 불화, 특히 해모수의 과거 여자인 유화와 동생들 간의 다툼이 볼만해질 것 같다. 해모수와 유화와의 관계도 말이 아닐 것이다. 나아가, 유화가 재혼하여 아들을 하나 낳았다면 주몽과 그 아들 사이의 관계는? 시기와 암투? 막장 드라마? 신화는 못 하는 것이 없다.

주몽은 자기가 높은 곳에서 햇빛을 받아 태어났다고 해서 성을 고(높을 高)로 했다고 전해진다. 자기 성을 따서 나라 이름도 '고구려'라고 지었다고 한다. 반대로, 나라 이름을 '고구려'라고 먼저 짓고 나서, 앞의 '고'자를 자기의 성으로 삼았다는 이야기도 있다. 성씨를 나타내는 한자가 주몽 시대보다 먼저 나와 있었는지, 그 이후에 나왔는지는 잘 모르겠지만, 아무튼 고주몽과 고구려라는 이름은 상호 연관성이 있어 보이는 것이 사실이다.

한자의 성 중에 높음을 뜻하는 글자로는 崔도 있어서 사실 최주몽도 가능하고, 최구려도 가능하다. 이를 박이나 이로 한다면? 박주몽, 이주몽은 그런대로 괜찮은데, 박구려, 이구려는 나라 이름으로 영 이상하다. 최구려도 마찬가지다.

사실 이것도 우리 머릿속에 고구려라는 글자가 이미 콱 들어박혀 있어서 그렇게 느껴지는 것이지, 애초부터 박구려, 이구려, 최구려 했다면 괜찮았을 것이다. 고정관념과 관습이란 이렇게 무서운 것이다. 이것을 과감하게 바꿀 때 창조적이고 신선하고 새로운 이야기가 만들어지는 것이 아닐까?

생활 속에 살아 있는 '쌩쌩 맞춤법'

우리가 틀리게 쓰는 단어, 비표준어는 우리 주변에 너무 많다. 이것을 모두 찾아 나열하여 설명하기에는 지면도 부족하고, 이 책의 주된 목적에서도 다소 벗어난다. 그렇지만 현재 우리가 쓰고 있는 틀린 것 중에서 가장 아닐 것 같은 것들을 위주로 정리해본다.

'깡술'과 '강술'

안주 없이 마시는 술이란 뜻으로 쓰이는 단어인데, 거의 대부분

'깡술'이라고 발음하고, 그렇게 쓴다. 틀린 말이다. '강술'이 맞춤법
에 맞다. 아마 안주 없이 독한 술을 마시니, 이 얼마나 힘든 일일까.
그래서 '강'을 '깡'이라고 된소리로 발음했던 것이 아닐까 하는 생
각을 해본다. 그러나 '강다구'는 틀린 말이고, '깡다구'가 맞는 말이
다. '깡다귀'도 역시 틀린 말이다.

'꼬시다', '꼬이다', '꾀다', '꼬드끼다', '꼬드기다'

　'네가 꼬셔 봐, 네가 그런 거 잘하잖아' 이런 말을 할 때 쓰는 '꼬
셔 봐'라는 단어. 틀린 말이다. 이럴 때 쓰는 말은 '꼬이다', 또는
'꾀다'이다. '네가 꼬여봐……' 이렇게 써야 한다. '꼬시다'라는 말
은 형용사로써 '고소하다'라는 뜻의 지방 사투리이다. '꾀다'와 유
사한 뜻인 '꼬드끼다'는 맞춤법에 틀린 말이고, 표준어는 '꼬드기
다'이다.

'간막이', '칸막이', '빈칸', '빈간'

무엇이 맞춤법에 맞는 말일까? '칸막이'이다. 이 말은 한자어인 간(間)에서 온 단어이지만, 오랫동안 발음이 변하고 굳어져서 '칸막이'를 표준어로 쓴다. '간막이'는 틀린 말이다.

역시 '빈칸'이 맞는 말이고, '한 칸', '두 칸'이 맞는 말이다. 반면에, '초가삼간'이나 '마구간' 같은 단어는 무엇이 맞을까? 이 경우에는 모두 '간'으로 쓰는 게 맞다. 단, '마구간'의 경우, 발음은 '깐'으로 한다.

사이시옷의 사용법

우리나라 말은 기본적으로 소리와 표기를 일치시킨다. 특히 두 단어가 결합이 된 합성어가 많은 우리나라 말에서는 이렇게 되지 않고 불일치할 때가 있다. 이때, 사이시옷을 넣어 사용한다. 그 외에 몇 가지 규정이 있으나, 복잡하고 예외도 있으므로 여기에서는 중요한 기준을 간략하게 정리해보는 것으로 한다.

사이시옷을 넣어야 하는 경우는, ① 두 단어가 합쳐진 합성어로, ② 그 두 단어 중 하나는 우리의 고유어이어야 하고, ③ 합쳐진 후에 발음할 때, 된소리가 나거나, 'ㄴ' 소리가 덧나는 경우라고 되어 있다.

간단한 예로, '노래방'은 '노래+방'이란 합성어이고, '노래'라는 우리의 고유어가 있다. 반면, 두 단어를 합친 후에도 소리의 변화가 없다. 따라서 그대로 '노래방'으로 쓰면 된다. 그러나 '잔치집'은 둘 다 고유어이면서, '잔치찝'으로 발음이 된다. 따라서 사이시옷을 넣어 '잔칫집'으로 써야 맞춤법에 맞는다.

'등교길'도 마찬가지다. 발음을 해보면, '낄'이라는 된소리가 난다. 따라서 '등굣길'이 맞는 말이고, '등교길'은 틀린 말이다. '순대국'도 마찬가지다. 맞춤법에 맞는 말은 '순댓국'이다. 반면에, 이미 굳어진 예외가 있다. '셋방', '곳간', '횟수', '숫자'들이 그것이다. 또한 '마구간'은 발음이 '깐'으로 나더라도, '마굿간'으로 쓰면 안 된다. '마구간'이 표준말이다. 어느 일이든 항상 관습과 예외가 있는 법이다.

그런데 'ㄴ' 소리가 덧나는 경우는 조금 까다롭다. 이 경우에는 표준발음을 정확히 아는 것이 중요하다. '노래말', '존대말', '혼자

말'의 경우에는 발음할 때, '노랜말', '존댄말', '혼잔말'로 되고, '소개말', '인사말', '반대말'의 경우에는 표준발음이 쓴 글자 그대로 난다. 따라서 이런 단어들의 표준말은 '노랫말', '존댓말', '혼잣말', 그리고 '소개말', '인사말', '반대말'이다.

그 외에 더 많은 사례가 있으나, 일단 이 정도로 정리해두자. 어떻든 사이시옷 사용 규정은 까다롭기도 하고, 예외가 많다는 것, 그리고 우리나라 말에는 한자에서 유래된 글자가 순수한 우리 한글과 더불어 합성어의 형태로 된 경우가 많다는 것 등이 우리의 맞춤법 규정을 더 까다롭게 만들기도 한다.

'가여운'과 '가엾은'

형용사인 이 단어들은 어느 것이 맞춤법에 맞는 말일까? 정답은 둘 다 표준어이다. '부모를 잃은 가엾은 아이'라고 써도 되고, '부모를 잃은 가여운 아이'라고 써도 된다.

따라서 '가엾다'도, '가엽다'도 다 맞는 표현이다. 문장의 상태와 문맥에 따라서 적당한 단어를 골라 쓰면 된다.

또한 '가엾다'는 '가엾어', '가엾으니', '가엾고'로, '가엽다'는 '가여워', '가여우니', '가엽고'로 활용해서 쓸 수 있다.

'골르다'와 '고르다', '갈르다'와 '가르다'

사람이나 사물 등 여러 대상 중에서 가려내거나 뽑는 것을 뜻하는 동사인 위의 단어들은 파생형에서 원형으로 쓰고자 할 때 다소 헷갈리게 된다. 즉, '빨리 골라 가지고 와!' 할 때나 '이 게임은 편을 갈라서 하는 거야' 할 때는 'ㄹ' 받침을 붙이는데, 원형으로 쓸 때는 그렇지 않다. 따라서 이 단어들의 동사 원형으로 '골르다'와 '갈르다'는 틀린 표현이고, '고르다'와 '가르다'가 맞는 표현이다.

'조르다'와 '다르다'도 마찬가지다. '목을 졸라서 죽이려고 했다'라든가, '그것과는 너무 달라서 이 일을 제대로 할 수가 없다' 등의 예를 든다면 쉽게 알 수 있다. 그러나 '목을 조르며 달려들었다'나 '너와는 내가 너무 다르니 더 얘기하지 말자' 등의 문장에서는 'ㄹ' 받침을 쓰지 않는다.

동사의 원형과 그 파생형태에 대하여 많은 사례를 접해 볼 필요가 있다. 형용사 역시 규칙적으로, 또는 불규칙적으로 변형되기 때문에 우리말의 다양한 변형에 대하여 연구하는 것은 글쓰기에 있어서 부드럽고 훌륭한 문장을 만드는 데 많은 도움이 된다. 우리나라 말처럼 다양하게 변형되는 말은 이 지구상에 별로 없다. 우리 한글은 그 어느 나라의 문자보다도 우수하다.

글쓰기,
우리들의 로망

내 영혼을 살찌우는 글쓰기

사람들이 글을 쓰는 이유

사람들은 왜 글을 쓰려고 하는 걸까? 글을 써서 얻어지는 것은 무엇일까? 말로 하는 것보다 열 배, 아니, 백 배는 힘든 글쓰기…… 왜 사람들은 그 힘든 글쓰기에 몰두하는 걸까? 우리는 글쓰기 앞에서 이런 근본적인 질문에 자주 맞닥뜨리게 된다. 그에 대한 답을 얻게 되면 글쓰기는 좀 쉬워지는 걸까?

꼭 그렇지는 않다. 그러나 우리가 글을 쓰는 이유를 나름대로 가지고 있을 때, 글을 써서 내 생각과 사고의 틀이 달라진다는 사실에 도달하게 될 때, 우리는 글쓰기를 통해 더 성숙하고 의연한 자세로 나를 들여다볼 수 있으며, 다른 사람과의 공감도 가능하다. 글쓰기가 소통과 공감의 광장으로 우리를 데리고 간다는 것은 그만큼 글을 통하여 내 마음이 열리는 것이요, 또한 다른 사람의 생각을 내 마음 안으로 받아들일 수 있음을 의미한다. 마음이 넓어지고, 사고의 틀이 확장되는 것이다.

글을 쓰는 이유와 그 목적에 대하여 많은 사람이 다양한 책에서 언급하고 있다. 좋은 말씀을 우리는 익히 들어 알고 있다. 글쓰기를 통하여 생각과 상상력의 틀이 무한대로 넓어질 수 있으며, 사고방식이 바뀌고, 창의력이 키워지며, 잠재능력의 개발을 통한 자기계발이 이루어진다. 그리고 자아실현을 통한 보다 한 단계 업그레이드되고 발전된 나의 모습을 시현해 갈 수 있다. 또한, 인내심도 길러지고, 분노의 감정도 사라지며, 사안에 대한 분별력도 키울 수 있다. 더 조리 있게 생각하고, 분석하고, 상황을 새롭게 구성하는 마음의 정돈을 할 수 있다. 그리고 나의 세계에 여러 사람을 초대하여 공감의 장을 열 수 있다. 마치 글쓰기가 우리 삶의 만병통치약처럼 보이나, 상당 부분 맞는 얘기이다.

마음의 분노를 가라앉히는 이상한 힘

여기에 글쓰기나 글 읽기 등 글이 주는 효과에 대하여 나의 작은 경험담 하나를 소개하고자 한다. 아주 어렸을 적의 조그만 에피소드이다. 당시 나는 중학교 2학년이었다. 그때 나의 형은 고등학교 2학년이었는데, 우리 형제는 친하게 지내다가도 자주 다투었다. 다툰다는 표현은 부적합하고, 내가 형으로부터 일방적으로 얻어터졌다.

나는 내성적이고, 조용하고 책을 좋아했고, 형은 외향적이고, 시끄럽고, 운동을 좋아했다. 그런 성격의 형이다 보니, 나는 걸핏하면 얻어터질 수밖에 없었다. 엄마한테 이를 수도 없었다. 이것을 형이 알면 나중에 더 터지게 되어 있으니, 혼자서 참으며 그 분을 삭여야 했다. 그날도 나는 얻어터지고, 눈물을 짜면서 다락방으로 올라갔다. 나는 내 책상 앞에 씩씩거리며 앉았다. 화가 머리끝까지 치밀어 올랐으나, 별도리가 없었다. 문득 책 한 권이 눈에 들어왔다. 나는 눈물이 그렁그렁한 눈알을 끔벅거리며 그 책을 펴보았다. 작고 허름한 시집이었는데, 펴본 페이지에 박목월의 「나그네」라는 시가 있었다.

나는 속으로 그 시를 읽어보았다. '강나루 건너서 밀밭 길을 구름에 달 가듯이 가는 나그네……' 아주 짧은 시였으나, 그것을 읽으며, 내 마음의 분노는 서서히 사라지고 있었다. 당시 그 시는 내 마음의 분노를 가라앉히는 이상한 힘을 가지고 있었다.

다시 며칠 뒤에 나는 형으로부터 또 얻어맞았다. 이번에는 쌍코피가 터질 정도였다. 형이 보기엔 내가 너무 까불었고, 내가 보기엔 형이 너무 무지했다. 어쨌든 나는 또 다락방으로 기어 올라갔는데, 그날은 백지 위에다가 조지훈의 「승무」라는 시를 옮겨 적었다. 별 생각 없이 그 시집을 펼쳐서 무심코 눈에 들어온 시 한 편을 그대로 백지에 적어보았는데, 그러는 사이 또 내 마음의 분노는 햇살에 눈 녹듯이 사라지고 없어졌다. 시 한 편을 읽거나, 글을 쓰거나 하여 내 마음속에 있었던 분노나 화는 어느새 없어지고 만 것이었다. 물론 이것은 나의 특별한 경험이었지, 보편적인 상황은 아닐 것이다. 하지만 글 속에 묻혀 있던 그 시간만큼은 내 마음이 평온해졌다. 이런 것들이 쓰기든, 읽기든 글의 효과가 아닐까 한다.

'치유'와 '회복', 그리고 '나를 찾기'

상상력과 꿈을 가지고 우리는 글을 쓴다. 그것을 통하여 우리는 더욱 큰 꿈을 가지고, 넓고 생소한 공간, 또 다른 세계를 향한 상상력의 여행을 하게 되고, 우리의 창의력은 배가되어 또 무한대로 커

간다. 그 자유로운 여행을 통하여 자아실현이 이루어지고, 우리는 더욱 성장하고 성숙해진다. 이러한 것들은 우리가 글을 쓰는 매우 중요한 이유가 됨에 틀림이 없다.

여기에 나는 '치유'와 '회복'을 더하고 싶다. 글쓰기는 글 읽기보다 사람의 마음을 더욱 안정시키고, 평온하게 해준다. 백지와 마주하는 순간, 사람들의 마음은 백지처럼 순수해지고, 손에 펜을 쥐고 눈을 감으면 들떴던 감정이 가라앉으며 차분해진다. 그리고 한 글자씩, 한 글자씩 써나가는 글쓰기……. 분명 치유와 회복의 능력이 이 글쓰기에 있는 것이다.

반드시 그렇게 되기 위해서 글을 쓰는 것은 아니지만, 글을 쓰다 보면, 우리 마음에 있었던 상처가 서서히 아물어 감을 느끼게 된다. 누군가가 아픈 곳을 호, 하고 불어주는 것처럼 포근한 입김이 그 상처를 덮어주는 것이다. 글쓰기를 통하여 일상생활에서 상처 난 내 마음을 치유할 수 있으며, 더 나아가서 그 글을 읽는 사람들에게도 그러한 상처가 있다면, 역시 그들을 치유의 길로 걸어가게 할 수 있다.

치료하기 위해서 글을 쓰는 것이 아니라(물론 그럴 수도 있겠지만), 글을 쓰다 보면, 나 자신도 인지하지 못하고 있었던 마음의 상처들이, 역시 나도 모르는 사이에 치유가 되고, 회복이 되어서 건강한 마음을 갖게 된다는 뜻이다.

　여기에 나는 한 가지를 더 보태고 싶다. 그것은 바로 '나를 찾기'이다. 글쓰기를 통한 '나를 찾기'……. 우리 인생길은 멀고 험하다. 우리는 그 길 위에서 언제나 지치고 힘이 든다. 부르튼 발로 주저앉기 쉽고, 힘들 때마다 온 길을 되돌아가고 싶었다. 그러나 돌아갈 수도, 주저앉을 수도 없는 우리의 인생길……. 그 길을 가다 보면, 내가 누구인지, 무엇을 하러 이곳에 왔는지, 무엇을 하고 있는지, 지금 어디로 가고 있는지에 대해 불안할 때가 자주 있다. 우리 인생길에서 나 자신을 잃어버리고 방황할 때가 가장 힘들고 어렵다.

　우리는 '나 자신'을 찾아야 한다. 나를 찾으려면 나를 알아야 한다. 글쓰기는 잃어버린 나를 찾아가는 과정이다. 언제 어디서 어떻게 잃어버렸는지조차 모르는 그것을 어떻게 하면 찾을 수 있을까? 내 자아는 지금 어디 낯선 곳에서 방황하고 있을까? 지금의 '나'는 누구일까?

　내가 누군지, 그리고 내가 지금 어디에 있는지 아는 것은 매우 중요하다. 이것은 그 누구에게나 예외일 수가 없다. 그것을 모르고는 내가 어디로 가야 하는지 알 수가 없다. 글을 쓰면서 나를 찾아간다는 것은 허공에 들뜬 고무풍선처럼 살아가는 것이 아니라, 쇠로 된 신발을 신고 지상에 내려오는 과정일 수도 있다. 나의 현실을 직시하고, 그 현실과 투쟁도 하고, 또 수용하면서 살아가는 나를 찾아본다는 것은 우리 삶에 있어서 얼마나 중요할 일인가?

'치유'나 '회복'이나 '나를 찾기'는 내가 한 말이 아니다. 이미 많은 사람이 언급했던 내용이다. 그러나 나는 지금 이것을 반복하여 강조하고 싶다. 글을 쓰면서 우리는 '나'를 알 수 있다. 베일을 벗긴 '나'를 만날 수 있다. 내 생각의 조각들을 글로 맞추어가면서, 글을 쓰고 있는 '나'를 발견하면서, '그'를 격려하고 위로하면서, 우리는 더욱 성숙하고 멋진 모습으로 우리의 길을 걸어 나갈 수 있다.

이러한 깨달음은 우리 삶에 있어서 매우 중요하다. 나아가 글을 통하여 내 주변의 다른 사람들과 소통과 공감의 시간을 가지면서, 미래에 대한 소망과 기대를 품을 수 있다. 늦지 않았다. 이제부터라도 하루에 30분씩만 짬을 내자. 일기부터 시작해도 좋다. 글쓰기를 통해서 나를 찾는 일만큼 중요한 일이 우리 인생 또 어디에 있을까?

내 입맛이 변한 것일까
분명히 옛날이 한결 맛있었던 유년의 한두 점 기억들이

4
온조 신화

온조, 백제를 이 땅 위에 세우다

동명성왕에게는 세 명의 아들이 있다. 그는 비류국 송양왕의 딸과 결혼하여 비류, 온조, 이렇게 두 아들을 두었는데, 나중에 부여에서 유리가 아버지를 찾아오는 바람에 아들이 셋이 된 것이다. 유리는 주몽이 북부여에 있을 때, 예씨와 혼인하여 얻은 아들이었는데, 그가 나중에 아버지 동명성왕을 찾아와 고구려의 태자가 되었고, 비류와 온조는 고구려를 떠나게 되었다.

신화의 내용

주몽의 큰아들은 비류이고, 둘째 아들은 온조이다. 그런데 어느 날 유리가 나타나는 바람에 큰아들이 유리가 되었고, 비류가 둘째, 온조가 셋째 아들이 되었다. 배다른 형이 나타나서 맏아들의 위치를 차지하는 바람에, 한 칸씩 뒤로 밀린 것이다. 태자가 되어서 장차 주몽의 후계자가 될 꿈에 젖어 있었던 비류나 온조는 주몽이 유리를 태자로 임명하자, 적지 않게 실망하였을 것이 분명하다. 그런 측면에서 볼 때, 비류와 온조가 고구려를 떠나 남하한 이유에 대하여 몇 가지 추측들이 있으나, 다른 배에서 먼저 태어나서 태자가 된 유리가 훗날 자신들에게 어떠한 모양으로라도 화를 미칠 것을 우려하여 스스로 떠났다는 이야기가 가장 타당한 것으로 보인다.

그들이 고구려를 떠날 때 많은 신하와 백성들이 따랐다는 것을 보면, 아버지 주몽도 그들의 출가를 승낙하고, 잘 배웅해준 것으로 생각된다. 그러나 그들은 결코 즐거운 마음으로 왕자의 자리를 버리고, 성을 나서지는 않았을 것이지만, 고구려의 왕자로서, 나아가 고구려인으로서 나름대로 예견과 원대한 꿈을 가지고 있었음이 확실하다.

비류와 온조는 많은 신하와 백성들을 데리고 남하를 계속했다. 비류는 미추홀(지금의 인천 부근으로 추정)이라는 곳으로 가서 정착하였고, 온조는 나머지 사람들을 이끌고 위례성(지금의 경기도 광주 부근)으로 가서 도읍을 정하고 나라를 세웠다. 하느님의 아들이 해모수이고, 해모수의 아들이 주몽이고, 주몽의 아들이 온조이니까, 온조의 할아버지가 해모수가 되고, 온조의 증조할아버지는 하느님이 된다. 즉, 온조는 세상 사람이지만, 여전히 신의 피가 흐르고 있는 신과 사람의 중간급인 셈이다.

백제(百濟)의 '제(濟)'는 한자어로 '건너다'라는 뜻이다. 즉, 강(한강으로 추정)을 건넜다는 뜻인데, 온조가 처음 하북 위례성에 정착하였을 때에는 나라 이름이 십제였다. 열 명의 신하들과 같이 강을 건넜다는 뜻이다. 그러다가 하남 위례성으로 다시 도읍하면서 나라 이름을 백제라고 고쳐 지었다. 강을 건널 당시, 사람들이 많이 늘었다 하여 이렇게 고친 것이라고 한다. B.C. 18년에 백제는 이렇게 온조에 의해 건국되었다. 고구려국의 왕자가 백제를 세운 것이며, 지금의 수도 서울 지역을 중심으로 백제라는 나라가 그 모습을 드러냈다.

위례성은 지금 어디일까? 사료들로 추정해 본 역사에는 한강 하류라고 본다. 현재의 서울 석촌동 일대와 그 부근의 몽촌토성과 풍납토성 등이 백제 초기의 도읍이었던 위례성 근처라고 추측한다. 그러면 미추홀로 간 비류는 어떻게 되었을까?

비류가 짐을 푼 지역은 사람이 정착하여 살기에 부적합한 곳이었다. 바닷가 근처여서 땅에 습기가 많고, 물도 너무 짜서 농사를 지을 수가 없었다. 동생인 온조가 나라를 세운 지역은 자기들이 정착한 곳에 비해 너무나 좋은 환경이었지만, 그렇다고 동생의 나라에 가서 살 수는 없었다. 아버지가 있는 고구려로 되돌아갈 수도 없는 노릇이었다.

여기에는 몇 가지 설이 있다. 그중에서 가장 타당해 보이는 것, 두 가지는, 첫째, 그가 미추홀에 비류백제라는 나라를 세우고, 열악한 생활환경 속에서 살다가 병들어 죽고, 그 백성들을 온조가 통합 흡수했다는 설과 미추홀에서 살다가 일본으로 건너가 일본에 비류백제라는 나라를 세웠다는 설이다.

비류가 일본에 비류백제라는 나라를 세웠다는 이야기는 일본에서 백제와 관련된 고대 유물이나 자료 등이 많이 발견되고 있다는 점 등에서도 흥미롭게 눈여겨볼 사안이지만, 어느 것이든 여전히 확실하지는 않다. 이런 것들이 신화의 특징이라고 할 수 있겠다.

신화의 배경과 의미

백제의 건국은 몇 가지 측면에서 역사적 의의가 있다. 북쪽에 있던 고구려인이 남쪽으로 내려와 백제를 세웠다는 사실은, 나중에 고구려, 백제, 신라의 삼국시대 측면에서 볼 때, 고구려와 백제는 신라와는 달리, 같은 왕족의 자손들이라는 점이다. 이는 동명성왕 주몽의 아들인 온조가 백제의 시조라는 점에서 명확해진다. 물론, 삼국을 포함한 고려, 조선 등 우리나라의 모든 왕국은 한민족이다. 단군(환검)의 자손이라는 확실한 사실 위에 있다. 그런데도 고구려와 백제는 더 가까운 혈연의 관계에 있는 것이다.

고구려 제2대 왕인 유리와 백제의 첫 번째 왕인 온조는 이복형제이다. 이 두 나라는 형제의 나라들이지만, 역사적으로 보면, 고구려와 백제 사이에 큰 전쟁이 여러 번 있었다. 가장 큰 전쟁은 370년경에 있었던 고구려의 고국원왕, 백제의 근초고왕 때이다. 양국에서 약 6만 명의 군사가 동원되었는데, 처음에는 백제가 승리하였고, 다음에는 고구려가 승리하는 등 이를 포함하여 양국은 다수의 국지전을 치렀다. 물론, 사이사이 신라도 끼어들었다.

한 가지 눈에 띄는 것은, 고구려와 백제의 멸망은 모두 신라와 당나라의 합동작전에 의한 것으로 양국끼리는 서로에게 그러한 영향을 심각하게 끼친 점이 특별히 없었다는 것이다. 고구려와 백제의 뿌리가 한 형제로서 같다는 시각을 가지고 보아서 그런 측면도 있겠지만, 두 나라는 그 건국신화부터가 신라하고는 다른 것이 분명하다.

반면에, 고구려를 건국한 주몽이 알에서 나왔고, 신라를 건국한

혁거세도 알에서 나왔다는 그러한 공통점은 또 무엇일까? 신화의 신비성은 우리나라만이 아니라, 전 세계 어느 나라도 마찬가지다. 그들이 알에서 나오지 않았다면, 어디에서 왔다고 되어 있을까? 어느 날 새벽에 구름 타고 내려왔다? 어느 날 밤, 어둠 속에서 뚝 떨어졌다? 바다에서 불쑥 솟았거나, 거북의 등을 타고 올 수도 있겠다. 그런데 알에서 나왔다는 공통적인 몇몇 기록을 보면, 신화라는 것은 허공에 떠돌기만 하는, 그저 허무맹랑한 이야기만은 아닌 것 같다.

앞에서 온조는 신과 인간의 피가 섞여 흐르는 신과 사람의 중간급이라고 언급했다. 이는 그의 족보를 따져 올라가면 그렇다는 것이고, 사실 온조는 신이 아니다. 주몽과 비류국 송양왕의 딸 사이에서 태어난 온조는 순수한 인간이라고 보는 것이 타당하다. 그래서 그의 백제 건국신화는 사실 신화라기보다는 역사적 사실이다. 이 점이 고구려와 신라의 건국신화와 다른 부분이다.

당시 한반도를 포함한 북쪽에는 예족, 맥족, 부여족, 말갈족 등 다양한 민족들이 살고 있었다. 고구려인들은 북쪽으로 더욱 세력을 떨치면서 예족, 맥족, 말갈족들을 흡수 통합하였고, 남쪽으로 그 힘을 뻗치기 시작했다. 온조의 남하가 그것이었다. 온조가 남으로 내려와 한강 부근에 정착했다는 의미는 예족, 맥족, 부여족, 말갈족 등 이러한 다양한 민족들이 백제를 통하여 원래 한반도에 살고 있었던 토종 민족과 자연스럽게 융합되었음을 뜻하는 것이다.

이러한 역사적 사실을 통하여 한민족이 이제 하나의 뿌리를 가진 민족으로서 동질성을 갖기 시작하고, 성장하면서 확장되어가고 있었다는 점, 그 교류의 시작이 바로 온조였고, 그 통로가 백제였다는 점에서 백제의 건국은 우리 역사에 있어서 매우 중요한 의미를 지닌 역사적 사건이 아닐 수 없다.

온조의 백제 건국신화는 단순히 한 국가의 개국에 관한 이야기가 아니라, 이처럼 한강 부근으로 진출한 최초의 북방민족이라는 사실에서, 나아가 남방계의 문화와 북방계의 문화가 융화되는 첫 사건이라는 사실에서 그 역사적 의의가 있다고 봄이 타당할 것이다.

편안한 문장, 쉬운 문장

온조 신화로 알아보는
올바른 문장 사용법

> **1**
>
> 백제는 이렇게 온조에 의해
> <u>건국되었다.</u>

이 문장을 다음과 같이 바꿔 쓰면 어떨까?

백제는 이렇게 온조에 의해

<u>건국이 되었다.</u>

거슬리는 부분이 그렇게 눈에 띄지는 않는다. 건국이라는 명사

다음에 조사 '이'를 넣고 뺀 차이인데, 비교해서 읽어보면 '이'를 뺀

문장이 더 간결하고 깔끔하다. 불필요한 조사의 사용은 문장을 어색하게 만든다. 되도록 문장은 간명한 것이 좋다고 이미 강조하였다. 잘 끊어지면서 매끄러운 문장은 읽는 이로 하여금 글 내용을 빨리 이해하고, 마음을 편하게 만든다. 간결한 문장을 쓰도록 하자.

유사한 예를 또 들어보자면, '각국이 형성이 되었을 것 같다' 같은 경우도 '각국이 형성되었을 것 같다'로, 또, '이러한 사례를 글쓰기에 적용을 한다면'이라는 문장은 '이러한 사례를 글쓰기에 적용한다면'으로 쓰는 것이, '그런 상태가 지속이 된다면'은 '그런 상태가 지속된다면'으로 쓰는 것이 올바른 문장이다. 이런 사례는 워낙 많이 범하는 간단한 실수이다. 불필요한 조사를 쓰지 말자.

부사의 사용도 문장의 형태에 따라 적절한 변형을 찾아 쓰는 것이 중요하다. '밥을 할 때 물의 양은 적절히 해야 한다'라는 표현이 있다면, 이는 '밥을 할 때 물의 양은 적절해야 한다'로 고쳐 쓰는 것이 올바른 문장이 된다.

2
그가 미추홀에 비류백제라는 나라를 세우고,
열악한 생활환경 속에서 살다가 병들어 죽고

'열악하다'는 다양한 글의 형태에서 자주 등장하는 형용사이다. 이 예문을 다음과 같이 바꿔 쓰면 어떨까?

그가 미추홀에 비류백제라는 나라를 세우고,
열악한 물과 공기를 마시며 살다가 병들어 죽고

'열악'이라는 단어는 품질이나 시설, 능력 등 대내외적 환경이 매우 나쁜 상태를 나타내는 한자어인데, 이 형용사의 성격을 잘 알고, 올바르게 써야 한다. '열악한 물과 공기'라는 표현은 문법상으로 틀린 것은 없으나, '물이나 공기라는 것을 시설이나 능력, 품질이라고 보기에는 무리가 있어, '열악한'이라는 형용사의 사용이 부적합하다.

비근한 예로, 많이 쓰이는 형용사 '아름다운'도 그러한 작은 실수로 적합하지 않게 쓰이는 경우가 많다. '아름다운 조건'이라고 표현하면 어떨까? 역시 무리한 표현이다. '아름다운'이 부적합하게 쓰이고 있다. 물론, 시구에서나 시적 표현을 하고자 할 때 다소 무리가 있어 보여도 의도적으로 그렇게 쓰는 경우가 더러 있다. 언어 및 감각의 효과를 높이기 위해서일 텐데, 그렇다 해도 형용사의 무리한 사용은 읽은 이로 하여금 불편함을 느끼게 한다. 형용사는 제 성격에 맞게 쓸 때 그 효과가 가장 큰 법이다.

> **3**
> 온조가 남으로 내려와 한강 부근에 정착했다는 의미는 예족, 맥족, 부여족, 말갈족 등 이러한 다양한 민족들이 백제를 통하여 원래 한반도에 살고 있었던 토종 민족과 자연스럽게 융합되었음을 뜻하는 것이다.

구절의 중복으로 인한 부적절한 문장의 연결과 흐름을 설명하고자 긴 문장을 예로 들었다. 이 문장을 처음에는 이렇게 썼다.

온조가 남으로 내려와 한강 부근에 정착했다는 의미는 예족, 맥족, 부여족, 말갈족 등 이러한 다양한 민족들이 백제를 통하여 원래 한반도에 살고 있었던 토종 민족과의 융합이 자연스럽게 이루어졌음을 뜻하는 것이다.

두 문장 간 차이점은 뒷부분인데, '토종 민족과의 융합이 자연스럽게 이루어졌음을'과 '토종 민족과 자연스럽게 융합되었음을'이다. 문장의 뜻은 다 알겠으나, 처음에 썼던 문장의 연결이 부자연스럽고, 다소 횡설수설하는 면이 보인다. 그 이유는 '토종 민족과의 융합이'라는 구절이 그 앞에 나온 '이러한 다양한 민족들이'라는 구절과 한 문장 안에서 중복되어 늘어지고 있기 때문이다.

처음에 썼다는 문장과 고쳐 쓴 위의 예문을 비교하면서 천천히 읽어보자. 어느 문장의 뜻이 확실하고 분명하게 전달되고 있는지, 어느 문장이 간결하고 떨어지는 맛이 있는지 쉽게 구별할 수 있을 것이다. 문장은 한번 써 놓고 반드시 읽어보아야 한다. 특히, 긴 문장은 더욱 그렇다.

백제의 건국은 몇 가지 측면에서 역사적 의의가 있다.

이 예문 외에, 세 가지 비슷한 문장을 만들어 보자.

① 백제의 건국은 몇 가지 측면에서
역사적 의의가 들어 있다.

② 백제의 건국에는 몇 가지 측면에서
역사적 의의가 있다.

③ 백제의 건국에는 몇 가지 측면에서
역사적 의의가 들어 있다.

천천히 각 문장을 읽어보고, 무슨 차이점이 있는지 알아보자. 각 문장의 차이점은 '은'과 '에는'과 '있다'와 '들어 있다'이다. 예문 포함, 4개의 문장 중 올바른 문장이 2개이고, 틀린 문장이 2개이다. 아주 작고, 미묘한 차이일 수도 있다.

올바른 문장은 예문과 ③번 문장이다.

이런 경우는 이미 앞서 예를 들은, 문장의 앞뒤 간 호응과도 연관이 있다. 한 문장에서의 앞뒤 간 호응은 한 몸에서의 호흡처럼 중요하다. 네 개의 문장을 다시 한번 천천히 음미하며 읽어보기 바란다.

한 가지 더 유사한 예를 들면, '이 책의 앞부분에는 인용하는 방법이 설명되어 있다'를 '이 책의 앞부분은 인용하는 방법이 설명되어 있다'로 써보자. 엇비슷한 것 같지만, 두 문장의 앞뒤 부분을 천천히 읽어보면서 서로 비교해보면, 어느 문장의 뜻이 더 명확하고, 쏙 들어오는지 알 수 있다.

5
백제(百濟)의 '제(濟)'는 한자어로 '건너다'라는 뜻이다.

이번에는 문장 안에 쓰는 한자에 대하여 한번 생각해보자. 글을 쓸 때 한자를 쓰는 경우는 필요한 부분에 한자를 사용하여 읽는 사람에게 이해를 돕고자 하는 글 쓴 사람의 배려이다. 우리 한글에는 뜻은 다르나, 발음과 표기가 같은 경우가 많다. 이런 경우, 한자는 한글로 표기된 단어의 뜻을 보다 확실하게 해주는 데 기여한다. 한글의 한계를 한자가 극복시켜 주는 것이다.

예를 들면, 화장은 시체를 불에 태워 장사를 지내는 火葬도 있고, 화장품으로 얼굴을 치장하는 化粧도 있다. 신장도 키를 나타내는 身長이 있고, 또 세력이나 권리를 늘려 뻗치게 하는 伸張이 있으며, 장기 중 하나인 콩팥을 의미하는 腎臟도 있다. 우리나라 단어에는 이런 것들이 무수히 많다.

물론 그 단어가 완전히 따로 떨어져 있는 것이 아니라, 문장 안에 같이 있다면 문맥의 흐름과 쓰인 형태로 보아 한자를 쓰지 않아도 무엇을 뜻하는 단어인지 우리는 금세 알 수 있다. 당연한 이야기다. 그러므로 한자는 안 쓰는 것이 좋다. 구태여 쓸 필요가 없는 것이다.

어쨌든 한자는 한자를 아는 세대에게는 어떤 효과가 있을지 몰라도 그렇지 못한 세대에게는 특별한 의미가 없는 치장에 불과할 수도 있다. 요즈음에는 한자를 아는 세대에게도 한자는 큰 의미가 없다고 보는 것이 맞다. 우리 한글이 이 세상에서 얼마나 우수한 글자인가. 어느 단어를 특별히 강조하기 위하여 한자를 일부러 쓴다든가, 한글을 쓰고 괄호를 만들어 그 안에 한자를 써넣는다든가 하는 것, 역시 바람직한 일은 아니다. 그러나 앞의 예문과 같이, 내용의 설명을 위한 한자어의 사용은 종종 필요할 수도 있다.

온조 신화로 만들어 보는
새로운 이야기

북방 민족국가의 왕자로서 남방지역으로 내려와 새로운 국가를 세운 온조. 그는 백제라는 나라를 건국했다는 위대한 사건의 주인공이라는 점 외에, 우리 한반도 내에서 북방문화와 남방문화가 자연스럽게 교류하는 계기를 제공하였다는 뜻깊은 역사적 사실에 기여하였다. 그러한 그를 통하여 또 다른 새로운 이야기를 만들어 보자.

Case 1

온조가 남하하지 않고
고구려에 계속
머물렀다면?

역사는 어느 한 인물의 생각과 행동에 따라 그 방향이 크게 뒤
틀린다. 그 인물이 국가적으로 영향을 크게 미치는 중요한 위치에
있는 지도자라면 그 국가의 미래가 좌지우지될 것이고, 한 지역사
회의 리더라면 그 지역사회가 변화의 기류를 탈 것이다. 아주 작게
보아, 한 가정의 가장이라도 그의 생각과 행동에 따라 가정의 나아
가야 할 방향이 달라진다.

온조가 그대로 고구려에 머물렀다면, 그의 형 비류도 왕실에 같
이 남았을 것이다. 주몽이 살아 있는 한, 그들은 유리와 함께 어떻
게든 살아 나갔을 것이다. 현재 주몽의 아내인 비류국 송양왕의 딸
은 유리에게는 의붓어머니이다. 그들의 사이는 계속 껄끄러웠을
것인데, 주몽이 유리를 태자로 앉히는 바람에, 그의 부인은 두 아
들, 비류와 온조의 미래를 걱정하며 남편인 주몽으로부터 아들에
대한 신변이나 미래에 대한 보장을 받아두느라 노심초사하며 지내

지 않았을까? 그리고 세 아들은 두 패로 갈라져 서로 간에 보이지 않는 시기와 질투로 힘든 나날을 보냈을 것이고…….

이것은 마치 TV 사극 드라마 같다. 그렇다. 드라마 각본이라는 것이 어디 하늘에서 뚝 떨어지는 것이 아니고, 다 우리 사는 인생 이야기들이니까. 다들 평범한 것이지만, 그것을 글로 써서 서로 돌려가며 읽어보면 그처럼 재미난 것은 없다. 평범한 인생도 글로 써서 남겨두었다가 후손들이 읽어본다면, 정말 흥미진진한 이야기가 된다. 이것이 또한 글이 주는 묘미이다.

그러다가 드디어 주몽이 죽고 나면 이야기는 어떻게 전개될까? 조선 초기, 태조가 죽고 난 후, 왕자의 난이 생겼던 것처럼 그러한 다툼이 생겼을까? 주몽 부인의 앞날은? 이 정도쯤에서 여러분의 상상에 맡겨도 흥미진진한 한 편의 새로운 이야기가 탄생할 것 같다.

아무리 형이지만, 야망이 있는 온조가 형을 따라서 주변 환경이
열악한 미추홀로 가지는 않았을 것 같다. 둘이 같이 이곳저곳을 둘
러보고, 사람 살기에 위례성이 더 나을 것이라는 판단을 하고, 비류
도 그곳에 정착하기로 마음먹는다. 비류와 온조의 나이 차이는 어
떻게 될까?

정확하지는 않지만, 5년 미만으로 보는 시각이 많다. 그렇다면
비류가 형이니 왕이 되었을 것 같은데, 실제의 역사를 보면, 비류는
망하고 온조는 흥하였으니 꼭 온조가 왕이 되었을 것 같다. 여기에
서도 두 왕자 간의 갈등이 있을 수 있다. 그 갈등은 두 사람을 따르
는 신하들의 간언에 따라 증폭될 개연성이 다분하다.

이야기는 상상에 따라 여러 방향으로 전개되어 나갈 수 있다. 그
들은 각각 새로운 나라를 세울 생각이 있었고, 그래서 고른 지역이

미추홀과 위례성이었다. 그런데 미추홀보다는 위례성이 살기 좋은 지역으로 판단한 것을 보면, 온조가 형보다는 현명하지 않았나 생각된다. 그래서 온조는 형에게 왕의 자리를 스스로 알아서 내어주고, 자신은 형을 도우며 산다? 그것이 착한 동생의 행동일지는 몰라도 과연 현명한 판단이 될까? 특히, 이렇게 되면 문제점은 그들의 나이 차가 크지 않기 때문에 누가 왕이 되면 병들어 죽지 않는한, 다른 사람은 왕이 될 개연성이 거의 없다는 점이다.

나아가, 처음 왕위를 양보한다는 것은 건국하겠다는 온조의 의지와는 배치되는 점이 있다. 여러분 생각은 어떤지. 온조가 형을 죽이거나, 그 반대가 되거나 하여 한바탕 혈극이 벌어질 수도 있다. 그렇지 않으면, 누군가가 왕이 된 후에 한밤중에 몰래 자객을 시켜 상대방을 살해할 수도 있을 것이고, 궁녀를 시켜 음식물에 독약을 넣어서 그렇게 할 수도 있다. 어쨌든 둘이 동행했다면, 결국 한 개뿐인 왕좌를 놓고 한판 다툼이 있었을 것으로 보인다.

Case 3

온조가 남하하지 않고
북상하여 백제를
그곳에 세웠다면?

이것 또한 많은 상상력을 가지게 하는 이야기다. 고구려보다 북쪽으로 더 올라가서 그곳에 백제를 세웠다면 그 이후의 이야기는 어떻게 전개될까? 온조가 한강 부근에 백제를 세우기 전에 마한이라고 불리는 그 집단에는 여러 부족이 살고 있었다. 이곳으로 온조가 내려오지 않고, 북으로 올라갔다면, 이곳에는 그 여러 부족이 그대로 살다가 옆 나라인 신라의 세력이 팽창하면서 그 지역은 아마 신라 땅이 되었을 것 같다.

그리고 온조는 아버지 주몽이 왕으로 있는 고구려보다 북쪽으로 더 갔을 것이므로, 압록강, 두만강을 건너 거란족이나 말갈족이 사는 지역으로 진출하지 않았을까? 물론 고구려 국경을 넘으면 바로 부여라는 나라이므로, 그곳에 새로운 나라를 세우기는 어려웠을 것이다. 부여는 이미 한 국가로서 조직과 체계가 잘되어 있는 나라였으므로, 이를 무너뜨리고 새로운 국가를 세울 수는 없었을 것이다. 따라서 그 옆의 거란족이나 말갈족이 사는 지역을 차지하고 백제를 세웠을 것으로 보인다.

그러나 사실 그 지역은 비류가 정착했던 미추홀보다 더 열악한 지역으로 사람이 살기에 매우 힘든 곳이다. 그런데도 온조는 새로운 나라를 세우겠다는 굳은 의지 하나로 왕실을 떠나온 인물이었으므로, 어려운 주변 환경을 이겨내며 살아가지 않았을까? 특히 온조는 지혜롭고 리더십이 있었다는 것을 보면, 그 척박한 땅과 주변 환경 속에서도 주변 국가들과의 협조와 양보와 타협을 통하여 나라를 잘 다스려 나가지 않았을까? 아니면, 북방 족속들과 한바탕 피비린내 나는 전쟁을 치러야 했을지도 모른다.

어쨌든 온조가 북상하여 백제를 세웠다면, 신라는 속으로 한바탕 쾌재를 불렀을 것이 틀림없다. 그리고 신라의 땅은 그 지역을 포함하여 동해와 서해를 다 맞닿을 수 있는 거대한 크기가 되었을 것이며, 고구려 땅과 맞먹을 정도가 되었을 것이다. 삼국시대라 하면 고구려, 백제, 신라인데, 결국 한반도에는 고구려와 신라만 존재하고, 백제는 한반도를 벗어난 지역에 존재하여 삼국시대의 지도가 많이 달라졌을 것 같다.

이야기는 사뭇 달라진다. 유리는 제 발로 먼 길을 걸어서 아버지를 찾아온 인물이다. 그런 그의 의도에는 분명 어떤 목적이 있다. 왕인 아버지를 찾아서 그 자리를 잇고 싶은 것이다. 그의 성격은 용감하고, 진취적이고, 비범하나 잔인한 편이라고 알려져 있다. 그런 그 앞에서 이복동생인 온조나 비류가 태자로 책봉된다면, 그의 아버지 찾기는 헛된 일이 되고 말 것은 불 보듯 뻔한 일이다.

다시 고구려를 떠날 수는 없는 일이고, 두 동생을 죽이는 왕자의 난이나, 더 나아가 아버지를 죽이고 내란을 일으키는 일이 벌어질 수도 있겠다. 비류는 몸과 마음이 약하고 내성적이고, 온조는 지혜롭고 온화하고 리더십이 있지만, 유리는 성격이 불같고, 때론 인정이 없고 모질기 때문이다. 아버지 주몽의 성격을 가장 많이 빼닮았으니까.

맞춤법 상식

생활 속에 살아 있는 '쌩쌩 맞춤법'

모든 나라의 언어에는 맞춤법과 표준어가 있다. 그리고 그것들은 항상 뭐가 그리 복잡한지 머리를 지끈지끈하게 만든다. 하나의 법칙이라 무조건 외워야 하는 경우도 많지만, 예외라는 것도 많다. 그래서 더 어렵다.

영어도 읽기, 해석하기, 대화하기 중에서 영문법이 가장 까다롭고 어렵다. 시험을 보면, 가장 많이 틀리는 분야이다. 그 법칙들을 설명하는 표현방법부터가 어렵다. 선행사, 접속사, 동명사, 전치구, 관계대명사, 각종 형식 등 그 외에도 수두룩하다. 그래서 소통하는 데에 문제만 없으면 되는 것 아닌가 하는 생각이 자주 든다.

그러나 계산기를 두드리기 전에, 2×3=6이 되는 원리를 우리는 종이 위에 써가며 알아야 한다. 그런 다음에 계산기를 사용하자. 말하기는 쉬우나, 글쓰기는 어렵다. 이번에는 틀리기 쉬운 간단한 표현방법을 알아보자.

'늙그막에'와 '늘그막에'

이 단어 중 맞춤법에 맞는 말은? '늘그막에'이다. '늘그막'은 늙어가는 무렵이나 그 시기를 뜻하는 단어이다. 이 말의 반대말은 없다. '젊으막에'나 '절으막에' 같은 단어는 없다. 젊어가는 무렵을 뜻하는 단어는 없으며, 젊어가는 무렵이라는 표현 자체가 없다. 역시 늙어가는 것은 쓸쓸한 일인가보다. 이것을 뜻하는 단어가 있는 것을 보니.

'치루다'와 '치르다'

무슨 일을 겪다, 또는 줄 돈을 내어주다, 할 때 사용하는 단어인데, 많이 헷갈리는 단어이기도 하다. '치르다'가 맞는 말이고, '치루다'는 틀린 말이다. 과거형도 '치뤘다'로 쓰면 틀린다. '치렀다'로 써야 옳은 표현이다. 역시 '치루었다'도 틀린 말이다.

'~든지'와 '~던지'의 사용 방법

이 단어는 모두 맞춤법에 맞는 말이다. 그러나 그 의미에 따라 쓰는 방법이 다르기에 구별을 잘해서 써야 한다. '~든지'는 이것, 그것, 저것 등 어느 것이 선택되어도 좋다는 의미로 쓰일 때 사용한다.

예를 들어, '집에 가든지, 놀든지, 네 마음대로 해라'라든가, '떡이든, 과자든, 사탕이든 먹은 싶은 대로 마음껏 먹어라'라고 할 때 사용한다. 즉, 어떠한 사실을 선택해도 그 이후의 행동에 대해서 아무 관계가 없음을 나타낸다.

반면에, '~던지'는 어떤 상황이나 상태에서 그것 때문에 뒷부분까지 영향을 미치는 때 사용한다. 예를 들면, '얼마나 신나게 놀았던지 정신이 하나도 없다'라든가, '그 영화가 얼마나 무서웠던지 나는 혼자서 집에 갈 수 없었다'라고 할 때 쓰면 맞는 표현이다.

'설레다'와 '설레이다'

마음이 가라앉지 않고 들뜨는 상태를 표현할 때, 우리는 종종 '설레이다'를 쓴다. '설레이는', '설레어서' 등의 파생형태의 단어도 자주 쓴다. 그러나 맞춤법에 맞는 말은 '설레다'이다. 따라서 '설레는', '설레서'가 맞는 표현이다. '설레이다'는 가끔 시구에서 시적인 표현을 위해서 쓰이기도 하는데, 표준어는 아니다.

흐린 날씨가 맑아지는 것을 어떻게 표현할까? '개이다'라고 하는지, '개다'라고 하는지. '맑게 개인 하늘'이 '맑게 갠 하늘'보다 더 맞는 표현 같다. 그러나 맞춤법에 맞는 말은 '개다'이고, '갠'이다. '개이다'는 '개다'의 본딧말이 아니고, '개인' 역시 '갠'의 본딧말이 아니다. 둘 다 맞춤법에 없는 틀린 말이다. '개다'라는 동사에는 옷이나 이불을 접어 포개다라는 뜻도 있다.

'건너다', '건느다', '건네다'

이 세 단어의 뜻은 비슷하면서도 차이가 있다. 물론 '건느다'는 맞춤법에 틀린다는 것을 알아챘을 것이다. 한쪽에서 다른 쪽으로 이동하는 것을 표현하는 단어인데, 올바른 표현은 '건너다'이다. '횡단보도를 건늘 때는 손을 들고'가 아니라, '횡단보도를 건널 때는 손을 들고'가 맞는 표현이다.

반면에, '건네다'는 다른 뜻도 있다. '건너다'의 사동사(남에게 그 행동을 하게끔 시키는 동사)로써 건너가게 하다는 뜻이 있는 반면, 어떤 물건을 남에게 옮기는 행동을 뜻하기도 한다. 이때에는 '넘겨주다'라는 의미가 내포되어 있다.

'폄하'와 '폄훼'

혼동하기 쉬운 단어들이다. '폄하'는 어떠한 가치나 그것의 의의를 깎아내리는 것, 또는 원래의 가치나 의의보다 못하게 깎아내리는 것을 뜻하며, '폄훼'는 다른 사람을 깎아내려서 헐뜯는 것을 뜻한다. 둘 다 명사로써 한자어인데, 각각 표준어로써 그 뜻은 다르다. 그러나 우리는 이를 자주 혼동하여 잘못 쓰는 경우가 많다. '폄훼'에는 훼손시킨다는 뜻이 내포되어 있다.

'부비다'와 '비비다'

어느 것이 맞춤법에 맞는 말일까?

정답은 '비비다'이다.

두 개의 물체를 서로 마주대고 문지르는 것, 또는 여러 재료를 한데 넣어 버무리는 것을 뜻하는 단어인데, '부비다'로 쓰는 경우가 매우 많다. 특히, 시구에서 자주 볼 수 있다. 뺨을 '부비고'가 아니

고, 뺨을 '비비고'이다. '부빔밥'이 아니라, '비빔밥'을 생각하면 쉽
게 외워질 것 같다.

'미류나무'와 '미루나무'

얼핏 보면, 둘 다 맞는 것처럼 보인다. 이 단어는 동사나 형용사
등 수식어도 아니고, 명사이다. 그러므로 한 단어는 분명하게 틀린
것으로 보인다.

버드나무과에 속하는 활엽교목인 이 나무는 1976년 판문점에
서 북한군이 휘두른 도끼에 미군이 맞아 숨진 사건(소위 8·18 도
끼만행사건)에 등장하는 나무이다. 맞춤법에 맞는 말은 '미루나무'
이다.

미루나무란 미국에서 온 버드나무라는 뜻으로, 원어가 미류(美
柳)나무여서 '미류나무'가 맞을 것 같은데, '미루나무'라는 표현으
로 널리 쓰이기 때문에, 이것을 표준어로 정한 것이다.

내 영혼을 살찌우는 글쓰기

여행은 우리에게 새로운 글의 소재를 준다

글을 쓰다 보면, 누구나 소재의 빈곤이라는 어려움 앞에 봉착하게 된다. 매일 일기를 쓴다든가, 특정인을 대상으로 매일매일 그 일상의 모습을 묘사한다든가, 신문기사를 쓴다든가 하는 경우는 그래도 좀 나을 것 같다. 그 모습과 상황을 그대로 적어나가면 백지는 어느 정도 채워갈 수 있을 것 같은데, 순전히 나만의 상상력과 꿈과 생각으로 써야 하는 글은 소재가 떨어지면 그와 동시에 펜을 놓게 된다. 이렇게 되면 일단은 쉬어갈 수밖에 없다. 엎어진 김에 쉬어가야 한다.

이럴 때는 가방 하나 챙겨, 어디 먼 곳으로 여행을 떠나는 것도 좋은 방법이다. 지금의 내 분위기와 환경을 바꿔 고정된 상상력의 테두리를 깨는 것이다. 이것은 새로운 글의 소재가 없어서도 그렇고, 쓰고 있던 글이 멈추어서도 그렇다. 그래서 작가들은 어떤 이야기를 쓸까? 이제 어떻게 이야기를 끌고 갈까? 하는 고민으로 가방 하나 메고 어디론가 훌쩍 떠나는 경우가 많다.

물론, 그렇다고 반드시 좋은 글의 소재가 떠오르는 것은 아니다, 막혔던 글이 줄줄 풀리는 것도 아니다. 잠시 지친 뇌를 쉬게 하는 것이다. 그러면 다시 새로운 생각이나 아이디어가 떠오를 수도 있다. 여행은 종종 우리에게 새로운 글의 소재를 만들어주는 기회를 제공한다는 것을 잊지 말자. 낯선 곳은 낯선 대로, 익숙한 곳은 익숙한 대로 우리에게 새로운 생각의 기회, 발상의 전환을 통하여 우리의 영혼을 흔들어준다. 가방 하나 둘러메고, 필기도구 하나 챙겨서 여행을 떠나보자.

이론은 실전과 현실 앞에서 종종 무릎을 꿇는다

신제품을 개발하려면 기존 물건의 단점을 생각해보라고 한다. 간단한 예로, 우산의 단점은 무엇일까? 여러분은 무엇이라고 생각하는가? 그 한 가지는 뾰족한 우산의 끝부분이다. 우산을 무심하게 들고 다니다 보면 그 부분으로 사람을 찌를 수도 있다. 그러면 끝을 뭉툭하게 만들자. 이렇게 해서 끝이 뭉툭한 우산이 신제품으로 개발되기도 한다.

분필의 단점은 무엇일까? 칠판에 쓸 때나 지울 때, 가루가 너무 날리는 점일 것이다. 그리고 손에 하얀 가루가 묻는 것도 단점일 것이다. 가루가 날리지 않는 분필을 만든다면, 가루가 손에 묻어나지 않는 분필을 만든다면, 선생님이나 학생들 사이에 꽤 인기가 있을 것은 당연하다. 실제로 예전에 분필을 끼워서 쓸 수 있는 손가락만 한 플라스틱 통이 개발된 적이 있었다. 그 덕분에 선생님들은 손에 흰 가루를 묻히지 않고, 칠판에 글을 쓸 수 있었다. 지금이야 가루가 날리지 않는 분필이 이미 만들어져서 활용되고 있지만.

그러면 이러한 사례를 글쓰기에 적용한다면 어떻게 될까? 그렇다고 이미 나와 있는 글들의 단점을 찾는다는 것은 가능하지 않다. 그러나 기존 이야기를 뒤집거나 생각의 전개를 거꾸로 해보는 것은 재미있는 일이다. 그렇다고 기존에 발표된 글들을 읽어보고, 그 반대의 내용으로 새 이야기를 쓰라는 말은 아니다. 그것은 유치한 표절이 될 수도 있으니까. 기존의 생각과 틀을 깨는 사고의 전환을 통한 글쓰기에 도전해보라는 말로 이해해주면 좋겠다. 그러려면 풍부한 상상력을 키우는 일이 무엇보다 중요하다. 또 다른 사람의 글을 읽고, 그 사람의 생각을 공유해보는 일이 중요하다. 같은 사건의 현장에 있었는데도, 똑같은 사물을 보았는데도, 나와는 다른 그 사람의 생각과 사고는 내 생각의 범위를 넓히거나 전혀 다른 곳으로 데려가기도 한다. 그것은 내가 할 수 없는 경험이 되기도 할 것이며, 나에게 흥미로운 생각과 관심이 생기게도 할 것이다. 분명 그것은 내 생각의 폭과 능력을 확장해 주는 뇌의 활동에 직접적인 영향을 줌이 확실하다.

이러한 다른 사람의 영향으로 만들어진 나의 상상 속에서 새로운 이야기는 만들어지고, 글이 탄생한다. 나의 이러한 상상의 내용을 스케치하듯이 전체적으로 종이 위에 나열해보고, 그것을 보면서 살을 하나하나 붙여나간다. 적절한 단어와 품사를 고르고, 필요할 때 속담이나 격언도 약간 넣고, 유머도 양념처럼 조금 섞어가며, 맞춤법과 올바른 문장 표현법을 생각하면서 글을 써 간다. 그리고 다 쓰고 나서는 다시 읽어보고, 고치고, 또 읽어본다. 퇴고하는 것이다. 이러한 과정을 통하여 여러분은 드디어 멋진 글 작품 하나를 탄생시키는 것이다.

그러나 이게 어디 말처럼 쉬운 일인가? 이론은 실전과 현실 앞에서 종종 무릎을 꿇는다. 그게 사실이다. 말처럼 쉬운 것이 글쓰기라면 말 잘하는 사람들은 대부분 유능한 작가나 시인, 소설가, 수필가, 아니면 당대의 문장가들이 되어 있을 것이다. 그러나 그렇지 못한 것을 보면, 글을 쓴다는 것은 여전히 어려운 일이다.

우선은 많은 글을 읽어라

다른 사람들의 글을 많이 읽자. 짧은 인생을 살면서 모든 것을 다 경험할 수는 없다. 다른 사람의 경험은 나의 간접경험이 되어 내 생각과 사고의 범위를 넓고 깊게 만든다. 그 사람도, 물론 직접 경험한 것도 많겠지만 분명 또 다른 사람의 경험을 책으로 읽거나 듣거나 했을 것이다. 좋은 글을 쓰려면 우선은 많은 글을 읽어야 한다.

글의 소재를 찾는 방법으로는, 첫째 치열하게 생각하는 것이다. 그렇지 않아도 작금의 우리 생활은 치열한 전선 위에서 전개된다. 그러나 생각의 치열함이란 지나친 경쟁으로 숨이 막히고, 매사가 전투 같은 삶의 현장에 대한 것을 이야기하는 것이 아니다. 치열하게 생각한다는 것은 때로는 불꽃같이 뜨겁게, 때로는 얼음같이 차갑게, 그리고 항상 진지하게 생각하는 것을 말한다. 글 쓰는 데에 있어서 치열하다는 것은 이런 것을 의미한다.

둘째는 뒤집어서 생각하는 것이다. 매일 입고 다니는 바지의 호주머니를 한번 뒤집어보라. 완전히 까뒤집으면 뽀얀 먼지가 한바탕 나오고, 그 천의 면은 처음으로 공기에 직접 닿게 된다. 햇살이라는 것을 처음 보게 되는 건지도 모른다. 하얀 속살이 처음으로 밖으로 드러나는 듯한 그러한 신선함, 충격, 놀라움, 낯섦, 어색함, 부끄러움……. 그리고 우리의 기존 생각에 대한 벽을 무너뜨리는 그러한 반항들……. 이런 것들이 글의 새로운 소재가 될 수 있다.

셋째는 내 일상생활과 내 주변의 모든 것들에 대해서 질문을 많이 하는 것이다. 이 질문은 내 주변 사람들, 다른 사람들, 다른 국가나 사회, 나아가 이 세상에 대한 많은 것들이 될 수 있다. 이것은 왜 이럴까? 저것은 왜 저럴까? 저 사람은 왜 저렇게 생각했을까? 그 사람은 왜 그렇게 행동했을까? 등 호기심과 의심을 지니고 스스로 이런저런 질문을 하다 보면, 정답이건 아니건 어떠한 답에 도달할 수도 있고, 그렇지 못할 수도 있다.

자기가 묻고, 자기가 대답을 하다 보면, 그중에는 스스로 몰랐던 자신의 엉뚱한 면도, 유별난 면도 발견되기도 하고, 스스로 웃음이 나거나 슬퍼지는 때도 있을 것이다. 대답을 못 하는 경우도 많다. 다 좋다. 일단 스스로 수없이 던지는 질문 속에서 우리는 생각하고 고민할 거리를 다양하게 만들 수 있으며, 사람들 사는 모습으로 들어가 볼 수 있다. 여기저기를 기웃거리며 구경하게도 되는 것이다.

넷째는 나의 환경을 바꾸어 보는 것이다. 이 이야기는 이미 여행을 떠나보라는 것으로 언급을 하였다. 사람은 어떤 환경에 들어박히면 움직일수록 모래 속으로 점점 내려앉는 쇳덩이처럼 그 환경 속으로 깊이 빠지고 만다. 그러면 생각하는 것이나 보이는 것이 매우 한정적이 되고 말 것은 불 보듯 뻔하다. 생각의 틀은 점점 고정되고, 사고방식도 몇 가지로 굳어져 버린다. 그런 상태가 계속되면, 자기 외에는 아무 관심도 없고, 항상 똑같은 생각 속에서 상상력은 가뭄에 논바닥 갈라지듯이 깨어지고 만다. 열사의 땅처럼 메말라 가는 것이다.

한 모습으로, 한 동작으로 굳어지지 않도록 자기의 환경을 수시로 바꾸자. 집안의 가구를 이리저리 바꿔 배치하면 새로운 맛이 들듯이, 백화점에 있는 물건의 위치를 수시로 바꿔서 진열하면 고객들의 관심이 배가되듯이, 나의 환경을 자주 바꾸자. 어디론가 떠나는 여행이, 오랜만에 듣는 기적소리가, 부-웅 하는 뱃고동 소리가, 낯선 곳에서 듣는 낯선 사투리가, 처음 맛보는 낯선 동네의 막걸리 맛이, 그곳에서 만난 낯선 이와의 대화가 우리의 생각을 새롭고 신선하게 해준다. 미지근한 머릿속에 시원한 바람을 불어 넣어준다. 새로운 글의 소재는 그런 경험으로 찾을 수 있다.

씹을수록 고구마같이 고소하여 지금도 입속에 감도는
그 추억의 맛있는 한 조각

5

박혁거세 신화

신라의 시조, 박혁거세

신화의 내용

온조가 백제를 세운 곳은 마한 땅이었고, 그곳의 동쪽은 진한 땅이었는데, 혁거세는 그 진한 땅 서라벌이라는 곳에 신라를 건국하였다. 당시 서라벌 지역은 6개의 부족으로 나누어져 하늘에서 내려온 족장들이 다스렸다. 그들의 통치방식은 각각 달랐다. 그러나 이 6명의 족장은 장차 부족을 통합하여 하나의 국가를 만들 생각을 하고, 이를 다스릴 왕을 찾는 일에 고심하였다.

그러던 어느 날, 하늘에서 우물 쪽으로 이상한 기운이 내려와 가보니, 천마 한 마리가 커다란 알을 지키고 있다가 사람들이 다가오자, 곧바로 하늘로 올라갔다. 사람들이 그 알을 쪼개어보니, 온몸에서 광채가 나는 사내아이 하나가 거기서 나왔는데, 이가 바로 신라를 세운 혁거세이다. 혁거세(赫居世)는 빛날 혁(赫)자를 써서 세상에 빛같이 머무르면서 세상을 밝게 다스린다는 뜻을 가진 이름이다. 또한, 박처럼 생긴 알에서 나왔다 하여 박을 붙여 박혁거세가 되었다.

서라벌 사람들은 박혁거세를 하늘의 아들로서 떠받들었다. 그의 비범함과 총명함은 성장하면서 더욱 두드러졌다. 행복한 가정을 이루는 것이 나라를 잘 다스릴 수 있는 덕망을 갖추는 일의 하나였으므로, 장차 왕이 되어 국가를 이끌어갈 박혁거세에게는 그에 맞는 훌륭한 왕비가 필요했다.

사람들은 왕을 잘 보필할 수 있는 용모와 인품이 뛰어난 왕비를 찾아야 했다. 어느 날, 알영이라는 우물에 계룡(鷄龍)이 한 마리 나타나서 자기 옆구리로 여자아이 하나를 낳았는데, 입술이 닭 주둥이 같이 생겨서 사람들이 모두 이를 기이히 여겼다. 아이를 냇가로 데리고 가 목욕을 시키니, 닭 주둥이가 없어지고 아름다운 여인의 입이 되었다. 이 여자아이가 훗날 박혁거세의 왕후가 된 알영부인이다.

박혁거세가 13세 되던 해에 사람들은 그를 왕으로, 알영을 왕비로 추대하였으니, 서라벌에 도읍한 천년의 신라가 이제 건국되는 순간이었다. 그때가 B.C. 57년이었다. 건국 초기의 나라 이름은 신라가 아니라, 서라벌, 또는 서벌이라고 했고, 왕비인 알영부인이 계룡의 몸에서 태어났다 하여 계림이라고도 했다. 신라(新羅)라는 이름은 새롭게 그물처럼 사방으로 펼치고 벌인다는 뜻으로, 6세기 초반 지증왕 때부터 사용하였다.

박혁거세 신화에 있어서 빼놓을 수 없는 중요한 인물은 바로 석탈해와 김알지이다. 이 두 인물은 박혁거세와 더불어 박, 석, 김, 즉 신라왕조 성씨의 시조들이기 때문이다. 석탈해는 박혁거세의 뒤를 이은 남해왕, 유리왕에 이어 신라의 제4대 왕인 탈해왕이 되었다. 그는 남해왕의 사위였는데, 그의 탄생 역시 신비스럽다. 알을 실은 궤짝에서 태어났다고 하니, 알에서 태어난 것으로 판단된다.

탈해를 실은 궤짝을 까치들이 따라오며 지저귀는 것을 보고, 까치 작(鵲)에서 글자를 떼어 석(昔)을 취하여 성이 석 씨가 되었다. 김알지는 탈해왕의 양자였다. 그는 탈해왕으로부터 세자로 책봉을 받았으나, 왕위에 오르지는 못했다. 김알지는 황금으로 된 궤에서 나왔으므로, 금자와 같은 김(金)이 그의 성씨가 되었다. 이 지역의 성씨인 박, 석, 김의 역사는 그들로부터 그렇게 시작되었다.

박혁거세는 인간이 아니고, 본래 하늘나라의 신이어서 나라를 다스리는 일에 대하여 수시로 하늘을 오가면서 하느님과 상의하였다. 그는 61년 동안 신라를 다스렸다. 박혁거세는 73세에 죽어서 하늘로 올라갔는데, 7일 뒤에 그의 시신이 부위별로 나뉘어 땅으로 떨어지는 기이한 일이 벌어졌다.

그때, 왕후인 알영부인도 죽었다. 사람들은 왕의 시신을 하나로 모아서 왕후와 함께 장사를 지내려고 했는데, 큰 뱀이 나타나 이를 방해하는 바람에 한군데에 장사를 지내지 못하였다. 사람들은 하는 수없이 다섯 개로 나누어진 박혁거세의 몸을 따로따로 묻어서 장사를 지냈다. 현재 그의 무덤은 다섯 개이다. 그래서 이를 오릉이라고 하기도 하고, 뱀 때문에 이같이 되었다 하여 사릉이라고도 한다. 알영부인도 근처에 묻혔다. 그의 무덤은 현재 경주시 탑동에 있다.

신화의 배경과 의미

신화는 읽을수록 알 수 없는 우물 속으로 우리를 빠뜨린다. 그 우물의 깊이도 알 수 없고, 크기도 알 수 없다. 우물에 빠져서 한참 허우적거리고 다니다 보면 날이 훤히 밝아온다. 눈이 벌겋게 충혈되어 있어도 이상하게 기분은 들떠 있다. 참, 알 수 없는 신화의 세계이다.

우리 신화에는 알에서 나온 인물들이 많다. 고구려를 세운 주몽과 신라를 세운 박혁거세가 그랬고, 금관가야를 세운 임금이며, 김해 김씨의 시조인 김수로왕도 알에서 태어났다. 탈해왕도 알에서 태어났다. 누가 그 알을 낳았는지는 잘 알 수 없다. 하늘에서 뚝 떨어진 때도 있고, 용이 낳은 때도 있고, 범상치 않은 여인이 낳은 때도 있다.

어쨌든 이들이 알에서 나왔다는 사실은 신비, 그 자체이다. 그 신비함이란 엉뚱함을 넘어서 무한한 상상의 세계로 우리를 데려다 준다. 안 하고 싶어도 상상의 날개를 자꾸 펴게 만드는 것이 바로 신화의 세계이다. 날개가 없으면 날개를 달아주는 것이 또 신화의 능력이다. 자유롭고 싶은 우리 인간에게 신화는 넘치는 자유로움을 선사한다. 신화는 그런 힘이 있다. 그런 세계로 마음껏 날아 다녀보자.

고구려, 백제, 신라의 건국 연도에 대하여 가장 신뢰성이 높은 역사서에는 신라가 B.C. 57년, 고구려 B.C. 37년, 백제 B.C. 18년으로 되어 있다. 신라, 고구려, 백제의 순이다. 잘 들여다보면, 20년 간격으로 삼국이 건립되었다. 우연한 숫자들의 일치인지는 몰라도 흥미로운 사실 중의 하나이다. 그러나 다른 책에서는 고구려의 앞부분 역사가 빠져 두 번째로 밀렸다고 하면서, 원래는 고구려, 신라, 백제의 순서로 건국되었다고 한다. 아니면, 고구려, 백제, 신라의 순으로……. 어쨌든 역사는 흘러서 지금까지 오고 있다. 그리고 이 역사는 또 쉬지 않고 어딘가로 흘러갈 것이다.

신라는 최초로 삼국을 통일한 국가가 되었다. 어떻게 보면, 한반도 가장 아랫부분에 자리한 신라는 가장 조용하고, 내성적이고, 다툼을 싫어하는 성격의 국가였다고 생각하기 쉬운 반면, 정략적으로는 가장 뛰어났는지도 모른다. 그래서 당나라와 손을 잡고 고구려와 백제를 멸망시키는 작전을 펴기도 했겠지만, 어쨌든 용감하고 진취적인 고구려가 했을 듯한 통일의 위업을 신라가 달성한 것이다.

백제와 고구려는 신라에 의해 8년 간격으로 망했다. 그리고 신라는 근 천 년 동안 왕조를 이어가는 성대함을 누렸다. 이는 태조 왕건이 세운 고려가 474년간을, 태조 이성계가 세운 조선이 518년간 유지했던 것을 월등히 뛰어넘는 대단한 기록이다.

이 기록의 맨 앞에 바로 박혁거세가 있다. 삼국의 건국신화를 주도한 인물 중 가장 신비스러운 탄생, 그리고 기이하고 또 신비스러운 죽음……. 특히, 옛 도읍 서라벌이었던 경주는 그 도시 자체가 신비의 현장이다. 그 지역 전체가 다 그렇다. 당시의 문화재 등 많은 역사적 유물이 거의 원형 그대로 전해 내려오고 있다. 이는 한반도의 아래쪽이라는 지리적인 조건도 있겠지만, 신라의 천년 문화는 박혁거세의 신화처럼 모든 것이 신비스러운 모습을 띠고 있다.

이렇게 생각해보면, 고구려와 백제의 문화적 유산도 그에 못지 않을 텐데, 지금까지 잘 유지되어 내려오지 못한 부분이 많은 것 같아 무척 아쉽다. 특히 고구려가 그렇다. 지리적으로 외부 이민 족의 발길이 잦은 곳에 있어서 그랬을 것이라는 생각을 많이 하게 된다.

박혁거세와 알영부인은 금실도 좋은 부부로 알려져 있다. 박혁 거세의 왕후로 훌륭한 여인을 맞이하기 위하여 서라벌 사람들이 지혜를 모으고, 그 결과 하늘이 내린 용에게서 알영을 얻었다고 하 니, 알영은 당연히 덕과 인품을 갖춘 박혁거세의 현모양처였을 것 이다. 박혁거세가 죽고, 바로 알영부인이 죽었다는 사실을 보면, 두 사람의 금실은 하늘이 이미 다 알고 있었던 것 같다.

박혁거세 신화로 알아보는
올바른 문장 사용법

1

그들의 통치방식은 각각 달랐다.

이 예문은 아주 간단한 문장이다. 이 문장을 다음과 같이 고쳐보자. 그리고 한번 읽어보자.

그들은 통치방식이 각각 다르게 통치하고 있었다.

특별히 틀린 곳은 없는 것 같은데, 주어부에 이어지는 서술부가 어색하다. 서술부에 불필요한 부사와 동사가 겹쳐 있다. 문장은 항상 시작과 끝을 같이 보아야 한다. 그리고 간결하게 끊어지는 맛이 있어야 하고, 간명하게 써야 생각의 전달이 명확해진다.

또 다른 예로, 이런 문장을 한번 써보자.

그들은 노래하는 방법이
각각 다르게 노래하고 있었다.

올바르지 않은 문장이다. 다음과 같이 써야, 간명하고 올바른 문장이 된다.

그들은 노래하는 방법이
각각 달랐다.

비교해서 읽어보기 바란다.

박혁거세 신화에 있어서 <u>빼놓을 수 없는</u>
중요한 등장인물은 바로 석탈해와 김알지이다.

이 문장은 틀린 부분이 없다. 평범한 설명문이다. 그런데 이렇게 한번 고쳐보자.

박혁거세 신화에서 <u>빼놓을 수 없는</u>
중요한 등장인물은 바로 석탈해와 김알지이다.

단어 사이에 접속의 역할을 하는 '있어서'라는 동사를 뺀 것이다. 별 차이는 없어 보인다. 둘 다 올바른 문장이다. 그런데 이 '있어서'를 잘못 사용하면 깔끔한 문장이 되지 못하고, 덜거덕 걸리는 느낌이 드는 경우가 더러 있다. 즉, 구태여 안 써도 되는데, 써서 그렇게 되는 것이다.

조금 더 다른 예를 들자면, '두 사람이 결혼한다는 사실에 있어서 찾아볼 수 있는 특이점은……'이라는 문장에서, '있어서'를 빼고 그 앞부분을 '사실에서'로 고쳐보자. '두 사람이 결혼한다는 사실에서 찾아볼 수 있는 특이점은……' 더 말끔하고 명확하지 않은지.

그러나 이 예문처럼 '있어서'라는 단어를 일부러 쓸 경우도 종종 있다. 그 부분을 강조해서 얘기하고 싶거나, 문장의 흐름을 위해서 오히려 필요한 경우이다. 둘 다 올바른 문장이니, 그때그때의 쓰임새를 판단하여 넣거나 뺄 일이다.

> **3**
> 사람들은 하는 수없이 다섯 개로 나누어진
> 박혁거세의 몸을 따로따로 묻어서 장사를 지냈다.

이 문장을 다음과 같이 쓰면 어떨까?

사람들은 하는 수없이 다섯 개로 나누어진
박혁거세의 몸을, 머리, 팔, 다리, 몸통 등을
따로따로 묻어서 장사를 지냈다.

목적격 조사인 '을'이 두 번 쓰이면서 두 개의 문장이 병렬되어 있다. 보다 자세하게 설명을 하기 위한 목적으로 그렇게 썼는데, 역시 부드럽지 못하고, 세련되지 못하다. 그러려면 차라리, '사람들은 하는 수없이 머리, 팔, 다리, 몸통 등 다섯 개로 나누어진 박혁거세의 몸을 따로따로 묻어서 장사를 지냈다'로 쓰는 것이 더 세련되어 보인다.

목적격 조사인 '을'의 한번 사용을 통하여 문장을 부드럽게 엮었다. 그러나 처음의 예문은 문장의 앞, 뒤 내용을 보아 중복을 피하여 그것보다 더욱 간결하게 표현한 것이다. 이같이 '을'이나 '를'을 중복되게 사용하면서 문장을 나란히 늘어놓는 것은 바람직하지 못하다.

예를 하나 더 들자면, '맞춤법은 단어나 문장을, 문법에 틀리게 쓰는 것을, 맞추고자 하는 것이다' 여기에서도 조사 '을'이 겹친다. 그래서 쉼표를 찍어보았는데, 그래도 세련되지 못하다. 이렇게 고쳐 써보자. '맞춤법은 문법에 틀리게 쓴 단어나 문장을 문법에 맞추고자 하는 것이다' 조금 나아졌지만, 주어인 '맞춤법은'과 술어 부분인 '맞추고자 하는 것이다'의 조합과 호응이 일치하지 않는다. 가장 이상적이고 올바른 문장은, '맞춤법의 목적은 문법에 틀리게 쓴 단어나 문장을 문법에 맞추고자 하는 데 있다'이다. 의도하고자 하는 내용이 명확하고 분명하게 나타나 있다.

> **4**
> 사람들은 왕을 잘 보필할 수 있는
> 용모와 인품이 뛰어난 왕비를 찾아야 했다.

박혁거세가 어진 왕비를 맞아들여야 하는 이유의 한 가지를 설명하는 간단한 문장이다. 그 내용을 객관적으로 진술하는 평서문으로 되어 있다. 그런데 우리는 그 내용을 강조하기 위하여 의문문으로 바꾸어 쓰는 경우를 종종 볼 수 있다.

이 예문을 다음과 같이 바꾸어 보자.

사람들은 왕을 잘 보필할 수 있는
용모와 인품이 뛰어난 왕비를 찾아야 하지 않겠는가?

문장을 의문문으로 바꾸고, 뒤에 물음표를 붙임으로써 그 당위성을 한층 강조하고 있다. 이 문장 하나로 보면, 아무런 문제가 보이지 않는다. 좋은 표현방법 중의 하나이다. 글 읽는 사람을 설득시키려는 글 쓴 사람의 의도가 강하게 읽힌다.

그러나 이 문장을 글 전체에 놓고 볼 때, 상황은 달라질 수 있다. 이 예문은 위의 〔신화의 내용〕 중간 앞부분쯤에 나오는 문장인데,

이렇게 의문문으로 바꾸어 놓고, 그 글 앞뒤 전체를 한번 읽어보자. 좀 생뚱맞은 기분이 들지 않는지. 올바르지 않다거나 문제가 있는 문장은 아니지만, 의문문으로서의 효과는 미미하다. 평서문과 별 차이가 없을 것 같다. 동뜬 맛이 드는 게 오히려 문제로 보인다.

이같이 의문문은 글 전체의 흐름에 맞추어서 적절히 표기하여야 한다. 그래야 글을 쓴 사람의 수긍 요청에 글 읽는 사람이 부응하게 된다. 글의 흐름에 맞는다 하여도 너무 잦은 표현은 피해야 할 일이다. 의문문이 너무 많은 글은 읽기에 불편하다. 글을 읽는 사람이 글을 읽으며 불편함을 느끼게 될 때, 그 효과는 반감 이상으로 떨어질 것이다.

역설(逆說)법의 사용도 마찬가지다. 어떤 주의나 이론에 대립하는 말이나 설명으로, 겉으로 드러나 보이는 것은 모순되고 불합리하지만, 내부적으로는 강한 진실이 있는 주장을 역설이라고 한다. 패러독스라는 말과 같은 뜻이다.

역설은 기존의 논리와 가치의 충돌을 통해서 예상을 뒤엎거나 상상 이상의 강렬한 자극을 주어 글의 효과를 극대화하기 위하여 종종 사용된다. 문장으로는 모순을 일으키지만, 그 속에 중요한 의지나 진리가 함축되어 있다고 보는 것이다. 이러한 역설적 표현은 주로 시구에 많이 쓰인다. 예를 들어, 김영랑의 시, '모란이 피기까지는'에서 나오는 '찬란한 슬픔의 봄을'이라든가, 조지훈의 시, '승무'에서 나오는 '정작으로 고와서 서러워라'라는 표현은 대표적인 역설법이다. 역설법은 이같이 이율배반적인 상황을 만들어 강한 마음의 표현을 통한 강력한 전달에 큰 효과가 있다.

그러나 이 역시 글의 한곳에서 자주 사용하면 그 효과가 반감된다. 적당한 시점에 적절히 써야 바람직하다. 물론 시가 아닌 산문에서도 충분히 사용할 수 있는 표현법이다. 또한, 반어법이나 그 외 도치법, 점층법, 점강법 등 그밖에도 다양한 문장의 표현기법이 있다. 그러나 이러한 표현기법을 문장 중간에 너무 자주 쓰면 좋은 문장이 되지 못한다. 과유불급이라는 말을 잊지 말자.

5
그의 무덤은 현재 경주시 탑동에 있다.

아주 간단한 문장이다. 이 문장을 다음과 같이 고쳐 써보자.

그의 무덤의 위치는 현재 경주시 탑동에 있다.

'위치'라는 표현이 '~에 있다'라는 표현과 어울리지 않는다. 올바른 표현이라고 볼 수 없다. '있다'라는 동사가 위치를 표시하기 때문이다. 이러한 예는 보통 문장에서 쉽게 발견된다.

예를 들어, '이곳으로 오는 지리를 아세요?'라는 표현을 했다고 치자. 어느 지역의 지형이나 길 등의 사정이나 형편을 뜻하는 '지리'라는 단어는 이 표현에는 어울리지 않는다. '지리'라는 격이 맞지 않는 단어를 쓴 것이다. 구태여 어려운 단어를 골라서 쓸 필요가 없다. 이 표현을 '이곳에 오는 길을 아세요?' 아니면 '이곳의 위치를 아세요?'라고 바꾸면 간단하고 올바른 표현이 된다. 쉬운 단어를 적극적으로 활용하자.

박혁거세 신화로 만들어 보는
새로운 이야기

신라 천년 왕조의 문을 연 박혁거세. 그와 그의 부인은 어질고 인자한 왕이고, 왕비였다. 그들의 출생, 역시 신비하였지만, 박혁거세의 죽음은 더욱 신비하였다. 죽은 뒤, 7일 뒤에 그의 몸은 다섯 조각이 나서 땅으로 떨어졌다. 한 몸으로 모아서 장례를 치르지 못한 것은 어느 뱀의 방해 때문이었다. 결국, 박혁거세의 몸은 나눠진 채로 다섯 개의 무덤에 묻혔다. 그 이유가 뭔지 우리는 알지 못한다. 이 신비스러운 이야기들 속으로, 상상의 날개를 펴고 들어가 보자.

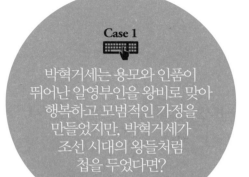

Case 1

박혁거세는 용모와 인품이
뛰어난 알영부인을 왕비로 맞아
행복하고 모범적인 가정을
만들었지만, 박혁거세가
조선 시대의 왕들처럼
첩을 두었다면?

　우리 신화에 건국 인물들의 첩에 관한 이야기는 좀처럼 볼 수
없다. 첩이 있었는데, 기록이 없는 건지, 첩이 아예 없었던 건지는
알 수 없다. 새로운 나라를 세우는데 온갖 정성과 심혈을 쏟아야
하는 현실이 다른 생각을 갖지 못하게 했을 수도 있겠지만, 건국
인물들은 가정에서부터 모범적인 생활을 하는 바람직한 삶의 표본
이 되어야 했다. 그러므로 나라를 세운 후에는 왕비와 다복한 생활
을 유지했던 것으로 짐작된다.

　어쨌든 박혁거세가 첩을 두었다? 흥미로운 이야기가 될 것 같은
생각이 든다. 실제로는 박혁거세가 죽은 뒤 7일 만에 몸이 다섯 토
막이 되어 땅으로 떨어진 날, 알영부인이 죽었다 하니, 박혁거세와

알영부인의 금실은 그 누구보다도 좋았던 것으로 알려져 있다. 부부는 누구 하나 먼저 죽고, 혼자 남아서 외롭게 산다든가, 딴 사람과 재혼한다든가 하는 것보다는 차라리 한날 같이 가는 게 낫다고들 하니까.

이런 것을 보면, 두 사람의 모범적이고 원만한 부부관계가 박혁거세에게 국정을 잘 보살피게 하는 바탕의 하나가 되었음은 확실해 보인다. 어쨌든 이제부터 실제와는 다른 새로운 이야기를 하나 만들어 보자.

박혁거세는 나이가 들면서 첩을 둘 생각을 하고 있었다. 13세에 왕이 되고 보니, 그때에는 잘 몰랐는데, 국정도 안정되고, 나이가 들면서 그의 머릿속에 다른 여자에 대한 생각이 슬금슬금 들기 시작하는 것이었다. 그것은 알영부인이 못생기고, 나쁜 성격을 가져서가 아니었다. 알영부인처럼 예쁘고 인자하고 후덕한 사람은 없었다. 잘 알 수 없는 남자의 못된 본능 때문이었다.

박혁거세가 20세가 되던 어느 여름날, 그는 신하들을 데리고 서라벌 뒷산으로 사냥을 나갔다. 그날 그는 사냥을 마치고 돌아오는 길에, 시냇가에서 목욕하고 있던 처녀 무리를 발견한다. 그의 눈에 속살이 하얗고 뽀얀 어느 여인 하나가 들어왔는데, 얼굴은 마치 막

따놓은 복숭아같이 눈부신 빛이 났고, 양 어깨는 꿩의 깃털처럼 부드럽게 흘러내리고 있었다. 수줍은 듯한 입가의 웃음이 하늘에서 막 내려온 선녀같이 신비롭고 아름다웠다.

궁으로 돌아와 수라상 앞에 앉은 박혁거세의 머릿속에는 온통 그 여인의 모습으로 꽉 차 있었다. 며칠 밤을 끙끙 앓다가 결국 그는 그 여인을 찾아내어 궁으로 불러들였다. 알영부인이 워낙 훌륭한 아내여서 그는 첩을 둔다는 생각을 할 수 없었는데, 그만 그 생각이 깨지고 만 것이다.

그가 첩을 두면서 알영부인의 그 좋았던 성격은 시기와 질투 속에서 점점 거칠어지기 시작했다. 그 당시에도 조선 시대의 칠거지악과 유사한 악습 같은 것이 이미 있었는지는 잘 모르겠다. 어쨌든 알영부인은 박혁거세의 첩을 수시로 불러 갖은 구박을 하기 시작했고, 박혁거세를 만나 바가지도 긁었다. 이쯤 되면 여러분은 가장 먼저 조선 숙종 때의 장희빈이 생각날 것이다. 이제 이야기를 마무리해보자.

알영부인의 시기와 질투로 왕실은 조용할 날이 없었다. 박혁거세는 나랏일을 점차 그르치기 시작했다. 집중력이 떨어지고, 판단력이 흐려졌다. 알영부인의 행실은 점점 포악해지고, 신하들의 간언이 빗발치기 시작했다.

드디어 박혁거세는 알영부인을 중전에서 폐비시키고, 첩을 새 왕비로 맞아들인다. 알영부인은 유배를 갔고, 그곳에서 자살하고 만다. 박혁거세가 죽고 난 후, 왕위에 오른 그의 아들 남해왕은 나중에 어머니, 알영부인의 죽음에 대한 사실을 확인하고 나서……. 이쯤 되면, 여러분은 조선의 10대 임금이었던 연산군과 폐비 윤 씨가 떠오를 것이다. 연산군의 비극적인 스토리가 일찌감치 신라 초기에서 시작될 뻔했다.

역사라는 것은 비슷한 일이 반복되는 묘한 성격이 있어서 이것도 가능한 이야기다. 그러나 이야기를 이렇게 써 가지 않을 수도 있다. 알영부인의 성격이 워낙 착하고 온화하고 너그러워서 첩으로 들어온 후궁과 형님, 아우 하면서 사이좋게 살다가 천명을 다하고 저세상으로 갈 수도 있다. 충분히 가능한 상황설정이다. 또 다른 설정도 가능할 것이다.

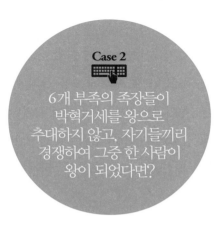

Case 2

6개 부족의 족장들이
박혁거세를 왕으로
추대하지 않고, 자기들끼리
경쟁하여 그중 한 사람이
왕이 되었다면?

이런 이야기는 충분히 가능하다. 사람은 누구나 권력에 대한 욕심이 있으므로, 높은 자리에 올라가서 조직을 다스리며 통치를 하고 싶어 한다. 사실 신화라서 그렇지, 더 현실적인 세상이라면 6개 부족의 족장들이 전쟁을 벌여서 이긴 사람이 통합을 하고 새로운 시대를 열어갔을 것이다.

이렇게 되면, 박혁거세는 신라를 개국하는 인물이 되지 못할 것이며, 알영부인 등 그 이후의 이야기는 완전히 다른 방향으로 전개되어가고 말 것은 불 보듯 뻔하다.

6개 족장의 왕권을 차지하기 위한 싸움은 분명히 치열했을 것이다. 6명이나 되니, 실력과 이해타산에 따라 패가 갈리어 전쟁이 벌어졌을 것으로 보이며, 어제의 동지가 오늘의 적이 되었다가 다시 뒤집어지는 등 이기기 위한 정략, 그리고 권모술수가 판을 쳤을 것 같다.

이 싸움은 우리의 고대역사상 가장 치열하고, 길고, 긴장감 넘치는, 그러나 아주 비극적인 그런 전쟁으로 기록될 것 같다. 수십 차례의 피비린내 나는 치열한 전투를 치르고, 드디어 패권을 차지한 그 부족장은 용감하지만, 성질이 포악하고 잔인했을 것으로 보인다. 그렇게 되면 그의 통치는 철권통치가 될 것이다. 따라서 신라는 개국 초기부터 강력한 힘을 가진 독재자의 통치를 통하여 독재국가로 출발했을 개연성이 높다.

Case 3

박혁거세가 죽은 후,
그 몸이 다섯 조각이 아니라,
열 조각이 되어서
떨어졌다면?

　재미있는 상상이다. 다섯 조각이기 때문에 오릉이 되었다고 하는데, 열 조각이면 십릉, 열다섯 조각이었다면 십오릉이 되었을 것이다. 신분이 귀한 하늘의 몸이라서 사람들은 땅으로 떨어진 그의 몸 조각들을 하나하나 꼼꼼히 다 찾아냈을 것이며, 장사를 잘 치렀음은 분명하다.

　그러나 아쉬운 것은 역시 뱀의 훼방 때문에 그 몸 조각들을 한데 모아서 한군데에 묘를 만들어 장사를 치르지 못하고, 그 숫자대로 능을 만들어야 했다는 점인데, 만약에, 그의 몸이 가루가 되어서 뿌려졌다면 어떻게 되었을까?

맞춤법 상식

생활 속에 살아 있는 '쌩쌩 맞춤법'

외국어(특히, 일본어)의 남발

사전을 찾아보면, 외국어는 외국에서 유입된 말이고, 외래어는 외국에서 유입된 말로써 우리말화된 것이라고 되어 있다. 글을 쓰다 보면 외국어나 외래어를 쓰는 경우가 있다. 여기서 문제가 되는 것은 외국어의 사용일 것이다.

필요하지도 않은데, 또 때로는 과다하게 사용하는 것이 문제가된다. 외국에서 들어온 말을 쓰게 되는 경우는, 첫 번째로는 본의아니게 무의식적으로 쓰는 경우일 테고, 두 번째로는 우리말이 있음에도 의도적으로 쓰는 경우이며, 세 번째로는 우리말에 그 외래어밖에는 다른 단어가 없기 때문이다. 세 번째가 아닌 경우를 제외하고는 가능한 우리말을 쓰는 것이 좋다.

'버스'나 '피아노', '택시', '바나나', '컴퓨터', '뉴스' 같은 경우는 외래어로써 쓰는 데에 전혀 문제가 없다. 그 단어가 우리말에는 없기 때문이다. 그러나 예를 들어, '너무 심플해서'라든가 '그건 델리킷한 문제야'라든가 '오늘 저녁은 좀 라이트하게 먹어볼까?' 또는, '그건 상당히 소프트한 생각이지', '그 사람은 너무 터프해' 등 구태여 쓰지 않아도 될 외국어를 우리는 너무 자주 쓴다. 말로 할 경우, 좀 품위 있게 보여서일까? 어쨌든 말로도 그렇고, 글로는 더욱 그렇다. 쓰지 않는 것이 좋다.

'엘리베이터'도 마찬가지다. 이 외국어는 워낙 우리 일상생활과 친밀하여서 쓰거나 듣는데 부담이 전혀 없지만, '승강기'라고 쓰는 게 어떨지. 반면에, '에스컬레이터'는 좀 다르다. '이동식 계단'이라고 할 수도 없는 이 단어는 외래어이다. '오케이'는 어떨까? 어떤 사람은 이 역시 외국어이므로 '동의'나 '찬성'이라고 쓰는 게 맞다고 하는데, 너무 야박하다는 느낌도 든다. 그러면 '탱큐'는 어떨까?

특히, 사용에 유의해야 할 것은 일본어이다. 일제 강점기를 고통스럽게 보냈다는 역사적 감정으로 그렇게 해야 한다는 것이 아니라, 다른 외국어와 마찬가지로 구태여 그렇게 쓸 필요가 없는 것이다. '마호병'이라고 쓰지 말고 '보온병'이라고 해야 하며, '오뎅'이 아니고 '어묵'이 맞으며, '뎀뿌라'가 아니라 '튀김'이 맞다. '히야시'가 아니라 '차게 하다'가 맞고, '기스'가 아니라 '흠'이 맞는 말이다. '스시'가 아니라 '초밥'이며, '스끼다시'가 아니라 '반찬'이며, '와사비'가 아니라 '고추냉이'이다. '다마네기'가 아니라 '양파'이고, '가다마이'가 아니라 '양복'이 맞는 말이다.

이외에도 우리 주변에는 무의식중에 쓰이는 일본말이 부지기수로 많다. 아름답고 훌륭한 우리말이 있느니만큼 쓰지 말아야 한다. 만에 하나라도 상대적 우월감을 위하여 이런 일본어를 쓴다면 그것은 엄청난 착각이라는 것, 명심하여야 할 일이다.

'무대뽀'라는 말이 있다. 앞뒤 생각 없이 행동하는 모양을 가리키는 말인데, 이 역시 일본어에서 온 것이다. '막무가내'라든가, '무모하다'라든가 하는 우리의 좋은 말이 있다. '라면'은 예외다. 일본어 중에서 우리의 외래어가 되어 있다.

표준말과 방언의 사용

글을 쓸 때는 최대한 표준말로 써야 한다. 방언도 가능한 피해야 한다. 말도 마찬가지다. 물론, 글의 목적과 효과를 위하여 비표준어나 방언을 사용하는 때도 있다. 그러나 비표준어는 아주 특별한 글의 목적을 위한 것이 아니라면, 무조건 쓰지 말아야 한다. 또 방언은 어느 특정한 지역의 특성을 살리고, 그 정감을 높이기 위한 글의 효과상 사용할 수 있다.

특히 소설의 대화체에서 실감 나는 현장을 보여주기 위하여, 또는 시에서 시적 표현성과 감각성을 높이기 위하여 방언을 종종 사용하곤 한다. 이런 의도적인 경우를 빼고는 항상 표준어를 쓰자.

우리나라는 북쪽의 함경도, 평안도로부터 남쪽의 경상도, 전라도까지 그 지방마다 각각의 특색을 가진 사투리들이 있다. 그 사투리들이 모두 이 방언에 속한다. 예를 들어, '갓나이', '밥 먹으라우', '할마이', '기여? 아녀?' '아녀유', '그라제', '긍께', '우째', '뭐 하노', '그랬심더' 등 아직도 쓰고 있는 방언들이 우리 주변에는 참으로 많다.

이러한 방언은 글 쓰는 사람의 의도에 따라, 글의 목적에 따라 적절히 사용하면 그만큼 효과도 커진다. 지방 사람 처지에서 보면 표준어로 되어 있는 수도, 서울말이 방언으로 들리기도 할 것이다.

'생각건대'와 '생각컨대'

어떤 것이 맞춤법에 맞는 말일까?

'생각컨대'는 '생각하건대'의 준말 같기도 하다. 맞춤법에 맞는 말은 '생각건대'이다.

여기에는 두 가지 경우가 있다.

우선, '생각건대'는 '생각하건대'의 '하'가 통째로 줄어서 '생각건대'가 된 것이다. 그러나 '하'의 모음 'ㅏ'만 줄고, 자음 'ㅎ'은 남아서 그다음 글자에 붙어서 된소리가 되어버리는 경우가 있다.

예를 들면, '다정하다 못해'가 '다정타 못해'로, '흔하다 못해'가 '흔타 못해'로 되는 경우가 그런 것이다. '생각건대'의 경우, 유의할 점은 발음이다. '생각건대'로 발음하여야 한다.

'금실'과 '금슬', '금술'

부부간의 정을 뜻하는 단어로 맞는 것은 어느 것일까?

'금실', '금슬' 다 맞다. 사이가 좋은 부부지간을 나타내는 표현으로 어느 것을 써도 된다. '금슬(琴瑟)'은 거문고와 비파를 뜻하는 말이다. 두 악기의 음률이 잘 어울린다는 의미로 부부의 정이 좋은 경우에 쓰이는 말인데, '금슬'은 '금실'의 원래 말이다.

단, '금술'은 실을 몇 겹으로 꼬아서 만든 술이라는 뜻으로 완전히 다른 의미가 있다.

'어딘가로'와 '어디론가', '어디엔가', '어디론가로', '어디엔가로'

우리가 자주 쓰는 표현이다. '가을에는 어딘가로 떠나고 싶어진다'와 같이 쓰인다. '가을에는 어디론가 떠나고 싶어진다'라고 쓰이기도 한다. 둘 다 맞춤법에 맞는 표현이다. 내용의 차이도 없다. '어디엔가'도 틀린 말은 아니나, '어딘가로'나 '어디론가'와는 뜻의 차이가 있다. 그러나 '로'라는 조사를 붙여서 부사형으로 쓴 '어디론가로'나 '어디엔가로'라는 표현은 부적절하다.

'하므로'와 '함으로', '하므로써', '함으로써'

많이 헷갈리는 표현이다. 우선 '하므로'는 동사 '하다'에 조건이나 이유를 나타내는 어미 '므로'가 붙어서 '하기 때문에'라는 뜻이고, '함으로'는 '하다'의 명사형인 '함'에 조사 '으로'가 붙어서 '하는 것으로'란 뜻이다. 두 단어 다 맞춤법에는 맞는 표현이다. 그러나 그 용도에 따라 구분해서 사용해야 한다.

예를 들어, '그는 성실하므로 잘살고 있다'라는 문장이라면, 그는 성실하기 때문에 잘살고 있다는 뜻이다. 반면, '그는 밤새워 일함으로 사장의 은혜에 보답하고자 했다'라는 문장이라면, 그가 밤을 새워 일하는 것으로 사장의 은혜에 보답한다는 뜻이다. 용도가 분명히 다름을 알 수 있다. 또한 '써'는 '하므로'에는 결합하여 쓸수가 없으나, '함으로'에는 결합하여 사용할 수가 있다.

내 영혼을 살찌우는 글쓰기

글쓰기는 책 읽기보다 힘들다

글이란 참 묘한 성격이 있다. 책을 옆에 두고 자주 읽다 보면, 글은 내 주변에서 나를 떠나지 않고 뱅뱅 돌고 있음을 느끼게 된다. 그리고 한동안 책을 보지 않으면 글은 나와는 전혀 무관한, 보이지 않는 사물에 불과하다고 느끼는 점이 그렇다. 글의 특성이 그렇다는 것이 아니라, 글은 항상 그 자리에 있는데 우리가 왔다 갔다 하는 것이기 때문이다.

안중근 의사는 "하루라도 책을 읽지 않으면 입안에 가시가 돋는다"라고 했다. 글쓰기에 대해서도 시사하는 바가 있는 말씀이다. 일기든, 편지든, 수필이든, 시 한 구절이든 우리에게는 하루에 단 얼마라도 책상 앞에 앉아 글을 쓴다는 사실이 참으로 중요하다. 쓰다 보면 점점 잘 써지고, 안 쓰다 보면 점점 안 써지는 것이 글이다.

글쓰기는 책 읽기보다 힘들다. 곱절이 아니라, 수십 배는 힘들다. 글을 쓰려면 생각도 많이 해야 하고, 시간도 많이 든다. 책도 읽어보아야 한다. 그래서 글을 쓰는 일을 통하여 나 자신이 더욱 성숙해지고 성장하게 된다. 책상 위에 항상 한 권의 노트와 필기구를 놓아두자. 그것이 글을 옆에 두는 습관이다. 잠시 멀어졌더라도 또 금세 가까워지는 것이 글이다. 글은 사람을 배반하지 않는다. 사람을 망가뜨리지 않는다. 이 세상에 나쁜 글이라는 건 없다.

감성은 우리를
글쓰기 세상 속으로 데리고 간다

글을 쓰기 위해서는 종종 우리의 감성을 자극할 필요가 있다. 이 말은 글은 감성적으로 써야 한다는 의미도 아니고, 이성적으로 글을 쓰지 말라는 얘기는 더더욱 아니다. 메마르고 말라비틀어진 마음으로는 좋은 글을 쓰기가 어렵다는 뜻이다. 모든 사람에게는 어떠한 자극에 반응하거나 변화를 느끼는 감성이 있다. 아무리 거칠고, 무지하고, 심지어 살인을 저지른 사람이라도 감성이라는 것은 그 마음속에 있다. 그래서 인간이다.

글은 이러한 감성을 자극할 때에 잘 써진다. 떨어지는 가을 나뭇잎의 흔들림을 보며, 우리의 몸과 마음은 자신도 모르게 반응한다. 시간의 변화를 느끼고, 하늘을 보게 되고, 나를 돌아보게 된다. 내 주변의 많은 것들이 주마등같이 내 눈앞을 스쳐 지나간다. 마음이 쓸쓸해지고, 어디론가 걸어가고 싶다. 먼 곳으로 여행을 떠나고 싶다. 누구를 용서하고 싶다. 나의 감성이 자극된 것이다. 이런 상황이면 글을 쓰고 싶어진다. 잘 쓰든, 못 쓰든 백지 위에 무언가를 끼적이고 싶다.

자극을 받은 감성은 이렇게 우리를 어떠한 생각 속으로, 그리고 글쓰기 세상 속으로 데리고 간다. 딱딱하고 차가운 이성이 이러한 자극을 받으면 우리를 포근한 감성의 세계로 안내해 주기도 한다. 종종 겨드랑이나 발바닥을 간질어서 소리 내어 웃게 할 필요도 있다. 소리를 지르며, 몸부림을 치며 웃는다면 더욱 좋을 것이다. 글을 쓰기 위해서는 그러한 자극과 반응이 우리에게 필요한 것이다.

이러한 자극은 종종 우리 마음의 내부 저 밑으로 내려가 조용히 숨어 있는 잠재의식을 건드리기도 한다. 한동안 물속에 잠겨 있던 빙산의 아랫부분이 물 바깥으로 나오게 될 때, 그 부분이 햇살 속에 놀라게 되는 것처럼 우리의 마음 깊숙이 있던 어떤 무의식이 내 생각 안으로 올라와 꿈틀거리며 자리를 잡는 것이다. 그것은 지금은 까맣게 잊었지만, 과거의 어느 때, 어느 곳에서 있었던 기억일 수도 있고, 그런 즐거움이었을 수도, 아픔이었을 수도 있다. 그런 것들은 우리의 잠재의식 속에 쌓여있거나 숨어 있다가 어느 순간에, 어떤 계기를 만나서 별안간 떠오르게 된다. 무의식의 놀람이 나를 놀라게 하는 것이다.

아, 그때 이런 일이…… 아, 그랬구나, 하는 회상이 떠오르면서 우리는 눈앞의 각박한 현실에서 한걸음 뒤로 물러난다. 생각의 폭이 넓어지고, 사고의 공간이 확대되면서 새롭고 신선한 글의 소재가 떠오른다. 글을 쓰고 싶어지는 마음이 드는 것이다.

글 실력은 술을 마시는 것과 같다

매일 잠깐이라도 짬을 내어 글을 쓰자고 앞에서 언급했는데, 무엇을 써야 하나, 고민이 될 때는 이렇게 하는 것도 하나의 방법이 될 수 있다. 책상 앞에 앉아서 창밖으로 보이는 풍경의 느낌을 그대로 적어본다. 어려울 것이 없다. 일부러 멋있게 쓰려고, 아름답게 쓰려고 할 필요도 없다. 보이는 대로 쓰든가, 느껴지는 대로 쓰는 것이다. 조금 생각해서 써도 된다.

벤치에 앉아서 내 앞을 걸어가는 사람의 모습을 써보자. 그냥 보이는 대로 쓰면 된다. 옆에 앉아 있는 친구에게 그 모습을 말로 설명하듯이, 그 말을 그대로 글로 쓰면 된다. 떨어지는 나뭇잎을 보고 느낀 점을 그대로 적어본다. 아무런 생각도 안 든다면 오히려 솔직하지 못한 것이다. 무슨 생각이라도 반드시 떠오르게 되어 있다. 그 생각을 그대로 적어본다.

이런 식으로, 소파 위에서 놀고 있는 강아지의 모습을 글로 써 본다든가, 저녁을 준비하고 있는 어머니의 뒷모습을 글로 써 본다든가 하는 것도 좋은 글쓰기의 연습이다. 이렇게 해서 써진 글을 한번 읽어보고, 내 느낌과 생각을 더 붙여보고, 맞춤법에 맞는지 확인하면서 필요할 때 접속사도 넣고, 수식어도 적절히 섞어서 문장을 만드는 것이다.

그러면 처음의 글보다 길어질 것이 분명하다. 나쁠 것이 전혀 없다. 창작이란 상상력을 동원하여 글을 쓰는 것이기 때문이다. 그리고 다시 한번 읽어보고, 고치고, 다듬는다. 글은 이렇게 해서 탄생한다.

말을 잘하는 사람이 글을 잘 쓸 것 같지만, 그것들은 전혀 별개의 문제들이다. 글 실력은 쓰면 늘고, 안 쓰면 준다. 그것은 마치 술의 양과 같다. 술을 자꾸 마시면 주량이 는다. 그러나 안 마시기 시작하면 주량은 자꾸 줄어서 나중에는 소주 한 잔에 취하고 만다.

소주를 한 병씩이나 마셨던 사람인데 말이다.

술 주량을 늘릴 필요는 없지만, 글 쓰는 능력은 늘릴 필요가 있다. 자꾸 쓰면 반드시 느는 것이 글이다. 그래서 책을 많이 쓴 사람이 더 많은 책을 쓰게 되고, 좀처럼 책을 내지 못하는 사람은 또 책을 내기가 쉽지 않다.

글을 자꾸 쓰다 보면, 자기 상상의 공간이 더욱 넓어져서 어떤 때는 생각하지도 못했던 기발한 아이디어가 떠오를 적도 있다. 생각을 자꾸 하는 사람이 이것저것 많은 생각을 하다가 희한하고 엉뚱한 생각을 하게 되는 것처럼, 그것을 글로 써서 세간의 관심과 흥미를 끌어모으는 것처럼 글도 자꾸 써본 사람이 자꾸 쓰게 되어 작가가 되고, 소설가가 되고, 수필가가 되고, 시인이 되는 것이다. 반드시 그런 사람이 되는 것이 목표가 아니더라도, 평상시 글과 친해지면 우리의 생활은 한층 풍요로워지는 것이다.

우리가 글 하면 대부분 시, 소설, 에세이, 희곡 등을 떠올리는 경우가 많다. 이러한 순수문학 분야도 중요하지만, 나는 인문학에 더 많은 관심을 가질 것을 주문하고 싶다. 인문학에는 순수문학도 포함되지만, 언어, 역사, 철학 등 보다 다양하고 깊고 넓은 분야의 인간 삶에 대한 정보와 기록과 흔적들이 가득하다. 이 외에 정치, 사회, 경제, 교육 분야의 책도 많고, 요즈음에는 건강, 여행, 취미 등에

관한 책들도 큰 바다를 이룰 정도이다.

　우리는 다양한 인간 삶의 기록들을 보아야 한다. 많은 사람의 생각과 사고방식과 삶의 방식들, 걸어간 흔적들, 거기 하나하나에는 내가 경험하지 못했던 다양하고 다채로운 삶의 모습들이 살아 있다. 그것들이 글로써 나에게 다가오는 것이다. 인문학 분야의 책을 더 많이 보기를 권하고 싶다. 더 넓고, 다양하고, 재미있는 경험을 통하여 글을 쓰는 데 있어서 많은 상상력과 꿈을 갖게 해줄 것에 틀림이 없기 때문이다.

어른이 되어서도 필사적인 문제
그러나 늘 모르는 것이
내 밥그릇에 밥 퍼 담는 거
얼마만큼 먹어야 되는지
내 밥 푸는 거

– 최성철

6

김수로왕 신화

가락국의 시조, 김수로왕

신화의 내용

한반도 남쪽, 지금의 경상북도 고령, 성주와 경상남도 김해, 진주 지역에는 당시 변한이라고 불렸던 집단 내에 여러 부족이 흩어져 살았다. 그 부족들은 왕도 없었고, 국가다운 조직도 없었다. 이들은 간(干)이라고 부르는 부족장을 중심으로 모여 살았는데, 그중 김해 지역은 9명의 부족장들이 각각 나누어 다스렸다.

그들이 사는 북쪽에는 큰 산이 하나 있었다. 어느 날, 구지봉이라고 부르는 그 산봉우리에서 기이한 소리가 들려와 구간(九干)을 비롯하여 많은 사람이 가보니, 사람은 보이지 않고, 이상한 소리만 계속 들렸다. 그 소리는 이곳에 내려와 마을을 다스리라는 하늘의 명을 받고 왔다는 어느 남자의 커다란 음성이었다.

이 남자는 모여든 사람들에게 이 노래를 부르며 춤을 추면 마을을 다스릴 왕이 나타날 것이라고 했다. 수로왕을 맞이하기 위한 노래였다. 그 노래는 '거북아, 거북아 머리를 내어놓아라. 만일 내어놓지 않으면 구워 먹으리라'는 내용의 가요인데, '구지가'라고 한다. '구지가'는 우리나라 최초의 고대 집단가요이다. 여기에서 '머리'는 '수로왕'을 뜻하기도 한다.

노래를 마치고 나니, 하늘에서 자주색 끈이 내려왔다. 그 끈 맨끝에는 붉은 보자기에 싸인 금합자가 달려 있었다. 그 합자 안에는 6개의 황금알이 들어있었다. 사람들은 그것을 조심스럽게 들고 산에서 내려왔다. 그로부터 며칠이 지난 후, 그 알에서 아이들이 태어났는데, 아이들은 모두 키가 크고, 용과도 같은 얼굴을 지녔으며, 용모가 범상치 아니하였다. 그중 가장 먼저 태어난 아이가 바로 수로왕이었으며, 황금알에서 태어났다고 하여 금(金)자를 써서 김수로왕이 되었다. A.D. 42년에 가야는 이렇게 김수로왕에 의하여 가락국으로 건국되었다.

알에서 나온 나머지 다섯 아이도 모두 왕이 되었다. 이렇게 하여 탄생한 6개의 가야는 금관가야(경남 김해 지역), 아라가야(경남 함안 지역), 고령가야(경남 진주 지역), 대가야(경북 고령 지역), 성산가야(경북 성주 지역), 소가야(경남 고성 지역)였으며, 김수로왕은 그중 가장 세력이 큰 금관가야의 왕이 되었다.

김수로왕은 매우 검소하고 근검한 인물로 알려져 있다. 반면에, 강력한 통치력과 재능을 갖춘 인물이었다. 용성국 출신으로 나중에 신라왕이 된 탈해를 물리친 그의 능력이 이를 입증한다. 김수로왕은 자기의 자리를 빼앗으려고 쳐들어온 탈해와 재주를 겨루는 싸움에서 이겨 그를 퇴각시켰다. 그만큼 재능을 갖춘 용맹스러운 왕이었으나, 적절한 왕비가 없는 것이 백성들의 고민이었다. 이에, 김수로왕은 자신의 왕비가 인도의 아유타국에서 올 것을 미리 알고, 신하들에게 지시하여 바닷가로 가서 배를 타고 오는 그녀를 맞을 준비를 시켰다. 그녀는 아유타국의 공주로 이름은 허황옥이었다. 허황옥 역시 자기 아버지의 꿈에 나타난 하느님의 명에 따라 가락국 김수로왕의 부인이 되기 위하여 이곳에 온 것이었다.

김수로왕은 왕비를 맞이한 후로 나라를 더욱 잘 다스렸으며, 가락국은 한층 번성하였다. 허왕후는 아들인 태자 거등공 외에 9명의 자식을 낳았다. 그리고 157세의 나이로 세상을 먼저 떠났다. 사람들은 허왕후를 구지봉 동쪽에 묻었다. 왕비가 죽은 후, 김수로왕은 슬퍼하며 지내다가 그로부터 10년 뒤인 199년에 158세의 나이로 세상을 떠났다. 온 나라는 왕을 잃은 비통함에 잠겼다.

백성들은 왕의 장례를 성대히 잘 치러주었고, 무덤 이름을 수릉 왕묘라고 했다. 수릉왕묘는 그 후에 납릉이라는 이름으로 바뀌었다가 다시 김해 수로왕릉으로 변경되었다. 김수로왕릉과 수로왕비릉인 허황옥릉은 지금 경상남도 김해시에 있다.

신화의 배경과 의미

삼국시대 이전 한반도 중남부 지역에는 진한, 마한, 변한이라는 집단 내에 여러 부족이 살고 있었는데, 나중에 진한은 신라에, 마한은 백제에 통합되었다. 변한은 가야로 흡수되었으나, 가야는 백제나 신라같이, 강력한 왕의 통치력과 조직을 갖춘 나라로 성장하지 못했다. 땅의 크기도 신라나 백제보다 작았다. 가야는 부족장들이 다스리는 여러 부족국가로 남아 있다가 그중에서 가락국이 탄생하게 되었는데, 김수로왕이 세운 이 가락국은 금관가야로서 6개의 가야 중 가장 강력한 국가로 성장하였다.

그러나 백제와 신라의 틈바구니에 있었던 금관가야는 532년 신라와의 전쟁에서 패하여 건국 490년 만에 멸망했다. 그 후 562년에 대가야가 신라에 통합됨에 따라, 가야는 완전히 사라졌다. 신라는 가야의 왕족들을 귀족으로 후히 대접했으며, 가야 유민들을 자기네 나라 백성으로 받아들였다. 가야 백성들은 신라 문화의 발전에 많은 도움을 주었다. 가야금을 신라에 전한 사람도 가야 출신 우륵이었다.

우륵은 대가야 출신의 궁중 악사였다. 당시 가실왕의 명에 따라 음악을 통한 나라의 정치적 통합을 도모하고자 했던 인물인데, 나라가 멸망함에 따라 신라에 투항하여 신라 음악의 획기적 발전에 기여하였다.

가야금은 대가야국의 가실왕이 제작하였다. 물론 우륵이 관여했음은 당연한 일이다. 당시 우륵은 음악을 통하여 백성들을 하나로 결속시켜 보다 강력한 국가를 만들려는 가실왕의 요청에 따라 가야금 12곡을 지었다. 이 12곡은 대가야가 다스리고 있는 12개 지역을 뜻한다. 가야금은 거문고, 비파와 함께 우리나라의 3대 전통 현악기이다.

금관가야의 김수로왕은 고구려, 백제, 신라와는 달리, 먼 타국에서 온 아내를 왕비로 맞아들였다. 인도 아유타국의 공주, 허황옥이었는데, 그녀는 김수로왕의 아내가 되기 위하여 배를 타고 먼 바닷길을 건너 한반도로 왔다. 모두가 하늘의 뜻이었지만, 삼국의 경우와는 달랐다.

그러나 건국에 있어서 이들이 가지고 있는 공통점이 있다. 그것은 백제를 제외한 고구려, 신라, 가야의 건국 인물이 모두 알에서 태어났다는 점이다. 이것은 인간의 뜻이 아니라, 모두 하늘의 뜻에 따라 이루어진 하늘의 정해진 계획이었다. 이를 통하여 신화의 신비스러움과 강력한 힘은 유감없이 발휘되는 것이다. 인간은 오로지 그것에 순응하여 받들어야 한다는 겸손한 순종의 자세만이 필요한 것이었다.

그렇다고 백제의 건국이 그렇지 않다는 것은 아니다. 백제를 건국한 온조는 주몽의 셋째 아들로서, 신과도 같은 강력한 지도력과 통찰력으로 위례성에 도읍하고, 나라를 부흥시켰던 것을 보면, 그 역시 알에서 태어난 것 이상으로의 의미와 신화적 가치가 있다고 볼 수 있다.

가야의 존재는 우리나라 역사에 있어서 몇 가지 특별한 의미가 있다. 우리나라 국악의 3대 악성(樂聖)이라고 불리는 인물에는 왕산악, 박연과 함께 우륵이 있는데, 이중 우륵은 가야 출신이었으며, 그의 가야금은 지금도 우리 전통악기의 최고봉 위치에 있다.

또 현존하는 우리나라 최초의 집단 무요인 '구지가'가 가야에서 만들어졌다는 것 역시 국문학사적 관점에서는 매우 중요한 역사적 사실이 되는 것이다. 가야 지방에서는 철이 풍부하게 생산되었다. 이를 통하여 농업의 발달과 함께 철을 바탕으로 한 국제교역이 활발하게 이루어졌다. 특히 금관가야의 철기문화는 철제투구와 갑옷의 사용 등 강력한 군사력을 갖추는데 기여했던 것은 물론, 중국으로 철을 수출했다는 기록도 있다. 김해 대성동 고분 등에서 출토된 철기 부장품들도 금관가야의 번성했던 철기문화를 입증해준다. 그러나 신라에 통합되면서 많은 유물이 사라진 것은 아쉽기만 한 일이다.

신라의 박혁거세와 석탈해, 김알지가 그 지역 박, 석, 김의 성씨 시조가 된 것처럼 가락국의 김수로왕은 김해 김씨의 시조가 되었으며, 허황옥은 김해 허씨의 시조가 되었다. 이 또한 매우 의미 있는 역사적 사실이다. 또 삼국 통일을 이루는 데 주도적 역할을 한 신라의 김유신 장군이 김수로왕의 12대손이었다는 점도 매우 흥미로운 사실이다.

김수로왕 신화로 알아보는
올바른 문장 사용법

> **1**
>
> 그 소리는 이곳에 내려와 마을을 다스리라는
> 하늘의 명을 받고 왔다는
> 어느 남자의 커다란 음성이었다.

이 예문은 문제점이 보이지 않는 평범한 문장이다. 이 문장을 다음과 같이 바꾸어 보자.

그 소리는 이곳에 내려와 마을을 다스리라는
하늘의 명을 받고 왔다는
어느 커다란 남자의 음성이었다.

별문제가 없이 역시 평범한 문장이다. 대부분 사람은 이렇게 문장을 만든다. 그러나 바꾼 문장을 자세히 들여다보면, 뒷부분의 '커다란'이라는 관형어가 무엇을 꾸미는지 애매하다. 즉, '남자'를 꾸미는지 '음성'을 꾸미는지……. '커다란 남자?', 아니면 '커다란 음성?' 과연 무엇을 꾸미고 있을까? 다 꾸민다고 하든가, 아니면 불명확하다고 할 수밖에 없다. 또, 그 앞에 있는 관형어 '어느'는 무엇을 꾸미고 있을까? '어느 남자?', 아니면 '어느 음성?'

관형어는 그것이 꾸미고자 하는 단어를 확실하게 정해주어 문장의 뜻을 명확하게 해주는 역할을 해야 한다. 그만큼 위치의 선정이 중요하다. 예문에서는 '어느'는 '남자'를 꾸미는 것이고, '커다란'은 '음성'을 꾸미는 것임이 확실하다. 우리말에는 이런 경우가 많고, 우리는 별생각 없이 그렇게 쓰곤 한다.

한 가지 예를 더 들면, '아름다운 너의 목소리'도, '얼음 같은 그 남자의 얼굴'도 그런 경우이다. 대부분 사람은 '아름다운'은 '목소리'를 꾸며주고, '얼음 같은'은 '얼굴'을 꾸며준다고 생각할 것이다. 이 문장을 '아름다운 너의 작은 목소리'로, 또한 '얼음 같은 그 남자의 창백한 얼굴'로 바꾸어 보자. '아름다운'과 '얼음 같은'이 각각 무엇을 꾸미고 있는지. '아름다운'이 '너'를 꾸미고 있는지, '목소리'를 꾸미고 있는지. '얼음 같은'이 '그 남자'를 꾸미고 있는지, '얼굴'

을 꾸미고 있는지.

이같이 관형어는 그 위치의 올바른 선정이 중요하다. 물론, '아름다운 너의 목소리'도, '얼음 같은 그 남자의 얼굴'도 틀린 문장이 아니다. 많이 쓰는 문장이다. 둘 다 수식한다고 주장할 수도 있으나, 애매하다는 지적을 벗어날 수는 없다.

2

그러나 건국에 있어서 이들이 가지고 있는 공통점이 있다.
그것은 백제를 제외한 고구려, 신라, 가야의 건국 인물이
모두 알에서 태어났다는 점이다.
이것은 인간의 뜻이 아니라, 모두 하늘의 뜻에 따라
이루어진 하늘의 정해진 계획이었다.
이를 통하여 신화의 신비스러움과 강력한 힘은
유감없이 발휘되는 것이다.
인간은 오로지 그것에 순응하여 받들어야 한다는
겸손한 순종의 자세만이 필요한 것이었다.

조금 긴 예문인데, 내용은 간단하다. 이번에는 각 문장의 끝맺는 말에 대해서 생각해보자. 우선 다음과 같이 고쳐보자.

그러나 건국에 있어서 이들이 가지고 있는 공통점이 있다.
그것은 백제를 제외한 고구려, 신라, 가야의 건국 인물이
모두 알에서 태어났다는 점이라는 <u>것이다.</u>
이것은 인간의 뜻이 아니라, 모두 하늘의 뜻에 따라
이루어진 것이며, 하늘의 정해진 계획이었다는 <u>것이다.</u>
이를 통하여 신화의 신비스러움과 강력한 힘은
유감없이 발휘되는 <u>것이다.</u>
인간은 오로지 그것에 순응하여 받들어야 한다는
겸손한 순종의 자세만이 필요한 <u>것이었다.</u>

이렇게 고친 문장은 올바르지 않은 문장도 아니고, 별 문제점도 없어 보이나, 각 문장의 끝맺음에 '것이다'가 계속 반복 사용됨에 따라 전체적인 글의 품위가 떨어지고 있다.

글을 쓸 때, '것이다'라는 표현은 가능한 피하는 것이 좋다. '것이다'는 어떤 사실을 강조하여 표현할 때나, 그 사실을 다시 지적하면서 문장을 종결할 때 많이 쓰는데, 너무 많이 사용하면 글이 딱딱해지고, 글과 글과의 연결이 끊어지는 맛이 들어 바람직하지 않다. 잘못 사용하면, 종종 '것이었던 것이다', 또는 '것이었던 것이었다' 식으로 우스운 문장이 되고 만다.

3
땅의 크기도 신라나 백제보다 작았다.

이 문장에서 쓰인 '보다'라는 조사는 비교급 조사로써 무엇과 무엇을 비교할 때 사용한다. 문장의 앞뒤를 보면 가야 땅의 크기는 신라보다도 백제보다도 작았다는 분명한 뜻이 있다. 신라와 백제 간의 땅의 크기는 몰라도, 가야가 이 세 나라 중에 가장 작았다는 의미다. 이렇게 쓰인 조사 '보다'의 뜻은 아주 명확하다.

그러나 우리는 이 '보다'를 별생각 없이 무심코 쓰다 보면, 다음과 같은 애매함을 드러내고 만다. 예를 들어, '그는 그녀보다 그 어린아이를 더 사랑했다'라는 문장을 써 놓고 보면, 그가 더 사랑한 것은 그녀가 아니라, 그 어린아이라는 뜻이다.

그런데 다시 꼼꼼히 읽어보면, 그의 어린아이에 대한 사랑과 그녀의 어린아이에 대한 사랑을 비교해 볼 때, 그의 사랑이 더 크다는 뜻이 되기도 한다. 즉, 처음에는 비교 대상이 '그녀'와 '그 어린아이'였는데, 나중의 해석은 비교 대상이 '그'와 '그녀'인 것이다.

이것을 정확하게 하려면, '그는 그녀와 그 어린아이 중에서 그 어린아이를 더 사랑했다'고 쓰든가, '그는 그녀가 그 어린아이를 사랑하는 것보다 더 그 어린아이를 사랑했다'라고 쓰면 된다. 아주 명확하게 그 의미가 전달되는 것이다.

그러나 이렇게 설명하듯이 쓰면 문장의 맛이 많이 떨어지는 것이 사실이다. 어떻든 이런 문장은 따지고 보면 애매하지만, 별로 따지지 않고, 자기가 이해한 대로 넘어가는 경우가 많다. 그러나 올바르고 정확한 표현방법은 알고 있어야 한다.

> **4**
> 가야의 존재는 우리나라 역사에 있어서
> 몇 가지 특별한 의미가 있다. 우리나라 국악의
> 3대 악성(樂聖)이라고 불리는 인물에는
> 왕산악, 박연과 함께 우륵이 있는데,
> 이중 우륵은 가야 출신이었으며, 그의 가야금은
> 지금도 우리 전통악기의 최고봉 위치에 있다.

이 예문을 다음과 같이 바꾸어 보자.

가야의 존재는 우리나라 역사에 있어서
몇 가지 특별한 의미가 있다. 우리나라 국악의
3대 악성(樂聖)이라고 불리는

왕산악, 박연과 함께
우륵은 가야 출신이었으며, 그의 가야금은
지금도 우리 전통악기의 최고봉 위치에 있다.

별문제가 없는 문장이다. 그러나 자세히 들여다보면, 왕산악과 박연도 우륵처럼 가야 출신으로 보인다. 왕산악은 거문고를 제작한 고구려의 음악가이며, 박연은 조선 시대의 음악가이다. 모두 시대가 다른 인물들인데도 불필요한 말을 줄이고 간단한 문장으로 쓰다 보니, 이러한 오류가 생기고 말았다.

글을 쓴 사람의 의도가 글을 읽는 사람들에게 잘못 전달되는 것이다. 글을 쓴 사람은 '함께'라는 부사를 통하여 우륵도 왕산악 및 박연과 같이 3대 악성에 속함을 강조하고 싶은 것이었는데, 오히려, 이 '함께'가 왕산악과 박연도 우륵처럼 가야 출신이라고 설명해 주는 역할을 하고 있어 이 글을 읽는 사람에게 오해를 불러일으킨다. 혹시나 해서 '함께' 바로 뒤에 쉼표를 찍어 봐도 마찬가지다.

간단명료한 문장이 가장 좋으나, 필요한 단어를 너무 줄여버리면, 의사전달이 왜곡될 수가 있으므로 유의해야 할 일이다.

김수로왕 신화로 만들어 보는
새로운 이야기

인도의 아유타국 공주인 허황옥을 왕비로 맞아들인 김수로왕. 이는 우리나라 최초의 완벽한 국제결혼의 효시는 아니었을까. 가 야는 은근히 애처로우면서도 낭만적이었던 국가로 생각된다. 이름 이 그렇고, 신라와 백제 사이에 끼어서 힘들었을 것이라는 생각에 서도 그렇다. 그리고 당시의 여러 나라 중에서 불행히도 가장 짧은 역사를 지녔다. 이러한 가야의 이야기를 우리 식으로 다시 한번 새 롭게 꾸며보자.

Case 1

김수로왕이 박처럼 생긴
알에서 태어났다면?
그리고 인도 아유타국에서 온
왕비가 허황옥(許黃玉)이 아니라,
인도 말로 된 이름으로
전해 내려왔다면?

혁거세가 박혁거세가 된 것처럼 수로는 박수로가 되었을 것이며, 박수로왕이 되어 가락국을 건국하고, 금관가야를 다스렸을 것이다. 그 당시의 역사 흐름에는 아무런 변동이 없을 것이나, 김해 김씨라는 성씨에는 대혼란이 왔음이 분명하다. 물론 김해 김씨의 시조는 다른 인물로 대체되고 말았을 것이며, 김해 김씨를 위한 또 다른 신화가 새롭게 창조되어야 하지 않았을까?

반면에, 우리나라에 존재하지도 않는 김해 박 씨가 새롭게 생겨났을 것이며, 이 박 씨는 밀양 박 씨의 규모를 넘어서는 엄청난 존재로서 우리나라 성씨의 중요한 위치를 차지하고 말 것이 또 확실하다. 성씨 시조의 변경에 따른 엄청난 성씨의 대혼란…… 그리고 김수로왕의 부인이 허황옥이 아니라, 인도 말로 된 고유의 이름으로 전해 내려왔다면 또 어떻게 되었을까?

허황옥은 김수로왕과의 사이에 열 명의 아들을 두었는데, 그중 두 명에게 허 씨 성을 쓰게 해달라고 수로왕에게 부탁해서 허락을 받았다. 큰아들은 아버지의 뒤를 이어 왕위에 올라야 하니 아버지 성인 김을 따라야 했지만, 그중 두 아들은 어머니의 성을 따라 허 씨가 된 것이다. 우리나라의 김해 허 씨의 시조는 사실 이 두 아들로부터 시작된 것이나 다름없다.

그러나 어머니가 허 씨가 아니라, 예를 들어, 뭄타즈마할이나 샨티나 파파벨라 같은 인도식 이름으로 있었다면, 김해 허 씨는 어떻게 되었을까? 박수로왕과 뭄타즈마할 왕비? 성씨 시작의 대혼란이 있었을 것이다. 그러나 이 상상을 가지고는 성씨의 대혼란으로 인한 족보체계의 혼돈과 무질서 외에, 다른 이야기를 만들어 나가기가 쉽지는 않아 보인다. 이 정도에서 천만다행이라고 생각하고, 다음 이야기를 만들어 보자.

Case 2

김수로왕이 탈해와의
싸움에서 졌다면
어떻게 되었을까?

　이렇게 되면 상황은 매우 심각해진다. 역사가 빈대떡 뒤집어지듯 홀라당 뒤집어질 뻔했다. 탈해는 신라의 제4대 왕이 된 대단한 인물이다. 그는 용성국 왕비가 낳은 알에서 태어났다. 용성국은 용왕들이 사는 나라였는데, 그곳의 왕비가 낳은 알에서 탈해가 탄생하였으니, 그는 분명 엄청난 인물이 틀림없다. 아무나 알에서 태어나는 것이 아니니 말이다. 그러한 탈해가 가락국을 쳐들어 왔다. 그는 김수로왕에게 왕의 자리를 내놓으라고 하며 서로 신출귀몰한 일전을 벌였는데, 그 결과 탈해가 이겼다? 자, 이제 그 이후의 상황은 어떻게 될까?

　우선은 탈해가 가락국의 왕이 되었다는 사실은 자명하다. 그가 왕의 자리를 빼앗으러 왔다고 했으니까. 탈해는 인자하고 자비로운 왕이었다기보다는 지략이 뛰어나고 셈이 빠르며, 현실감각이 뛰어난 왕이었다. 그래서 탈해의 금관가야는 김수로왕이 다스리는 것처럼 다른 가야 나라와의 상호공존을 통한 성장을 도모하지 않았을 것이고, 주변의 가야 나라들을 침공하여 모두 금관가야에 합병시켰을 것 같다. 그리고 세력을 더욱 팽창하여 드디어 신라와 일전을 벌이게 되는데, 여기서 이야기는 둘로 갈라질 수 있다. 하나는 그가 신라의 네 번째 왕이 되어야 했으니, 어떻게 했을까 하는 것, 또 하나는 이미 가락국의 왕이 되었으니, 구태여 신라의 왕이 될 필요가 있나 하는 것이다. 여러분은 어떤 길로 이야기를 끌고 가고 싶은지. 어디로 가든 이야기는 흥미진진해질 수밖에 없다.

신라를 쳐서 신라를 금관가야에 굴복시키느냐, 금관가야를 신라에 조용히 헌납하느냐 하는 문제에 탈해는 봉착하게 되는데, 탈해의 능력과 성격으로 봐서는 전자가 될 것 같다. 기왕에 이야기를 꺼냈으니 흥미진진하게 하는 것도 좋겠다. 탈해가 이끄는 가락국의 용감한 군대가 드디어 신라를 쳐들어갔다. 탈해는 이미 6개의 가야를 통합했으므로, 가락국은 더 강력한 국가가 되었고, 신라하고 한바탕 맞붙어 싸울만한 몸집도 되었다. 그러나 탈해의 가락국은 신라의 3대 왕인 유리왕이 이끄는 수만의 정예군대를 이길 수 없었다.

탈해와 그 신하들은 모두 신라로 끌려갔고, 백성들은 모두 신라의 노예가 되어 비참하게 살아갔다. 유리왕에 이어 신라의 4대 왕이 되어야 했던 석탈해는 가락국이라는 소국의 명 짧은 왕으로서 인생이 끝나고 말았다. 신라의 4대 왕은 유리왕의 둘째 아들인 파사왕으로 넘어갔다. 물론 탈해가 신라를 이길 수도, 전쟁 중간에 협상하여 양국 모두 대치 상태로 살아갈 수도 있을 것이다.

탈해가 신라를 이겼다면 더욱 재미있는 이야기가 전개될 수 있다. 그러면 백제와의 관계는? 아니, 탈해가 백제를 먼저 칠 수도 있고, 백제와 연합하여 신라를 멸망시킬 수 있을지도 모르겠다. 신라가 당나라와 연합하여 백제와 고구려를 멸망시킨 것처럼.

Case 3

우륵이 신라로
가지 않고,
고구려로 갔다면?

우륵은 대가야 사람이다. 그는 대가야의 가실왕 때 궁중 악사였는데, 가실왕이 죽자, 제자 니문을 데리고 신라로 망명했다. 그는 처음에는 신라 왕실에서 홀대를 받았다. 망해가는 나라의 음악에 대한 신라 조정의 푸대접이었다. 그러나 신라 진흥왕은 우륵의 음악에 감동하여 그를 인정하고, 그의 음악을 높게 평가해주었다. 진흥왕의 인정이 아니었다면, 아마 우륵은 우리나라 고전 음악의 3대 악성에 포함되지 못했을지도 모른다.

그런 우륵이 백제와 신라를 피해 멀찌감치 고구려로 망명했다면? 고구려에는 거문고를 제작한 왕산악이라는 음악인이 있다. 그의 생몰연대가 불분명하여 역시 생몰연대가 확실하지 않은 우륵과의 맞비교가 어렵지만, 왕산악이 고구려 24대 양원왕(재위 기간 545~559) 때의 인물이라는 기록이 있는 것을 보면, 우륵이 신라로 망명한 시기가 551년이었으니, 두 사람의 활동 기간이 겹치는 부분이 있는 것 같다.

어쨌든 우륵이 고구려로 갔다면, 두 음악가는 한 왕실에서 온갖 시기와 질투로 살아가든가, 그래서 그런 경쟁력으로 서로가 더욱 훌륭한 악성이 되었든가, 아니면 권모술수를 동원한 정치인들처럼 마치 적군같이 살아갈 수 있을지도 모르겠다. 그리고 신라 진흥왕처럼 고구려왕이 우륵의 음악성을 인정해줄지 어떨지도 모르는 일이다. 그러나 거문고와 가야금이 일찌감치 서로 만나게 되어 우리나라 궁중음악에 더욱 크고 멋들어진 부흥과 발전이 있지 않았을까 하는 생각이 앞선다.

생활 속에 살아 있는 '쌩쌩 맞춤법'

'구절'과 '귀절', '싯귀'와 '시귀', '시구'

한 토막의 말이나 글, 또는 시의 한 부분을 나타내는 단어로 위의 예 중 어느 것이 맞춤법에 맞는 말일까?

우선 '구절'이 맞다. 한자 '구절(句節)'의 '구(句)'는 '구'로 읽기도 하고, '귀'로 읽기도 하지만, '구'를 표준어로 삼고 있다. '귀절'이 표준어처럼 보이는 데 유의하여야 한다.

그러면 시의 한 구절을 표현하는 표준어는 앞의 예 중 무엇일까? 정답은 가장 아닐 것 같은 '시구'이다. 역시 한자로는 '시구(詩

244
우리 신화로 풀어보는 글쓰기

句)'이다.

흔히 '시귀'라고 쓰고, '싯귀'라고 발음하곤 하는데, 모두 맞춤법에 어긋난 쓰기와 읽기이다.

'삭이다'와 '삭히다'

화를 삭이려고 해도 되지 않는다. 화를 삭히려고 해도 되지 않는다. 이 두 문장에 쓰인 '삭이다'와 '삭히다' 중 무엇이 맞춤법에 맞는 말일까?

둘 다 맞춤법에 맞는 말인데, 그 뜻이 전혀 다르다. '삭이다'나 '삭히다'의 동사 원형은 모두 '삭다'이다. 그러나 그것이 사동사로 변하여 '삭이다'가 되면, 흥분이나 긴장, 화 등을 풀어서 마음을 가라앉히는 것이라는 뜻이 되고, '삭히다'가 되면, 김치나 젓갈 등 음식물을 발효시켜서 맛이 들게 하는 것이라는 뜻이 된다. 두 단어다 '삭다'라는 동사 원형에서 나온 사동사이다. 따라서 '화를 삭이다'가 맞고, '젓갈을 삭히다'가 맞는 표현이다.

왠일과 웬일? 띄어쓰기는?

발음으로는 구분하기가 어려운 '왠일'과 '웬일', 이중 맞춤법에 맞는 말은? '웬일'이다. 종종 헷갈리는 단어들이다. 그리고 '웬일'은 마치 '웬'이 관형사처럼 보이고, '일'은 명사처럼 보여서 띄어 쓰는 게 아닌가 하는 생각이 드는데, '웬일'은 의외의 뜻을 나타내는 어찌 된 일이라는 의미의 한 단어로서 붙여 쓴다. '웬 쓸데없는 소리야?' 할 때는 '웬'이 관형어로 쓰이기 때문에 띄어 쓴다.

'끼적이다'와 '끄적이다', '추근거리다'와 '치근거리다'

글씨나 그림을 아무렇게나 쓰거나 그리는 행위를 나타내는 단어들인데, 보통 '끄적이다'를 많이 쓴다. 그러나 '끼적이다'가 표준어이고, '끄적이다'는 틀린 말로 알고 있는데, 그렇지 않다. 두 단어 다 유사한 뜻이 있는 표준어들이다.

'추근거리다'와 '치근거리다'는 어떨까?

이 단어는 성가시게 자꾸 귀찮게 구는 것을 뜻하는데, '치근거리다'가 맞는 표현이고 '추근거리다'는 틀린 표현이라는 의견도 있지만, 둘 다 같은 뜻으로 사용할 수 있다. 이렇게 표준어가 두 개인 경우를 복수 표준어라고 하는데, 예를 몇 개 더 들자면, '뜨락'과 '뜰'이 그렇고, '짜장면'과 '자장면'이 그렇다. 또한 '어저께'도 표준어이고, '어제'도 표준어이다. '쇠고기'도 '소고기'도 다 표준말이고, '예쁘다'도 맞고, '이쁘다'도 맞다. 그 외에도 다수가 있다.

'부리나케'와 '불이 나게'

이 단어의 표준말은 대부분 '부리나케'로 알고 있다. 옳게 아는 것이다. '부리나케'는 몹시 급하게 행동하는 모습을 가리키는 말인데, '부리나케'는 '불이 나게'에서 온 말이라는 견해가 많다. 불을 얻으려면 부싯돌 두 개를 재빠르게 부딪쳐야 했기 때문에, 그 빠른 속도를 의미하는 것에서 이 말이 변이되었다는 것은 일리가 있어 보인다.

'가르키다'와 '가리키다', '가르치다'와 '가리치다'

선생님이 학생들에게 어떤 이치나 기능을 알게 한다는 뜻의 이 단어는 '가르치다'가 맞다. 누구나 익히 알고 있을 것이다. 이것을 '가리치다'라고는 하지 않는다. 반면에, 손가락이나 물건으로 어떤 방향이나 대상을 알리는 행위를 '가리키다'라고 한다. 이것이 표준 말이고, '가르키다'는 틀린 말이다. 즉, '가르치다'와 '가리키다'가 맞춤법에 맞는 말이다.

'삐치다'와 '삐지다', '끼어들다'와 '끼여들다', '꼽사(싸)리 끼다'와 '곱살이 끼다'

이 단어들을 소리 내어서 한번 읽어보기 바란다. 먼저 못마땅해서 화가 나거나 토라진 상태를 표현하는 말로 맞춤법에 맞는 말은?

이때의 정답은 '삐치다'이다. 이 단어에는 또 다른 뜻이 있다. 글씨를 쓸 때, 글자의 획을 비스듬히 내려쓴다는 뜻이 그것이다. 그러나 '삐지다'도 맞춤법에 어긋나는 말은 아니다. '삐지다'는 칼 등의 도구로 물건을 얇고 비스듬하게 잘라내는 동작을 의미한다. 즉, '삐치다', '삐지다' 모두 표준어인데, 그 뜻이 다르므로 사용 용도가 다른 것이다.

'끼어들다'와 '끼여들다'는 어떨까?

자기 차례가 아닌 데에도 틈 사이를 비집고 들어서는 모양을 나타내는 이 단어는 '끼어들다'가 맞는 말이다. 그러면, '꼽사리 끼다'는 어떨까? '꼽싸리'인가? '꼽사리'인가? 아니면 '곱살이 끼다'인가? 남이 하는 일에 끼어들어서 그 일을 쉽게 하려는 것이라는 뜻의 이 단어는 '꼽사리 끼다'를 옳은 표현으로 본다.

'넓적하다'와 '널적하다', '넙적하다'

어느 것이 맞춤법에 맞는 표현일까?

편편하고 얇으면서 넓은 것을 뜻하는 단어로써 맞춤법에 맞는 말은 바로 '넓적하다'이다. '널적하다'라는 말은 없다. '넙적하다'는 무엇을 받아먹을 때 입을 벌렸다 닫는 모습을 뜻하거나, 서슴지 않고 선뜻 행동할 때 쓰는 동사이기도 하다. '하다'를 빼면 부사로써 쓰이기도 한다. '그는 너무 고마워서 넙적 엎드려서 절을 했다' 등으로 쓸 수 있다. '넙죽'이라고 쓰기도 한다.

'냉큼'과 '닁큼', 닝큼?

'냉큼'은 많이 써보고 들어보았어도 '닁큼'은 아주 낯설다. 머뭇거리지 않고, 가볍고 빨리 움직이는 모습을 나타내는 부사인데, 둘 다 비슷한 뜻이 있는 표준어이다. '원숭이에게 강냉이를 던져주니 닁큼닁큼 받아먹었다'라고 쓸 수 있다. 단, '닝큼'은 틀린 말이다.

글쓰기,
우리들의 로망

내 영혼을 살찌우는 글쓰기

이 세상에 나쁜 글은 없다

왜 글쓰기가 잘 안 될까? 이렇고 저렇고 좋은 얘기들을 많이 들었는데도, 막상 펜을 들고 책상 앞에 앉으면 왜 글이 안 써지는 걸까? 아마도 이 둘 중의 하나일 것 같다. 하나는 글을 쓰는 일이 싫어서. 또 하나는 상상하기가 싫어서……. 멋진 상상이 있는데, 이를 글로 옮겨 쓰기가 싫다. 말로는 할 수 있어도 쓴다는 것은 귀찮고 힘든 일이다. 무엇인가를 쓰고는 싶은데, 아무 생각이 떠오르지 않는다. 상상하는 일이 귀찮고 어렵다. 다 이해가 가는 얘기들이다. 이 둘을 잘 극복한다면, 멋지고 재미있는 글쓰기가 될 텐데.

글쓰기란 어느 정도의 인내와 끈기가 필요하다. 아니, 어느 정도가 아니라, 아주 많은 그것이 필요하다. 글쓰기는 생각이 아니라 행동이다. 펜을 들고, 종이에다가 무엇인가를 적어나가는 과정이다. 그래서 글쓰기란 생각보다는 행동에 더욱 의미가 있다. 매일 상상만 하고, 그것을 적지 않는다면 아무런 의미도 없고, 어떠한 결과가 없다.

구슬이 서 말이라도 꿰어야 보배인 것이다. 조금 힘들더라도 생각을 적어나가자. 요즈음은 컴퓨터가 있으니, 자판을 두들겨보자. 한 30분 앉아서 어떤 종류의 글이건 쓰다 보면 끈기도 생기고, 재미도 생겨난다. 재미있는 글이라면 조금 더 앉아 있을 수 있다.

글쓰기란 이 세상의 모든 것, 사물이나 생각, 관점, 사고방식, 현상 등을 창조적으로 이용하게 한다. 수필을 한 편 쓰려고 저녁을 먹고 나서 책상 앞에 앉았다. 그리고 펜을 들고, '나는 지금 밥을 먹었다' 이렇게 몇 글자를 써 놓고 가만히 있지는 못할 것이다. 밥을 먹었는데, 어떤 반찬의 맛이 어땠고, 형은 까불며 밥을 먹다가 아버지한테 혼이 났고, 웃음을 참다가 별안간 입안의 밥알이 튀어나와서 이번에는 내가 아버지한테 혼이 났고, 고개를 돌려서 창밖을 보니 참새 한 마리가 유리창을 톡톡 찍어대고 있었고…….

이것은 그 당시의 상황을 그대로 글로 옮긴 것이다. 이렇게 있는 사실을 그대로 써놓기만 해도 멋진 글이 될 수 있다. 이것이 바로 창조이다. 내 주변 상황을 창조적으로 이용하는 것이 바로 글쓰기가 될 수 있음을 의미한다.

생각의 노동이란
상상력의 바다를 헤엄치는 것이다

낡은 생각과 선입견은 버려야 한다. 그러기 위해서 어느 작가는 의심을 많이 해보라고 한다. 사물이나 생각의 가치를 이리저리 다시 캐보고 따져보고, 별 쓸데없는 의심도 한번 해보고, 의문도 가져보고, 스스로 질문도 해보라는 것이다. 이러한 시도는 상당한 의미가 있다. 사물과 의식에 대한 기존 선입견을 버리고, 새로운 시각으로 사물을 보는 그러한 사고 속에서 우리는 창조적이며 신선한 생각을 가질 수 있다. 그것이 낡은 생각과 선입견에서 벗어나는 방법이다.

자기표현을 통한 글쓰기가 종종 자기 탐닉이나 자기 쾌락을 위한 수단이 되거나, 그런 상황에 빠지기 쉬워서 바람직하지 않다는 의견도 있다. 무엇이든지 지나치면 문제가 되겠지만, 글쓰기란 자기표현의 한 가지 방법이다. 자기 탐닉을 통하여 자신도 모르고 있었던 자아발견으로 가는 길을 찾는 것이고, 자기 쾌락도 자신의 만족을 통한 글의 당당함으로 표출될 수 있다. 글이 의도된 목적에서 벗어난 욕을 마구 쓰지 않는 이상, 이 세상에 나쁜 글은 없다.

특히, 자기 내면세계로의 여행은 글을 쓰는 데 있어서 무한한 상상력의 공간과 신선한 생각의 원천을 제공해준다. 일기도 자기 내면으로의 여행이다. 반성문도, 기도문도 모두 그렇다. 나아가 자기 내면세계는 자신도 모르고 있던 자신의 다른 모습을 보여주기도 하고, 그것을 통하여 이 세상을 새롭게 내다보게도 된다.

생각이 바뀌고 관습이 바뀌고, 가치관이 바뀌기도 하는 것이다. 그런 바뀜을 통하여 글은 새롭게 써진다. 알 수 없었던 다른 사람의 생각을 비로소 공감할 수도 있고, 그 상황을 파악할 수도 있다. 나를 둘러싼 모든 것들이 새로워지는 것이다. 같은 역사의 한 사건이 보는 각도에 따라 다르게 보이듯이, 우리는 하나의 일에 대해서 여러 가지 이야기를 만들어 낼 수 있다.

글쓰기는 힘든 노동이다. 생각의 노동, 그리고 육체의 노동이다. 그런 노동을 덜 힘들게 하려면 우리는 어떻게 해야 할까? 육체의 노동에는 별 대책이 없다. 인내심과 끈기는 생각의 노동에 들어갈까? 아니다. 이것을 잘 키우고 유지해가는 것이 육체의 노동을 잘 해나가는 길이 된다.

생각의 노동이란 한없이 넓은 상상력의 바다를 만들거나 만나서, 그곳을 한없이 헤엄치며 돌아다니는 것이다. 그 바다가 깊고 넓을수록, 때로는 파도가 거칠고 무서울수록 생각의 노동은 더욱 힘이 들게 된다. 그러나 우리는 그러한 환경 속에서 어떠한 방법 하나를 통하여 하나의 길로 나아갈 수 있다. 여러 방법 중 하나, 여러 갈래의 길 중 하나…… 남이 하지 않았던 방법, 남이 가지 않았던 길로 들어섰을 때, 우리는 낯섦과 어색함으로 두려움에 직면하게도 되지만, 좋은 글은 그렇게 만들어진다. 그런 노동의 저 끝에, 드디어 새로운 명작이 탄생하기도 하는 것이다.

위대한 작가들은 산책을 통하여 인생을 생각했다

글의 소재를 찾기 위하여 여행을 자주 떠나라. 이미 앞에서 언급했던 내용이다. 여행은 글을 쓰는 사람에게는 매우 유익하고 필요한 과정이며, 행동이다. 거기에 산책을 자주 하라고 덧붙이고 싶다. 걸으면 정지해있던 뇌가 움직이고, 온몸의 장기들이 서로 밀고 당기며, 부딪치기 시작하고, 그 장기들 속으로 새로운 공기와 피가 스며든다. 그렇게 해서 보이는 세상은 아까하고는 다르다. 나도 그때의 내가 아니다. 새로운 내가 걷기 시작하는 것이다.

생각이 멈추었을 때, 낭떠러지 앞에 서버린 나를 발견했을 때, 외투 하나 걸치고 밖으로 나온다. 혼자서 조용히 길을 걸으며, 하늘을 보고, 사람들을 보고, 주변을 둘러보며 걷는다. 어둠이 내린 공원이면 더 좋고, 아니면 석양이 깔린 대로도 괜찮다. 시끌벅적한 곳이 아니면 다 좋다. 그러나 반드시 혼자 걸어야 한다. 조깅이 아니라, 산책인 것이다. 걸으면 우리의 뇌도 같이 걷기 시작한다. 많은 생각이 다시 나의 머릿속으로 들어오고, 또 나가고 또 들어온다. 끊어진 생각이 이어지고, 새로운 생각이 떠오르기도 한다.

영국의 유명한 작가, 찰스 디킨스는 매일 런던의 밤거리를 걸었다고 한다. 어느 날은 무려 십 킬로미터나 걸었다고 한다. 그렇게 하면서 그는 명작 『크리스마스 캐럴』을 썼다. 위대한 작가나 소설가, 철학자, 시인들은 산책을 통하여 인생을 생각했다. 그들은 위대하고 소중한 글들을 후세에 남겼다. 사람 사는 이야기이며, 철학이며, 비극이며, 희극이며, 삶의 많은 산물은 그렇게 하면서 만들어졌다.

걷자. 저녁을 먹고 나서 TV 앞에 쪼그려 앉지 말고, 문밖으로 나가자. 글쓰기란 머리로 하는 것이 아니고, 행동으로 하는 것처럼 머릿속으로 걷지 말고, 몸으로 걸어보자. 몸으로 걷다 보면 머리가 움직이고, 어떤 생각이 나고, 무언가가 떠오른다. 몇 개의 단어가 떠오를 수도 있고, 하나의 긴 스토리가 떠오를 수도 있다. 종종 몇 장의 그림이 눈앞을 스쳐 지나갈 때도 있다.

그것은 내 어렸을 적 모습이었다가 아슴아슴 사라져간 내 친구들 모습일 수도 있다. 지금의 내 모습이었다가 앞으로의 내 모습일 수도 있다. 운이 좋으면, 나의 과거, 현재, 미래가 파노라마처럼 지나갈 수도 있다. 그 모습 속에 다른 사람의 모습도 나타난다. 그리고 여러 가지 일들이 또 주마등처럼 지나간다. 당연한 현상이다. 모두 산책의 소중한 결과물이다.

글은 이러한 경험을 통하여 쓰고 싶어진다. 끊어졌던 생각은 이러한 산책을 통하여 다시 이어질 수 있으며, 내 앞에 있는 낭떠러지 위에 건너편 언덕까지 갈 수 있는 구름다리가 새롭게 놓일 수도 있다. 조용히 생각하며 어둠 속을 걷고, 다시 돌아와 책상 앞에 앉아보자. 아스라한 추억이, 새롭고 신선한 생각이, 어느 조용한 떨림이, 어느새 내 마음 한쪽에 자리하고 있음을 우리는 알게 된다.

7
연오랑과 세오녀 설화

설화 속으로

연오랑과 세오녀,
일본국의 왕과 왕비가 되다

설화의 내용

신라 제8대 왕이 된 아달라는 왕위에 오른 후, 30년 동안 신라를 통치했다. 이 기간은 길선이라는 신하의 모반사건, 이로 인한 백제와의 전투, 잦은 천재지변 등으로 어수선했던 시기였다. 이 무렵, 동해의 한 바닷가 마을에 연오랑(延烏郎)과 세오녀(細烏女)라는 부부가 살고 있었다. 고기를 잡고, 베를 짜며 사는 그들의 생활은 다른 어민들처럼 평범했지만, 가난해도 불평하지 않았고, 그 누구를 시새움 하지도 않았으며, 오직 서로를 믿고 사랑하면서 서로를 의지하며 살아가고 있었다.

어느 날 밤, 연오랑은 바다 밑 용궁으로 내려가 세오녀와 함께 헤엄을 치며 노는 꿈을 꾸었다. 그리고 다음 날 아침, 이상한 일이 벌어졌다. 연오랑은 여느 때와 같이, 물고기를 잡으러 바다로 들어갔는데, 갑자기 물밑에서 거북이같이 생긴 바위 하나가 불쑥 솟아오르더니 연오랑을 태우고는 망망한 바다 한가운데로 나아가기 시작했다. 연오랑은 놀란 나머지 바위 위에 엎드린 채 정신을 잃고 말았다.

그다음 날 새벽, 연오랑을 태운 바위는 어느 낯선 해안가에 도착했다. 사람들이 몰려들었다. 그곳 사람들은 그렇지 않아도 자기네 나라를 다스려 줄 왕을 학수고대하고 있었는데, 바위를 타고 온 그 남자가 하늘에서 보내준 왕으로 알고, 그를 마을로 모셔와 극진히 대접하였고, 연오랑은 그 나라 왕이 되었다. 그 나라의 중신들은 혼자 사는 왕이 안쓰러워 예쁜 처녀를 뽑아서 왕비로 모시려고 했으나, 연오랑은 끝내 이를 거부했다.

한편 세오녀는 연오랑이 돌아오지 않자, 그를 찾으러 바닷가로 나갔다. 그러나 바닷가 모래밭에는 연오랑의 신발만 가지런히 놓여 있을 뿐, 그의 모습은 보이지 않았다. 세오녀는 그 신발을 끌어안고 울면서 한없이 그를 기다렸다. 그가 죽었는지 살았는지 세오녀는 알 길이 없었다. 많은 시간이 지나도 연오랑은 끝내 돌아오지 않았다. 연오랑이 머릿속에서 지워지지 않아, 세오녀는 너무 힘들었다. 다음 날도 세오녀는 혹시나 하는 마음에 다시 바닷가로 나갔다. 그리고는 바위에 걸터앉아 또 하염없이 그를 기다렸다. 그 순간이었다. 세오녀가 앉은 바위가 서서히 움직이기 시작했다. 마침 바닷가에 나와 있던 동네 사람들은 이 기이한 모습을 보며, 죽은 연오랑의 혼귀가 세오녀를 바다로 부른다고 생각했다. 동네 사람들은 큰 소리로 세오녀를 불렀으나, 그녀를 실은 바위는 수평선 너머로 사라지고 말았다.

다음 날 아침, 세오녀를 실은 바위는 연오랑이 도착했던 그 해안가에 도착했다. 그 지역 마을 사람들이 수군거리며 바위 앞으로 몰려들었다. 바위 위에는 어느 여인이 정신을 잃은 채 쓰러져 있었다. 마을 사람들은 이 신기한 일을 즉시 연오랑에게 알렸고, 연오랑이 그 여인을 확인해보니, 바로 세오녀였다. 두 사람은 그렇게 다른 나라에서 다시 만나게 되었다.

연오랑과 세오녀가 사라진 그 이후부터 신라에서는 불길하고 이상한 일이 계속 생겼다. 천재지변도 자주 일어났다. 신라왕 아달라가 신관을 불러 물어보니, 신라로 내려오던 해와 달의 정기가 다른 곳, 즉, 바다 건너 일본으로 갔기 때문이라는 것이었다. 그 이유가 일본으로 간 연오랑과 세오녀 때문이라는 것을 알게 된 아달라왕은 그들을 다시 신라로 데리고 오려고 했으나, 이미 하늘의 뜻으로 다른 나라의 왕이 된 연오랑 처지에서는 쉽게 그 나라를 떠날 수 없었다. 그렇다고 신라왕의 명령을 거역할 수도 없었다. 신라는 그의 고국이었다.

고민 끝에, 그는 자기 아내이며 왕비인 세오녀가 정성껏 짠 비단을 대신 보내주어서 그것으로 제사를 모시도록 하면 자기들이 신라로 돌아간 것과 같은 효과가 있으리라 생각하고, 이같이 제안했다. 신라 사신은 세오녀가 짠 비단을 가지고 신라로 돌아왔고, 신라왕은 이를 가지고 제사를 지냈다. 그 이후로 신라에서는 해와 달의 정기가 다시 살아났고, 천재지변은 모두 없어졌다. 신라왕이 이것을 가지고 제사를 지낸 곳은 영일현(迎日縣)이라는 곳으로, 지금의 영일만 지역, 포항 부근이다. 이 영일현은 도기야(都祈野)라고도 불리었다.

설화의 배경과 의미

영일만 호미곶 광장에 가면 연오랑과 세오녀가 만나는 동상이 있다. 연오랑이 동해안 바닷가에서 실종된 후, 세오녀가 바다를 건너가서 연오랑을 다시 만나는 장면이다. 옷자락을 휘날리며 양손을 내밀면서 서로에게 다가가고 있는 모습에 눈시울이 뜨거워진다. 금실 좋은 부부의 상봉 현장, 바로 그 모습이다.

이 설화는 우선 극히 평범한 서민의 이야기라는 데에 의미가 있다. 동해의 한 바닷가에 사는 어느 어부와 그의 아내의 이야기가 읽으면 읽을수록 큰 감동으로 다가오는 이유는 아주 평범하고 작은 것에서 그 이야기가 시작됐다는 점일 것이다. 하늘은 바닷가 오막살이를 하는 그들에게 큰 뜻을 두었다. 행복하고 착하게 살아가는 선남선녀에게, 금실이 좋은 부부에게 하늘은 큰 복을 준비하고 있었다. 연오랑이 바다를 건너 다른 나라에 도착했을 때, 그곳 사람들은 자기들의 왕이 나타나기를 학수고대하며 기다리고 있던 참이었다. 바위를 타고 그 험하고 먼 바닷길을 왔다는 사실에 그들은 그것이 곧 하늘의 뜻임을 알고 머리를 조아렸고, 연오랑을 왕으로 받들었다. 그 나라가 바로 일본이었다.

신라 사람이 바다를 건너가서 일본국의 왕이 되었다는 이 이야기는 여러 설화 중에서도 매우 색다른 의미가 있다. 일본은 지리적으로 신라와 가장 가까웠다. 충분히 가능한 이야기다. 바위를 타고 건넜다는 것도 설화로서는 충분히 가능한 일이다. 그가 일본국의 왕이 되어 그들을 다스렸다는 사실은 신라의 국력이 바다 건너서까지 뻗치고 있음을 확인해주는 것이다. 흥미로운 것은 일본 신화인 '일본서기'와 '고사기'에도 '아메노히보코'라는 이름의 신라 왕자가 일본으로 건너왔다는 내용의 설화가 전해 내려오고 있다. 물론 이것은 일본의 설화이고, 연오랑 세오녀 이야기와는 차이가 있지만, 일본의 설화에 신라 왕자가 등장하는 장면은 시사하는 바가 크다고 아니할 수 없다.

신라의 아달라왕은 해와 달의 정기 회복을 위하여 연오랑과 세오녀를 신라로 불러야 했다. 하늘의 기세를 다시 찾기 위해서는 어쩔 수 없는 조치였다. 연오랑과 세오녀는 많은 고민을 하지 않을 수가 없었을 것이다. 조국의 왕이 부르는데, 안 갈 수도 없고, 그렇다고 이곳을 다스리라는 하늘의 명령을 거역할 수도 없었다. 그들은 지혜를 짜냈다. 그 결과, 아내가 소중하게 짠 비단을 대신 신라로 보내는 것으로, 조국 신라와 신라왕에게 보답했다. 아달라왕은 그 비단으로 하늘에 제사를 지내고, 그것을 보물로 삼아 잘 간직하도록 명령했다. 이 창고를 귀비고(貴妃庫)라 했는데, 현재 포항 연오랑 세오녀 테마공원 내에 있다.

연오랑과 세오녀의 이름 가운데에 있는 '오'는 까마귀 '오(烏)'자이다. 까마귀라는 새는 예나 지금이나 죽음을 뜻하기도 하고, 지혜를 뜻하기도 한다. 흉조이기도 하고, 길조이기도 하다. 그만큼 그 상징성이 매우 다양하다. 까마귀는 중국 신화나 고구려 고분 벽화 등에서도 나타나는데, 이 신화에서 까마귀는 태양 속에 사는 새로,

'태양'을 상징한다. 아달라왕이 세오녀가 짠 비단으로 하늘에 제사를 지낸 곳이 영일현이라는 곳인데, 영일(迎日)은 태양을 맞이한다는 뜻이다. 즉, 이 설화는 태양신화와 관계가 있다고 볼 수 있다. 이 설화가 일월지(日月池)라는 못에서부터 시작되었고, 신라 시대부터 이곳에서 해와 달에게 제사를 지냈던 기록이 있는 것을 보면, 이 설화가 우리나라에서는 유일한 태양신화가 아닌가 생각된다.

연오랑과 세오녀……. 금실 좋은 부부의 행복한 이야기가 우리를 따뜻하게 만든다. 자고로, 부부란 가난하든 부유하든 그것이 중요한 것이 아니고, 서로만 바라보며, 서로를 사랑하며 백년해로를 해야 하늘도 돕는 법인가 보다.

연오랑 세오녀 설화로 알아보는
올바른 문장 사용법

> **1**
> 고기를 잡고, 베를 짜며 사는 그들의 생활은
> 다른 어민들처럼 평범했지만,
> 가난해도 불평하지 않았고…….

이 예문을 다음과 같이 고쳐보자.

고기를 잡고, 베를 짜며 사는 그들의 생활은
다른 어민들처럼 부유하지 못하고 평범했지만,
가난해도 불평하지 않았고…….

'부유하지 못하고'를 넣고 써본 것이다. 원래 문장과 고친 문장의 차이점을 알 수 있는지. 꼼꼼히, 그리고 천천히 한번 읽어보자. 고친 문장을 자세히 보면, 다른 어민들은 부유한데, 그들은 부유하지 못하다는 것처럼 보인다. 글 쓴 사람의 의도는 그들의 생활이나 다른 어민들의 생활이나 모두 똑같이 부유하지 못하고 평범했다고 표현하는 것임에도 그렇게 느껴진다. 만약에, 다른 어민들은 부유한데, 그들은 그렇지 않았다면 '그들의 생활은 부유한 다른 어민들과는 달리 평범했다'라고 명확하게 써주는 것이 맞을 것이다. 그래서 그런 혼선을 피하려고 앞의 예문은 아예 불필요한 서술어 부분인 '부유하지 못하고'를 빼버린 것이다.

'내가 너처럼 여유가 있지 못해서 이렇게 살고 있다'라고 하면 대부분 '나나 너나 다 여유가 없다'는 뜻으로 해석을 한다. 그러나 종종 '너는 여유가 있는데, 나는 없다'는 뜻으로 해석될 수도 있다. 여유가 없는 사람이 누구인지 애매하다. 지나친 해석이라고 생각할 수도 있겠으나, 이 기회에 한 번 짚고 넘어가기 바란다. 차라리 '나도 너처럼 여유가 있지 못해서 이렇게 살고 있다'라고 표현하면 명확해진다. 조사 '도'의 사용으로 문장의 뜻이 확실해지는 것이다.

> **2**
> 아달라왕이 세오녀가 짠 비단으로
> 하늘에 제사를 지낸 곳이 영일현이라는 곳인데,
> 영일(迎日)은 태양을 맞이한다는 뜻이다.

조사 이야기가 나온 김에 조사의 중요성과 애매성에 대해서 더 말해보자. 앞의 예문을 다음과 같이 바꾸어 써보자.

아달라왕이 세오녀의 비단으로
하늘에 제사를 지낸 곳이 영일현이라는 곳인데,
영일(迎日)은 태양을 맞이한다는 뜻이다.

두 문장의 차이점은 '세오녀가 짠 비단'과 '세오녀의 비단'이다. 바꾸어 쓴 문장도 잘못된 문장은 아니다. 이렇게 바꾸어 써도 여러분은 '세오녀의 비단'을 '세오녀가 짠 비단'으로 이해할 것이다. 본문의 문장을 먼저 보았으니까 그럴 수 있겠다.

그러나 '세오녀의 비단'이라는 표현은 몇 가지 다른 뜻이 있다. 첫 번째는 '세오녀 자신이 직접 짠 비단'이라는 뜻이고, 두 번째로는 세오녀가 짜지 않고, 샀거나 얻었거나 해서 세오녀가 가지고 있던 비단'이라고 해석할 수도 있다는 점이다. 마지막으로는 역시 '세오녀가 짜지 않고, 세오녀의 얼굴이나 모습이 그려져 있는 비단'을 의미할 수도 있다. 조사 '의'의 기능은 이처럼 다양하고도 애매하다. 그렇기 때문에 애매한 '의'의 사용보다는 명확한 표현을 통하여 문장의 뜻을 확실히 나타내야 한다.

> **3**
> 행복하고 착하게 살아가는 선남선녀에게,
> 금실이 좋은 부부에게 하늘은 큰 복을 준비하고 있었다.

이 예문은 모든 것이 바르게 표현된 일반적인 문장이다. 그러나 보는 사람에 따라서는 한 문장 속에 '에게'가 중복되어서 세련되지 못하다는 느낌을 줄 수 있다. 그래서 이 문장을 다음과 같이 고쳐 보았다.

행복하고 착하게 살아가는 선남선녀인
금실이 좋은 부부에게 하늘은 큰 복을 준비하고 있었다.

어떤가. 쉽게는 읽힐지 몰라도 '부부'를 수식하는 '착하게 살아가는'이라는 관형구와 '선남선녀인'이라는 관형구가 겹치면서 오히려 처음 문장보다 어색한 느낌이 든다. 관형구가 'ㄴ'으로 중복되어서 그렇게 느껴진다.

이럴 때는 쉼표를 사용하여 문장을 한번 끊어주는 것이 더 효과적이다. '에게' 앞에 쉼표를 사용하여 문장을 잠깐 끊어주면, 뒤에 다시 '에게'가 바로 나오면서 한층 강조된 느낌이 들게 된다. 또 간결하게 딱 떨어지는 맛이 난다.

관형어 등 수식어를 중복으로 사용하여 문장을 길게 쓰는 것은 바람직하지 않다. 쉼표를 적절히 사용하든가, 아예 몇 개의 간결한 문장으로 잘라 쓰도록 하자.

연오랑이 머릿속에서 지워지지 않아,
세오녀는 너무 힘들었다.

이 문장을 다음과 같이 고쳐 써보자.

연오랑이 머릿속에서 지워지지 않는
세오녀가 너무 힘들었다.

문장의 뉘앙스가 조금 다르게 느껴질 것이다. 천천히 음미하듯 읽어보고, 단어를 끊어가면서 다시 한번 더 읽어보자.

처음 문장은 세오녀가 힘들었다는 표현이 명확히 이루어지고 있다. 그러나 고쳐 쓴 문장은 두 가지로 해석될 수 있다. 그 첫 번째는 연오랑이, 머릿속에서 지워지지 않는 세오녀 때문에 너무 힘들었다는 해석이다. 즉, 주어가 연오랑이다. 두 번째 해석은 머릿속에서 지워지지 않는 연오랑 때문에 세오녀가 너무 힘들었다는 것이다. 즉, 주어가 세오녀이다. 첫 번째 해석에서의 머릿속은 연오랑 것이며, 두 번째 해석에서의 머릿속은 세오녀 것이다. 분명한 차이가 느껴지는지.

다른 예를 하나 더 들어보자. '그가 잊히지 않는 그녀가 힘들었다'를 들면, 먼저 '그가 힘들었다'는 것으로, 그 이유는 '잊히지 않는 그녀 때문에'이다(주어는 '그'이다), 다음으로는 '그녀가 힘들었다'는 것으로, 그 이유는 '그가 잊히지 않기 때문'이다(주어는 '그녀'이다).

이같이 똑같은 문장이라 하더라도 다르게 해석되는 때가 있다. 이럴 때는 분명하게 자르거나 풀어서 쓰는 것이 바람직하다. 이것이 올바른 문장의 표현방법이다.

5
경어체를 사용한 문장

경어는 상대방을 존대하거나 높일 때 사용한다. 우리는 글 속에 이러한 높임말을 써서 표현하는 경우를 자주 본다. 글 도중에 섞어 쓰기도 하고, 전체 문장을 그러한 높임말이나 존댓말로 쓰기도 한다. 글 쓰는 사람이 글의 특성을 고려하여 그렇게 쓰거나, 그 글을 읽는 사람의 관심을 끌려고 하는 목적에서 그렇게 쓸 수도 있을 것이며, 독자에 대한 따뜻한 배려일 수도 있다. 주로 동화나 수필 등

장르에서 많이 볼 수 있으며, 시에서도 종종 찾아볼 수 있다. 편지와 같은 종류의 글에서도 자주 등장한다.

이러한 글은 그 나름대로 많은 장점이 있다. 읽는 사람의 감성을 자극하여 다정다감하게 접근하기도 하고, 별 거부감 없이 편안하게 다가가기도 한다. 때론 강한 호소력도 있다. 이는 올바르고 그르고의 문제가 아니라, 표현상의 방법이므로 경어체로써 글을 쓰고자 할 때는 이러한 문장의 특징과 장점, 그리고 그 목적을 잘 고려해볼 필요가 있다.

연오랑과 세오녀 설화로 만들어 보는
새로운 이야기

젊은 부부의 사랑 이야기는 예나 지금이나 흥미로우면서도 애달프다. 항상 아슬아슬하다. 뭔가 될 듯 될 듯하면서 안 되고, 안 될 듯 안 될 듯하면서 된다. 이는 설화나 실제 이야기나 다 마찬가지다. 이름도 멋지고 예쁜 신라의 선남선녀, 연오랑과 세오녀의 설화를 좀 더 흥미진진하게 만들어 보자. 모든 것이 우리의 상상력에 달려 있다.

연오랑이 떠난 후,
세오녀가 변심하여
다른 남자와
결혼을 했다면?

설화이니까 세오녀가 연오랑을 하염없이 기다렸지, 요즈음 같으면 찾아보려고 몇 번 애써보다가 포기하고 만다. 물귀신이 물어간 걸 어떻게 하느냐? 세상에 남자가 너 하나뿐인가. 주변 눈치 보다가 적당한 시간에 고무신 날름 거꾸로 신고 간다……. 이건 너무 비극인가. 인간의 생각은 충분하게 그럴 수 있다. 그러나 그들은 하늘의 뜻대로 사는 사람들이어서 신의를 지키고, 배신을 배격했다. 어쨌든 세오녀의 변심을 상상하고, 그 이후의 이야기를 전개해보자.

연오랑이 사라진 날 밤, 세오녀가 집으로 돌아오는 길에 별안간 세찬 비가 쏟아졌다. 아까까지 머리 위로 부서져 내릴 듯 빛나던 별들은 일제히 자취를 감추었고, 하늘은 먹구름을 잔뜩 품은 채, 땅으로 쏟아지기 시작했다. 곧이어 장대 같은 빗줄기가 세오녀의 아픈 가슴을 사정없이 때렸다. 그녀는 비를 홀딱 맞은 채로 집으로 돌아왔다. 기다란 머리칼은 물에 흠뻑 젖어 미역처럼 달라붙었고, 그 모습은 마치 물에서 막 빠져나온 족제비 같았다. 비에 젖은 적삼 밑으로 뽀얀 속살이 사정없이 드러났다. 세오녀는 방으로 들어오자마자 곧바로 이불 위에 쓰러졌다. 그리고는 오늘 아침까지 연오랑이 베고 누웠던 베개를 가슴에 끌어안았다……. 일단은 이렇게 상황 설명을 하면서 써 나가다가 다른 쪽 길로 빠져야겠다.

세오녀의 남편이 물귀신이 되어 사라졌다는 소문이 마을에 퍼지자, 건넛마을에 사는 그녀의 옛날 애인인 서동랑의 마음에 조용한 파문이 일었다. 세오녀는 이미 결혼을 했지만, 서동랑은 결혼을 차일피일 미루다가 지금까지 독신으로 지내고 있었다. 우연한 기회에 그는 바닷가 어느 바위에 멍하니 앉아 있는 세오녀를 만났다. 그리고 그들은 자연스럽게 몇 번 더 만나게 되었다. 처음에는 세오녀가 이를 피했으나, 예전 같지 않은 서동랑의 적극적 공세에 슬슬 마음이 흔들리기 시작했다. 평생 청상과부로 사느니, 그래도 친분이 있고, 호감이 있었던 예전 남자와 재혼하는 게 나쁠 게 없다는 생각에서였다. 그들은 밤마다 동해 바닷가를 거닐었다. 연오랑을 잃은 텅 빈 가슴에 서동랑은 구원의 손길처럼 따뜻하게 세오녀의 마음을 어루만져주었다. 그리고 그들은 조용히 결합했다.

어느 날 아침, 세오녀가 해초를 따러 바다로 들어갔는데, 별안간 물밑에서 바위 하나가 불쑥 솟아오르더니 그녀를 태우고는 멀리 바다 한가운데로 나아갔다. 너무 놀란 그녀는 비명 한 마디 지르지 못한 채, 바위에 엎드려 떨고 있었다. 그리고는 지치고 피곤한 탓에 그만 잠이 들고 말았다. 이상한 소리에 깨어보니, 몇몇 사람들이 자기를 둘러싸고 무어라고 얘기를 하고 있었는데, 알아들을 수가 없었다. 오래전에 연오랑이 도착했던 곳과 같은 일본의 어느 바닷가 마을이었다.

연오랑은 세오녀를 반갑게 맞아들였다. 그는 그 마을의 왕이 되어서 세오녀가 오기를 학수고대하고 있었다. 그러나 세오녀의 얘기를 들은 연오랑은 크게 실망하였다. 그것도 재혼한 남자가 서동랑이라니. 서동랑은 연오랑과 같은 마을에서 어린 시절을 같이 보냈던 불알친구였다. 이쯤에서 여러분은 이제 이 이야기를 어떻게 만들어 가고 싶은지.

어느 방향으로 가든 이야기는 더욱 신나고 흥미진진해질 것 같다. 여기서부터는 여러 갈래의 길이 있을 수 있다. 연오랑은 성격이 착하고 온유하여 세오녀를 다시 신라로 보낼 것 같다. 더군다나 자기가 홀연히 사라진 것에 대하여 세오녀 처지에서는 물에 빠져 죽었다고 판단할 수밖에 없었음에 수긍을 하고, 자신을 나무랐다. 그래서 그는 뜨거운 후회의 눈물을 삼키며, 조용히 그녀를 놓아준다.

그리고 일본인 여인을 왕비로 맞아들인다.

 그러나 남자란 사랑하는 여인을 보면, 그 조용했던 마음이 한순간에 흔들리는 법이거늘, 이렇게 생각할 수도 있다. 세오녀의 얘기를 들은 연오랑의 마음은 복잡해졌다. 그녀를 달래고 설득하고, 용서를 빌고 하여 붙잡아 두자. 그것이 안 된다면 강제로라도 붙잡자. 더군다나 여기는 신라와는 까마득하게 멀리 떨어진 일본 땅 아닌가. 이런 생각과 그러면 안 된다는 생각 등으로 머리가 복잡해진 연오랑은 고민하다가 마침내 세오녀를 붙잡아 두기로 한다. 그리고 몇 달 뒤에 서동랑이 거기에 나타난다. 세 사람이 서로 만나는 순간, 상황은 몹시 복잡해진다. 드디어 막장 드라마로 가나? 그리고 신라의 해와 달의 정기가 일본으로 다 빠져나가서 문제가 되는 신라의 상황은? 여러분의 상상은 어디를 달리고 있는지. 얼마든지 흥미롭고 재미있는 이야기를 만들 수 있다.

Case 2

연오랑이 변심하여
일본 여자를 왕비로
맞아들이고,
그 이후 세오녀가
연오랑을 찾아갔다면?

이 역시 흥미진진해지는 이야기다. 앞의 **Case 1**과 유사한 치정 드라마가 될 확률이 높지만, 이야기의 전개는 수많은 상상력의 공간 속에서 어디로든지 헤엄쳐 나갈 수 있다. 세오녀가 몇 년 동안 수소문을 하여 고생 끝에 드디어 연오랑을 찾아갔는데, 연오랑 옆에 어느 예쁜 여자가 왕비로 앉아 있다?

연오랑의 당혹감과 세오녀의 실망감 속에 마주 보고 선 세 사람의 운명은 어떻게 될 것인가?

세오녀는 선녀같이 어질고 착한 여자여서 눈물을 흘리며 돌아섰을 것 같다. 그것을 자기의 기구하고 불우한 운명 탓으로 돌리고, 울면서 신라로 가는 배에 올랐을 것이다.

아니면, 신라로 돌아오는 배 안에서 자결을 한다?

그것도 가능한 이야기다. 어쨌든 일본으로 빠져나간 신라의 해와 달의 정기는 계속 문제가 되고 있을 것이다.

Case 3

연오랑이 세오녀가 짠
비단을 신라로
보내지 않았다면?

이야기는 이제 복잡해지는 것보다 심각해지는 상황으로 들어간다. 실제 설화에서 연오랑과 세오녀는 신라로 귀국하지 않았다. 이미 일본국의 왕이 된 그들이 그곳을 버리고 신라로 돌아갈 수가 없었다. 그 대신 자기 아내가 성심으로 짠 비단으로 제사를 모시라고 그것을 신라로 보냈던 것인데, 이것도 하지 않고, 신라의 요청을 묵살한다?

신라가 연오랑과 세오녀를 신라로 부르고자 한 이유는 해와 달의 정기가 그들을 따라 일본으로 갔기 때문이다. 그들이 다시 돌아오면 정기 역시, 신라로 돌아오고, 잦은 천재지변도 막을 수 있기 때문이다. 연오랑과 세오녀가 신라의 이러한 요청을 무시하고, 아무 조치도 안 해주었다면, 신라왕 아달라는 끊이지 않는 천재지변 속에 어둡고 음침한 서라벌의 하늘을 보며, 깊은 시름에 빠졌음이 확실하다. 그리고 나라 여러 곳에서는 가뭄, 홍수, 지진 등 천재지변 속에 못 살겠다는 백성들의 폭동이 일어나기도 했을 것이다. 그는 다시 신관에게 대책을 문의한다. 다른 방도가 없음을 확인한 아달라왕은 마침내 연오랑과 세오녀를 납치할 생각을 한다. 그것은 결국 그들이 다스리고 있는 일본국과의 한판 전쟁을 의미하는 것이다. 신라의 대군이 수십 척 배에 나눠 타고 일본으로 향한다…….

이쯤에서 여러분에게 이야기의 바통을 넘긴다.

생활 속에 살아 있는 '쌩쌩 맞춤법'

보이지 않던 것이 보이게 되거나, 밝혀지지 않은 어떤 사실이 밝혀지는 것을 의미하는 단어인 '드러나다'와 '들어나다', 어느 것이 맞춤법에 맞는 단어인지. 다 맞는 것으로 각각의 다른 뜻이 있는 건 아닌지, 종종 헷갈릴 때가 있다. 올바른 표현은 '드러나다'이다. '들어나다'는 '드러나다'를 잘못 쓴 것이다. 이와 같은 단어들을 찾아보자.

'어떻게'와 '어떡해'

'어떻다'라는 기본형에서 파생된 '어떻게'는 한 단어이다. 반면에, '어떡해'는 '어떻게 해'의 준말로, 단어 두 개가 줄어든 구(句)이다. 따라서 하나는 단어이고, 하나는 구(句)이기 때문에 문장에서의 사용 방법과 그 용도가 전혀 다르다.

형용사인 '어떻다'는 생각이나 의견, 형편이 어찌 되어 있는 상태를 뜻하는 것으로, '어떻게'는 '어떻다'의 부사형이다. 문장 내에서 '지금 상황이 어떻게 되어가고 있는 건가요?'라든가 '앞으로 어떻게 하면 좋을지 모르겠네', 또는 '요즈음 어떻게 지내시는지요?' 등으로 쓰인다.

반면에, '어떡해'는 단어가 아니라 구이므로, 다른 동사, 형용사를 수식하지 못하고, 서술어로써 쓰이게 된다. 예를 들면, '나 어떡해'라든가 '그 일이 안되면 어떡하지?', 또는 '얘, 이 일을 어떡하면 좋겠니?' 등으로 쓰인다.

'귀걸이'와 '귀거리', '귀고리'

발음하기와 쓰기에서 종종 헷갈리는 단어들이다. 이 단어들은 여자들이 멋을 내기 위하여 귀에다 매는 액세서리를 떠올리게 할 것이다. 그렇다면 '귀걸이'나 '귀고리' 다 쓸 수 있다. 또한, '귀걸이'라는 단어에는 귀가 시리지 않게 귀를 덮도록 만든 헝겊이나 가죽이라는 뜻도 있다. '귀거리'는 틀린 말이다.

반면에, '목걸이'가 맞는 말이고, '목고리'나 '목거리'는 틀린 말이다. '목고리'라는 말은 없고, '목거리'는 목이 붓고 아픈 병을 말하기도 한다.

'애달프다'와 '애닲다', '애닳다', '애닳다', '서럽다'와 '섧다', '설다', '싫다'

이 단어들은 각각 서로의 준말과 본딧말로 보인다. 그러나 그렇게 보일 뿐이다. 마음이 안타깝거나 쓰라리고 애처롭다를 나타내는 뜻의 단어로 맞춤법에 맞는 말은 '애달프다' 하나이다. 흔히 시구나 노래 가사 등에서 '애닲은 나의 인생' 등의 표현을 많이 볼 수 있는데, 틀린 말이다. '애닲다'도 '애닳다'도 다 틀린 말이다. '애달픈 나의 인생'이라고 써야 한다. 명사형은 '애달픔'이다.

원통하고 슬프다는 뜻으로 쓰는 단어로 '서럽다'와 '섧다'는 모두 맞춤법에 맞는 말이다. 따라서 이 단어 끝에 '게'를 붙여서 부사로 활용할 때에는 '서럽게'도 되고, '섧게'도 된다. 예를 들자면, '그 여자는 너무 서럽게 울었다'로 써도, '그 여자는 너무 섧게 울었다'로 써도 다 맞춤법에 맞는 표현이다. '섥다'나 '섦다'라는 말은 없다.

'편편하다'와 '편편하다', '평평하다', '판판하다', '넓적하다'

어떤 물건의 표면이 높거나 낮지 아니하고 너르다의 뜻을 가진 올바른 단어는 '편편하다'이다. 이런 뜻으로 '편편하다'를 사용하면 잘못된 것이다. 우리는 '편편하다'를 '편편하다'라는 뜻으로 오해하여 잘못 사용하고 있는 경우를 자주 볼 수 있다. '편편하다'는 아무 불편함이 없이 편안하다는 뜻이다.

'편편하다'라는 단어는 아주 낯설게 느껴지지만, 지금부터라도 이 단어와 익숙해질 필요가 있다. 예를 들어, '그들은 편편한 바위 위에 나란히 앉아 있다'라고 쓰면 올바른 문장이 된다. '널편편하다'라는 단어도 있는데, '넓고 편편하다'는 뜻이다.

'편편하다'와 유사한 말로 '평평하다'가 있다. 바닥이 고른 상태를 나타내는 말인데, '평평하다'는 '판판하다', 또는 '넓적하다'와 유사한 말이다. 앞의 단어들은 모두 표준말인데, '편편하다'만 그 뜻이 다르다.

'맞닥뜨리다'와 '맞닥드리다', '맞닥트리다', '맞딱뜨리다'

갑자기 마주 대하거나 만나다, 또는 어떤 안 좋은 일에 직면하다는 뜻이 있는 이 단어 중 맞춤법에 맞는 단어는 어느 것일까? '맞닥뜨리다'이다. '맞닥드리다'나 '맞딱뜨리다' 모두 틀린 말이다. 그러나 '맞닥트리다'는 맞춤법에 맞는 말로써 '맞닥뜨리다'와 같은 말이다. 이 두 단어는 복수 표준어이다.

유사한 예로, '넘어뜨리다'와 '넘어트리다', '빠뜨리다'와 '빠트리다', '깨뜨리다'와 '깨트리다', '무너뜨리다'와 '무너트리다' 등도 모두 복수 표준어에 속한다.

'날름'과 '낼름'

'과자를 던져주니까, 낼름 받아먹었다' 맞는 표현일까? 아니다. 맞춤법에 맞는 말은 '날름'이다. '날름'은 손이나 혀를 잽싸게 내밀었다가 거둬들이는 모습을 나타내거나 무엇을 잽싸게 받아가는 모습을 나타내는 부사이다. 우리는 흔히 '낼름'이라고 쓰기 쉽고 말하기 쉽다. '혀를 날름 내미는 버릇은 안 좋아 보인다'라고 써야 맞는 표현이다. 역시 '낼름거리다'는 틀린 말이고, '날름거리다'가 맞는 말이다.

'아이구'와 '아이고'

감탄사인 이 단어는 둘 다 맞는 말이 아닐까? 아니다. 맞춤법에 맞는 말은 '아이고'이다. '아이구'는 틀린 말이다. 종종 '아이고'의 센말이 '아이구'라고 생각하기 쉬운데, 이는 착각이다. '아이고'의 센말은 '아이코'이다. 따라서 '아이쿠'하면 틀린 말이 된다.

또한, '아이고'보다 더 간절할 때 내는 소리도 '아이고머니'가 맞는 것이고, '아이구머니'는 틀린 말이다.

'어쨋든'과 '어쨌든'

이 단어 중 맞춤법에 맞는 말은 어느 것일까? 종종 혼동되고 있는 단어이다. 맞는 말은 '어쨌든'이다. '어쨌든'은 '어찌했든'의 준말이다.

내 영혼을 살찌우는 글쓰기

글도 쓰다 보면
작가도 되고, 소설가도 되고, 수필가도 된다

작가가 되기 위해서 글을 쓴다? 글을 쓰다 보니, 작가가 되었다? 글을 쓰면서 이런 생각을 가끔 하게 되는데, 여기에 너무 집착할 필요는 없다고 생각한다. 사람들은 이렇게들 이야기한다. 무슨 일을 하든지 우선은 그 목적의식이 명확하고 뚜렷해야 한다고. 그래야 성공하는 삶이 되고, 멋진 인생이 된다고. 그 결과, 남으로부터 인정도 받고, 나 스스로 떳떳하고 만족스러운 삶이 되는 것이라고……. 백 번 천 번, 옳고 지당하신 말씀이다. 이 세상에 어느 누가 그러한 목적의식도 없이 살아가고 있겠는가?

비단 글만이 아니다. 우리 인생이라는 게 다 그런 것이다. 글도 쓰다 보면 작가도 되고, 소설가도 되고, 수필가도 된다. 저명한 칼럼니스트도 될 수 있다. 물론, 명확한 목적의식을 가지고 그렇게 한다면 당연히 바람직하고 좋을 것이다.

볼을 잘 차면 골인이 되고, 못 차면 노골이 된다. 이 역시 천 번, 만 번 옳은 말씀이다. 글을 잘 쓰면 유명한 사람이 되고, 못 쓰면 그렇지 않다는 것도 지당하신 말씀이다. 그런 너무 당연하고 각박한 이야기보다는 멋진 글을 한번 써서 여러 사람과 같이 나누고, 서로 공감을 해보겠다는 생각을 가져보는 것이 어떠냐고 묻는 것이 더 근사할 것 같다.

글을 써서 내 삶의 보람과 즐거움이 늘어나고, 나아가 그 글로 인하여 주변 사람들이 크든 작든 감동을 받고, 그들의 삶에 어떠한 영향을 미쳐 그들의 인생이 더 좋은 방향으로 나아간다면, 그렇게 하는 그가 바로 작가이며, 소설가이고, 시인이고, 칼럼니스트인 것이다. 글을 써서 부와 명예를 얻어 보겠다는 생각도 결코 틀린 것은 아니다. 목적의식이 뚜렷하면 그만큼 자기가 가야 할 방향도 명확해지는 법이니까. 그러나 그러한 지나친 압박감에서는 일단 벗어나는 것이 좋을 것 같다.

우선은 생각나는 대로,
쓰고 싶은 대로 계속 써 나가자

이제 글 쓰는 방법에 대해서 한번 생각해보자. 글이란 우선은 써 놓고 보아야 한다. 말이나 생각하고는 다르다. 말이란 입 밖으로 나가면 그만이다. 생각도 머릿속에 가지고만 있으면 아무 소용이 없다. 일단 종이 위에 써 놓고 보자. 그런데 몇 문장 써 놓고, 그것을 다시 읽어보고 고치고 하지는 말자. 우선은 생각나는 대로, 쓰고 싶은 대로 계속 써 나가자. 올바른 문장이 아니더라도, 맞춤법에 어긋나고, 적절한 표현이 아닌 것 같더라도, 거기에 집착하지 말고, 일단은 편안한 마음으로 다음, 다음을 써 나가자. 이미 써 놓은 문장을 자꾸 되돌아보고, 다시 읽어보고, 꼼꼼히 들여다보기 시작하면 생각은 끊어지고 만다. 몇 문장 못 쓰고 중단하게 되고, 종종 그 상태에서 펜을 놓고 마는 경우가 비일비재하다. 죽죽 써 나가보자.

일단은 숲을 만들어 놓아야 나무를 들여다보게 된다. 어느 나무가 삐딱한지, 어느 나무들이 너무 빽빽하게 몰려 서 있는지 보려면 우선은 적당한 크기의 숲을 만들어 놓을 필요가 있다. 처음부터 나무 하나하나에 집착하다 보면, 전체 숲의 그림이 머릿속에서 사라지고 만다. 거칠고 엉성하더라도 숲을 하나 만든 다음에, 나무를 들여다보도록 하자.

그러나 숲을 만들기 위해서는 하나하나의 나무는 아니더라도 대략 어느 정도의 나무와 개울과 바위가 있을 것인지는 머릿속에 그려져 있는 것이 좋겠다. 글을 쓰다 보면, 종종 그것을 잊어버리는 경우가 많다. 다음 이야기를 잊어버리는 것이다. 그래서 백지에다가 이야기의 줄거리를 대략 적어두는 것이 필요하다. 큰 건더기를 건져서 대충이라도 늘어놓는 것이다. 그리고 거기에 살을 붙여가는 것이고, 필요하면 기존 건더기를 버리고 새 건더기를 찾아 놓으면 된다. 그렇게 전체적인 윤곽을 통하여 숲을 만들어 놓은 다음에, 나무의 손질에 들어가는 것이 바람직하다. 물론 반드시 그렇게 해야 한다는 등의 정답이 있는 것은 아니다. 그런 식으로 쓰기와 읽기, 고치기를 해나가는 것이 효율적인 글쓰기 방법의 하나다.

지금도 있는지 모르겠지만, 예전에 논산에 가면 우리나라에서 가장 큰 신병훈련소가 있었다. 돌이켜보면, 가장 힘들었던 훈련 중의 하나가 바로 사격을 위한 자세의 연습이었다. 표적을 정확히 맞히기 위해서는 총을 쏘는 자세가 가장 중요했다. 그러므로 교관들은 PRI(Preliminary Rifle Instruction)라고 부르는 사격술 예비훈련을 고되게 시켰는데, 이를 훈련병들은 피(P)나고, 알(R)배기고, 이(I)갈리는 것이라고 했다. 그만큼 고통스러운 훈련이었다.

어쨌든 총을 잘 쏘는 자세는 딱 한 가지뿐이다. 누구든지 그런 자세를 취해야만 과녁을 정확히 맞힐 수 있어서 그렇게 가르친다. 그러나 요즈음은 그렇지 않다고 한다. 군대식 표본 자세가 있기는 하지만, 꼭 그렇게 안 해도 총을 잘 쏠 수만 있다면 자기 나름대로 자세를 취하게 한다는 것인데, 총을 쏘는 목적은 과녁을 정확히 맞히는 데 있으므로, 너무 자세에 집착하다 보면 총이 제대로 안 쏴진다는 것에 착안한 것이다. 제 개성에 맞고, 편안한 자세가 정확한 사격에 가장 중요하다는 것에 많은 사람이 공감했다는 내용이다.

글도 마찬가지다. 위에서 언급한 대로, 숲을 먼저 만들고, 나중에 나무를 손보고 하는 것이 다 맞는 것은 아니다. 가장 보편적인 것을 얘기한 것이지, 결국에는 개인의 성격과 취향과 개성에 따라가는 것이 가장 효율적일 것이다. 처음 글을 써 나가는 데 있어서 문장 하나하나에 너무 집착하지는 말자. 편안한 자기 자세대로 나가자. 말이 좀 안 되고, 다소 뒤죽박죽이어도 괜찮다. 일단은 다 써놓고 보자.

글쓰기 일에 너무 부담을 갖지 말자

사람은 누구에게나 열정이 있다. 그것이 글쓰기이든, 운동이든, 먹고사는 사업이든 다들 처음에는 열정으로 일을 시작한다. 그러나 시간이 흐르면서 그 열정은 점차 식기 마련이다. 열정이 점점 뜨거워지는 일이란 사람 사는 주변에는 별로 없는 것 같다. 나중에는 다 식기 마련인데, 언제 식느냐가 문제일 것이다. 글 쓰는 일은 특히 그렇다. 단단히 마음을 먹고, 글쓰기를 시작하여 몇 장 썼다. 성급했던 생각을 가라앉히고, 인내심을 가지고 꽤 써 나갔다.

그러다가 시간이 지나면서 점차 글이 막히기 시작한다. 머릿속에 딴생각이 자꾸 들어오고, 그나마 있던 소재도 달아나고, 더 진행이 안 된다. 몸도 뒤틀린다. 내 마음의 열정이 식은 것은 아니다. 그러나 글쓰기의 진도가 안 나가는 현실이 우리들의 처음 그 열정을 식게 만든다. 그래서 가방 하나 훌렁 메고 여행을 떠난다, 등산한다, 산책한다, 낯선 곳에서 시간을 보낸다……. 이것은 그에 대한 나름대로 휴식과 충전의 방법들일 텐데, 아무튼 열정이란 식기 마련이다. 누구나 그렇다. 이럴 때는 그냥 쉬는 것이 좋다. 쥐어 짜봐야 녹물만 나온다. 쉬었다가 쓰든지, 걷다가 쓰든지 하는 것이 글이다.

글쓰기 일에 너무 부담을 갖지 말자. 글쓰기가 싫거나 힘들 때는 그냥 놀자. 먹고 싶은 것 먹고, TV도 보고, 게임도 하고, 만화책도 보고, 노래도 듣고, 그냥 좀 놀고 쉬자. 쉬고 싶을 때 쉬는 것, 놀고 싶을 때 노는 것이 좋다. 그것이 뇌의 건강을 위한, 다음의 발상을 위한 소중한 휴식이 된다.

그리고 글 쓰는 사람들이 종종 하는 생각이 있다. 그것은 글을 쓰기 전에 반응을 먼저 생각하는 것인데, 이것을 너무 깊게 생각하여 고민하는 것은 바람직하지 않다. 물론, 자기 글에 대한 주변이나 독자들의 반응은 매우 중요하다. 가장 중요하다고도 할 수 있는 이 엄연한 사실에 대하여 글을 쓰는 사람이라면 결코 무덤덤할 수는 없다. 그러나 글을 쓰기도 전에 그것에 대해 너무 예민하게 생각하다 보면, 자유로운 글쓰기가 되지 못하여 스스로 글의 사슬에 감겨 버리게 되고 마는 안타까운 현상이 벌어질 수도 있다는 점을 염두에 둘 필요가 있다.

글쓰기는 행동과 실천이다. 생각에만 몰두하고 있다든가, 계속 연구만 하고 있다든가, 주변 사람들로부터 계속 조언만 구하고 있다든가 하는 것은 바람직하지 못하다. 생각만 계속하고 쓰지 않는 것보다는 아무 생각 없이 쓰는 것이 더 낫다. 무엇인가를 써 놓고 보면, 읽게 되고, 만지게 되고, 고치게 되고, 결국 글이 된다. 좋은 글은 멋진 상상과 생각에서 나오지만, 실천해야 그것을 알 수가 있는 것이다.

8
서동과 선화공주 설화

백제 무왕과 신라 진평왕의 딸 선화공주

설화의 내용

서동은 백제의 제30대 왕인 무왕의 어릴 적 이름이었다. 그는 과부가 된 어머니와 연못에 사는 용과의 사이에서 태어났는데, 재주가 좋으며 똑똑하였다. 그러나 산에서 마를 캐다 팔아서 끼니를 이어갈 정도로 집안이 가난하였다. '마를 캐는 아이'라는 뜻에서 그의 이름은 마 서(薯)와 아이 동(童)을 써서 서동(薯童)이 되었다.

당시 옆 나라인 신라로부터 퍼져온 소문이 하나 있었는데, 그것은 진평왕의 셋째 딸인 선화공주가 너무 예쁘고 아름다워서 짝지을 사람을 찾지 못하고 있다는 것이었다. 이 소문을 들은 서동은 그녀를 자기의 아내로 삼겠다는 생각을 마음에 품었다. 그러기 위해서는 우선 신라로 들어가야 했다. 당시 백제와 신라는 사이가 좋지 않아서 서로 간에 작은 분쟁이 끊이질 않았으나, 그는 마를 캐는 농부의 신분이었기 때문에 어렵지 않게 신라로 들어갈 수 있었다.

신라로 들어간 서동은 동요를 하나 지어서 아이들에게 부르게 했다. 이 동요는 후에 '서동요'라는 이름으로 전해졌다. 서동은 아이들에게 자신이 캔 마를 나눠주며 이 노래를 부르게 했는데, 이 노래는 아이들의 입을 타고 번지고 번져 드디어 신라왕실에까지 전해졌다.

선화공주님은
남몰래 사귀어
맛둥 도련님을
밤에 몰래 안고 간다.

이렇게 짧은 내용의 동요 같은 노래였지만(자료에 따라 약간씩 다르게 번역되고 있음. 여기에서 맛둥은 서동(薯童)을 의미함), 이 노래의 내용이 세간에 떠돌다 보니 점점 문제가 되기 시작했다. 신라왕실의 위신은 크게 추락했다. 이 노래를 들은 조정의 대신들은 이러한 불순한 노래가 퍼지고 있는 원인이 공주의 문란하고 불량한 행실 때문이라고 판단하여, 진평왕에게 선화공주를 귀양 보낼 것을 건의했다. 진평왕과 그의 부인은 딸의 귀양을 어떻게 해서든 막아보려고 했으나, 대신들의 반대가 너무 심하여 어쩔 도리가 없었다. 왕비는 순금을 딸에게 주면서 눈물로써 딸을 배웅했다. 순금은 사랑하는 딸에 대한 노잣돈 및 생활비 명목이었다.

선화공주는 궁궐을 떠나 귀양길에 나섰다. 서라벌을 벗어난 지 한참 시간이 지나고, 어느 산길로 접어들었을 때, 서동이 선화공주 앞에 나타났다. 그리고는 무릎을 꿇고 절을 하며 자기가 모시고 가겠다고 했다. 선화공주의 눈에는 서동이 보통사람 같지 아니하고, 귀하게 보였을 뿐만 아니라 믿음직스럽게 보였다.

서동은 그녀를 자기 고향인 백제의 금마 지역으로 데리고 갔다. 선화공주가 엄마가 준 금을 팔아서 생활하려고 하자, 서동은 금은 마를 캐는 산에 가면 얼마든지 구할 수 있다고 하면서, 산에서 금을 캐다가 모으기 시작했다. 금은 신라에서는 매우 귀하고 비싼 물건이었다. 서동과 선화공주는 산에 가서 금을 캐 모았다. 금이 많이 쌓이자, 그들은 사자사라는 절의 주지인 지명법사에게 부탁하여 그의 신력으로 그 금들을 신라 궁궐로 보내주었다. 이를 본 진평왕은 서동에 대하여 놀라움을 금치 못하였고, 그를 선화공주의 남편으로 인정해주었다.

이런 일들을 통하여 서동은 백제의 백성들로부터 많은 신임을 얻게 되었고, 29대 법왕이 죽자, 곧바로 왕위를 물려받았다. 서동이 백제 제30대 무왕이 된 것이고, 선화공주는 왕비가 된 것이다.

어느 날 무왕이 왕비인 선화공주와 함께 용화산(익산에 있는 미륵산 옆에 있는 산)에 있는 절인 사자사로 가다가 산 밑에 있는 어느 연못에서 미륵불이 나타나는 것을 보고, 지명법사의 신력으로 그 연못을 흙으로 모두 메우고 절을 세웠다. 그 절이 바로 백제 시대의 절로는 최대 규모인 미륵사이다.

설화의 배경과 의미

백제 제30대 왕인 무왕의 재위 기간은 40년이었다. 선대왕인 법왕이 2년 정도, 그 위의 28대 혜왕이 1년여 정도밖에는 왕위에 있지 못하였던 것을 보면, 꽤 긴 기간 통치를 하였다. 기간이 길다 보니, 그의 재위 기간에는 여러 가지 역사적인 사건이 일어났다. 무왕은 특히 신라에 빼앗긴 백제의 옛 땅을 찾기 위하여 노력했는데, 그러다 보니, 신라와 잦은 싸움이 일어나지 않을 수가 없었다.

특히 그는 기골이 장대하고, 용맹하였으며, 매사에 적극적이었다. 이러한 그의 성품은 잃었던 땅을 되찾고, 세력을 더욱 확장하려는 그의 계획과 함께 옆 나라인 신라와 잦은 분쟁을 일으켰다. 이러한 백제의 왕이 신라의 공주를 아내로서 받아들였다는 것은 아이러니한 사건이 아닐 수 없다.

서동이 인간 어머니와 용 사이의 아들로 태어났다는 것도 심상치 않은 사건이었다. 이는 고구려나 신라의 건국 신화 인물의 탄생과 유사할 정도로 신비스러운 일이었다. 서동이라고 불리던 시절에 서동요를 지어 신라 선화공주와의 스캔들을 만들어 퍼뜨렸다는 것도 범상치 않았던 그의 모습이요, 마침내 예쁘고 아름다운 선화공주를 자기 아내로 만든 그의 계략은 신적 능력이 있지 않으면 어려운 일이었다.

더 흥미로운 것은 한반도에서 이미 수백 년 전에 신비로운 탄생비화로 태어난 인물들이 나라의 건국을 다 마쳤고, 지금은 인간에 의해 통치가 되는 현실 세계에서 그가 용의 아들로 태어났다는 것인데, 이는 무엇을 의미하는 걸까? 물론, 그 이후에도 나라마다 신화적인 사건들이 종종 발생했지만, 무왕이 용의 아들이었다는 것은 서동요의 탄생과 무슨 관계가 있는 것은 아닐까 하는 생각이 드는 것이다.

백제와 신라는 항상 적대국 관계에 있었다. 국경 지역에서는 수시로 전쟁이 벌어졌고, 왕이 직접 군대를 통솔하여 전장에 나가는 때도 있었다. 실제로 무왕은 군사를 이끌고 웅진에 머무르면서 신라에 대한 공격을 진두지휘하기도 했다. 이러한 상황에서 그 나라를 점령한 것도 아닌데, 적국의 심장 한복판에 있는 미모의 공주를 아내로 맞아들인다는 것은 인간의 힘으로는 불가능한 것이다. 그러나 용의 아들이라면 가능하지 않았겠는가?

다른 역사서에는 무왕이 29대 왕인 법왕의 아들이라고 나와 있다. 27대 왕인 위덕왕의 아들이라고도 하나, 모두 확실하지는 않다. 그러나 백제의 마지막 왕인 31대 의자왕이 무왕의 맏아들이라는 것은 확실해 보인다. 그렇다고 의자왕의 어머니가 선화공주인지는 역시 확실하지 않다.

이 설화의 또 다른 중요한 역사적 의미는 바로 '서동요'라는 향가의 탄생이다. 서동요는 우리나라 최초의 향가로서, 4구체로 되어있다. 예쁘고 아름다운 선화공주를 아내로 얻기 위한 서동의 고도의 계략이 들어있는 이 향가는 동요의 성격을 강하게 지니고 있다. 입에서 입을 타고 쉽게 퍼져갈 수 있도록 간단하고 명료하다.

그 같은 불량한 행실이 헛소문이라고 아무리 본인이 펄펄 뛰어도 아버지인 진평왕조차 딸을 의심할 정도로 서동요는 매우 노골적이고 직설적이다. 어쨌든 이 노래 하나에 선화공주는 궁궐을 떠나 머나먼 귀양길에 올라야 했으니, 무왕은 역시 용의 아들답다. 특히, 이 향가가 길거리에서 놀고 있는 많은 아이를 통해서, 뜻도 모르고 부르는 아이들의 입을 통해서 들불같이 번질 수 있었으니, 이 얼마나 효율적인 서동의 계략이었을까. 그리고 귀양 가는 선화공주를 길목에서 기다렸다가 데리고 간 그의 작전 역시 매우 치밀했다. 서동요의 역사적 의의와 함께, 서동의 계략 역시 높이 평가할 만하다.

전라북도 익산시 금마저수지를 끼고 있는 서동공원에는 이러한 설화를 배경으로 두 사람이 서로 마주 보고 있는 조각상이 있는데, 선화공주를 한쪽 팔로 감싸 안고 있는 서동의 모습이 무척 흥미롭다.

서동과 선화공주 설화로 알아보는
올바른 문장 사용법

> **1**
>
> 그러한 그의 성품은 잃었던 땅을 되찾고,
> 세력을 더욱 확장하려는 그의 계획과 함께 옆 나라인
> 신라와 잦은 분쟁을 일으켰다.

이 예문을 처음에는 '그러한 그의 성품은 잃었던 땅을 되찾고, 세력을 더욱 확장하려는 그의 계획과 함께 옆 나라인 신라와의 잦은 분쟁의 원인을 제공하였다'라고 썼다. 예문은 '신라와의 잦은 분쟁의 원인을 제공하였다'라는 문장을 '신라와 잦은 분쟁을 일으켰다'로 바꾸어 쓴 것이다. 글을 쓰는 사람의 뜻하고자 하는 의도가 명확히 들어가 있으면 문장은 가능한 한 간단하고, 명료하게, 그리

고 쉽게 쓰는 것이 좋다. 잦은 분쟁의 원인이 그러한 그의 성품 때문이라는 것이 명확하기에 예문이 바람직한 문장이 된다.

　전하고자 하는 뜻을 그대로 유지하면서 되도록 쉬운 표현을 하도록 하자. 문장은 비비 꼬아서 쓸 필요가 전혀 없다. 특히, 관형격 조사인 '의'의 중복 사용은 글 쓸 때 가장 유의해야 할 사안이다. 위의 두 문장 중 예문이 훨씬 쉽고, 말끔하다고 느낄 것이다.

　문장의 쉬운 표현은 글을 쓰는 데 있어서 매우 중요하므로 몇 가지 예를 더 들자면, 첫 번째로 '저녁보다는 아침에 하는 조깅이 몸에 더 좋다는 것이 여러 과학적인 조사와 근거에 의해서 확인되었다'라는 문장이 있다고 치면, '아침에 하는 조깅이 몸에 제일 좋다는 사실이 과학적으로 밝혀졌다'로 쓰는 게 더 낫다.

　또 다른 예로, '대학생이 되면 정해진 강의 참석 외에 자기 스스로 연구 활동과 대외활동이 중요하고, 종종 친구들과 사교도 하는 모임에도 참석하는 것이 중요하다'라는 문장이 있다면, 이는 '대학생에게 중요한 것은 강의 참석과 함께, 자기 연구 및 대외활동, 친구들과의 사교활동 등이다'라고 바꾸어 쓰는 것이 의미는 그대로 유지하면서 말끔하고 명쾌한 문장이 된다.

　다음과 같은 문장이 있다고 보자.

그가 사는 삶이란 누구나가 살 수 있는
그런 평범한 것이 아니라, 그만이 가지고 있던
아주 특별한 생각에서 시작된 그런 그의 삶이었다.

이 문장을 다음과 같이 다시 써보면 어떨까?

그의 삶이란 그의 특별한 생각에서 시작된
그만의 것이었다.

의미의 변동은 없으면서, 장황했던 문장이 깔끔해진다.
글은 쉽고 간단명료하게 쓰자.

> **2**
> 그 같은 불량한 행실이 헛소문이라고
> 아무리 본인이 펄펄 뛰어도 아버지인 진평왕조차
> 딸을 의심 정도로 서동요는 매우 노골적이고 직설적이다.
> 어쨌든 이 노래 하나에 선화공주는 궁궐을 떠나 머나먼
> 귀양길에 올라야 했으니, 무왕은 역시 용의 아들답다.

접속사의 중요성과 그 사용 방법을 설명하기 위하여 좀 긴 문장을 예로 들었다. 중간쯤에 있는 접속사 '어쨌든'이 앞뒤의 문장을 부드럽게 연결해주는 역할을 하고 있다. 이같이 접속사는 문장 간의 다리 역할을 하면서 그 쓰임새에 따라 각각의 중요한 기능이 있다. 앞의 문장에서 '어쨌든'을 빼고 읽어보자. 그 앞뒤의 문장 연결이 딱딱하고 어색할 것이다.

접속사는 '그러나' '그렇지만' '그리하여' '그래서' 등을 비롯하며, '반면에' '따라서' '하지만' '그런데도' '아무튼' '어쨌든' '여하튼' 등 그 종류만 해도 십여 가지가 넘는다. 모두 각각의 의미가 다 있고, 용도가 다 다르다. 접속사는 글을 쓰는 데 있어서 필요하지만, 너무 자주 쓰면 역효과가 생긴다는 것을 유념할 필요가 있다. 즉, 잦은 사용은 글의 흐름을 끊어버리거나 부드러운 진행을 방해하여 바람직하지 못한 결과를 낳기도 한다.

나는 떨리는 마음으로
심사위원 앞에서 노래를 했다.
그러나 오늘따라 목소리가 잘 나오지 않아서
걱정이 많이 되었다.
그러나 심사위원들은 박수를 쳐주었고,
나는 다소 안심이 되었다.
그리고 무대 위에서 내려왔는데,
동생이 나에게 다가오고 있었다.
그래서 나는 동생 쪽으로 걸어갔다.
그리고 나는 참았던 눈물을 흘리고 말았다.

접속사를 너무 많이 쓴 문장의 예이다. 글의 흐름이 끊어지고, 세련되지 못하다. 때로는 글 내용의 강조를 위하여 의도적으로 그렇게 사용하는 때도 있으나, 바람직하다고는 볼 수 없다.

또 다른 예로, '아무튼'이나 '어쨌든'이나, '어떻든' '좌우간' '여하튼' 등의 사용이다. 이런 접속사들은 앞에서 설명한 것을 종합적으로 몰아서 어떠한 결론으로 이끌고 가려고 할 때나, 더 자세히는 말고, 이 정도에서 정리하겠다는 식의 표현을 에둘러 하는 때 쓰곤 하는데, 사용할 때 유의해야 할 점이 있다.

잘못 사용하면 앞에서 기껏 열심히 설명해놓고, 그것을 스스로 평가절하하는 식이 될 수도 있고, 이야기를 흐지부지 마무리하는 듯한 인상을 줄 수도 있기 때문이다. 그러나 이러한 접속사는 앞에서 설명한 복잡하고 어려운 내용을 조심스럽게 마무리하려는 의도로 쓰이는 것이니만큼, 유효 적절히 잘 사용하면 그만큼 좋은 효과를 낼 수 있다.

글을 쓸 때 접속사를 자주, 그리고 많이 쓰는 것은 바람직하지 않다는 것, 그러나 필요한 접속사는 반드시 써야 한다는 것, 그 문장에 가장 적합한 접속사는 딱 하나밖에 없다는 것을 이번 기회에 확실히 알아둘 필요가 있다.

> **3**
> 그는 과부가 된 어머니와 연못에 사는
> 용과의 사이에서 태어났는데,
> 재주가 좋으며 똑똑하였다.

이 예문은 한자어인 과부와 용을 제외하고는 모두 우리말로 된 문장이다. 이 문장을 다음과 같이 고쳐보자.

그는 과부가 된 어머니와 연못에 사는
용과의 사이에서 태어났는데,
재주가 남달리 특출하게 뛰어났으며,
두뇌가 현명하고 명석하였다.

뒷부분을 한자를 섞어서 늘여 쓴 것이다. 한층 세련되고, 멋진 문장이 되었다. 예문보다는 한 수 위의 문장으로 보인다. 한자도 한 역할을 하였다.

그러나 여러 차례 언급했지만, 문장은 간단명료한 것이 좋다. 한자가 꼭 필요할 경우를 제외하고, 우리말과 한자 모두 쓸 수 있는 경우에는 가능한 한 우리말을 쓰는 것이 좋다. 그게 더 효과적일 때가 많다. 그리고 중복된 표현은 피하는 게 바람직하다. '재주가 남달리 특출하게 뛰어났으며, 두뇌가 현명하고 명석하였다'보다는 '재주가 좋으며 똑똑하였다'가 의미는 다 포함하면서 간단명료하여 읽기에 편하다. 좋은 우리말의 장점을 살리도록 하자.

우리말을 쓰는 것이 더 말끔할 때가 워낙 많아서 그것을 예를 들며 일일이 설명할 수는 없으나, 예를 더 들자면, '나는 너를 신뢰를 할 수 있다' 또는 '나는 너를 신뢰한다' 같은 문장도 '나는 너를 믿는다'라고 하면 훨씬 단정하고 말끔한 문장이 된다. 또한 명사(신뢰를)에다가 서술어(할 수 있다)를 붙여 쓰는 것보다는 그 명사에 해당하는 동사(믿는다)를 찾아 쓰는 게 더 좋은 문장이 되는 것이다.

또 '이곳에서는 어느 곳이든 노상방뇨를 금지합니다'라는 문장보다는 '이곳에서는 아무 곳에서나 소변을 볼 수 없습니다'라는 문장이 훨씬 깔끔하지 않은지. 노상방뇨라는 한자가 우리에게 너무 익숙해져 있어서 그렇지, 좋은 표현은 결코 아니다.

도 전!
이야기꾼

서동과 선화공주 설화로 만들어 보는
새로운 이야기

남녀 간의 사랑 이야기는 항상 긴장감 속에 펼쳐진다. 그것도 이루어질 수 없는 사랑이라면 더욱 애달파서 가슴이 저리고 아프다. 서동과 선화공주는 서로 결혼할 신분들이 아니었다.

한 사람은 마를 캐서 먹고 살아야 하는 가난한 시골 총각, 한 사람은 왕의 딸로서 귀족 신분의 처녀였다. 그러나 신화는 못 하는 것이 없다. 그런데 우리도 그에 못지않은 사람이다. 우리는 상상력을 가지고 글을 쓰는 사람이니까.

Case 1

서동요 때문에 서동이
선화공주 명예훼손 및
유언비어 유포죄로
체포되었다면?

생각만 해도 벌써 흥미진진해진다. 이렇게 된다면, 향후 이야기는 여러 갈래로 퍼져 나갈 수 있을 것이다. 왜냐하면, 그는 용의 아들로서 분명 신통한 재주와 능력이 있음이 확실하기 때문이다. 어쨌든 이 설화에 대하여 이같이 이야기를 써 본다면, 여러분도 적어도 이와 같은 상상을 한 것이다.

선화공주는 얼마나 억울하고 분통이 나는 일이었을까? 뚜껑이 열려도 수백 번은 더 열렸을 것이다. 예쁘고 아름다운 데다가 궁궐 안에서만 살아서 외간 남자라고는 얼굴 한번 제대로 보지 못하고 자랐을 텐데, 이 얼마나 속이 뒤집어지는 일일까? 당연히 서동은 체포되어 선화공주 명예훼손 및 유언비어 유포죄로 그에 상응하는 벌을 받아야만 마땅하다.

진평왕은 전국에 이 유언비어를 퍼뜨린 자를 당장 찾으라고 불

호령을 내렸다. 자기가 제일 사랑하고 아끼는 딸, 그것도 얼굴도 안 보고 데려간다는 셋째 딸인데…… 관졸들은 서동요를 부르는 아이들에게 그 노래를 어디서 들었는지, 누가 가르쳐주었는지 캐묻기 시작했고, 드디어 노래의 원작자인 서동을 붙잡기에 이르렀다. 그리고 그는 곧바로 서라벌로 압송되어 진평왕 앞에 무릎을 꿇었다.

진평왕은 서동에게 서동요를 부른 이유를 물었다. 서동은 무어라고 대답을 해야 할까? 용의 아들인 그는 기골이 장대하고, 당당하고, 호방한 성격의 소유자였다고 하니, 일단 솔직히 대답했다고 하자. 그는 큰 목소리로 선화공주와 혼인하고 싶어서 그랬다고 대답하였다. 마치 최진사댁 셋째 딸을 찾아온 것처럼. 이 말을 들은 진평왕의 반응은 어땠을까? 당돌한 그의 대답을 들은 진평왕은? 우선 기가 찰 노릇이었을 것이다.

진평왕은 신라 제26대 왕으로 재위 기간이 무려 54년이었다. 신라 역대 왕 중 가장 오랫동안 왕좌에 있었던 왕이다. 그만큼 그는 신라의 기반을 한층 단단히 다져 놓은 훌륭한 왕으로, 그 역시 어렸을 적부터 범상치 않았던 인물이다. 기골이 장대하고, 용맹스러우며 호방한 성격은 후에 무왕이 된 서동과 꼭 닮았다.

그렇다면 진평왕은 이러한 서동의 대답을 듣고, 껄껄껄 웃으며 맹랑하지만 용감한 녀석이구나, 저런 녀석이라면 비록 백제 국민이라 하더라도 딸을 맡길 만하구나, 하고 호기심을 가졌을 것 같다. 그렇다면 서동은 오히려 쉽게 선화공주를 얻었을 수도 있다. 그들은 혼인하고, 서동은 백제로 건너가 왕이 되었고, 선화공주는 왕비가 되었다? 그런데 이건 좀 김빠진 맥주 같다.

그래서 그와는 반대로 생각해보자. 비록 진평왕은 서동의 맹랑하고 당돌하면서도 용기 있는 행동에 호기심을 가졌지만, 산에서 마나 캐는 전망이 불투명한 시골 청년에게 귀한 셋째 딸을 줄 수는 없었다. 더군다나 서동요라는 불량하고 불순한 노래를 퍼뜨려 왕실의 위신을 땅바닥까지 추락시킨 것에 대한 죄를 묻지 않을 수가 없었다. 조정 대신들 앞에서 왕으로서의 체면이 엉망이 된 것도 용서할 수가 없었다.

진평왕은 서동의 볼기를 치고, 옥에 가둔다. 그러나 서동은 용의 아들이다. 옥에서 나날을 보낼 사람도, 그렇게 쉽게 선화공주를 포기할 사람도 아니다. 백제의 왕으로 40년을 통치할 인물이다. 어느 날, 그는 옥에서 홀연히 사라졌다. 그리고 그를 묶었던 새끼줄은 큰 구렁이로 변해 있었다. 옥을 지키던 관졸들이 놀라 자빠지고, 진평왕은 그를 잡아들이라고 호통을 쳤다. 그리고 그다음 날, 선화공주가 바람과 같이 사라졌다. 서동이 새로 변하여 신라 궁궐로 와서는 선화공주를 새로 변하게 하여 데리고 간 것이다.

이야기가 이쯤까지 전개되면 이제 여러분은 어떻게 이어가고 싶은지. 서동이 자기의 딸을 데리고 간 것을 알게 된 진평왕. 무왕과 진평왕 간의 볼만한 다툼이 기대되지는 않은지.

Case 2

선화공주가 귀양길에 만난 서동을 따라가지 않았다면?

대부분 경우, 귀향 가는 길에 불쑥 나타난 어떤 낯선 남자를 따라간다는 것은 쉬운 일이 아니다. 아무리 잘생기고, 말주변이 좋고, 멋진 호남이라고 해도, 겸손하게 두 무릎을 꿇고 치한이 아님을 분명히 밝혀도, 처녀가 처음 본 남자를 따라나선다는 것은 예나 지금이나 이해가 안 간다. 그것도 울면서 귀양 가는 길인데. 눈알이 빠질 정도로 첫눈에 반하면 그럴 수도 있을까? 아닐 것 같다. 실제로도 서동이 선화공주를 거의 납치해가다시피 하지 않았을까 하는 생각이 든다. 어떻든 선화공주는 자기가 잘 모시고 가겠다는 서동의 말에 넘어가지 않고, 자기 길을 가버리고 말았다.

서동은 어떻게 했을까? 납치하든가, 다음 기회를 엿보며 조용히 물러가든가, 둘 중 하나이다. 납치했다면, 좀 시끄러워질 것 같다. 진평왕에게 보고가 되고, 백제로 납치되어 온 선화공주의 반항도 만만치 않을 것 같다. 결국은 수그러들겠지만, 모양이 그럴싸하지는 않다. 서동의 체면도 그렇다.

다음 기회를 다시 보기로 하고, 서동이 돌아간다면 이야기는 어떻게 되어가는 것이 그럴듯할까? 서동은 선화공주의 귀양처를 알아내고, 몇 차례의 방문을 통하여 그녀를 설득시킨다. 선화공주는 서동의 진심과 그의 인품을 알고 나서 그를 따라가기로 마음먹는다. 이 이야기가 원래의 설화에 가장 가까운데, 스릴이 넘치거나 흥미진진하지는 않을 것 같다.

서동은 선화공주가 귀양 가는 길목에서 처음 그녀를 만났다. 의도적인 기다림을 통한 만남이었다. 따라서 선화공주의 귀양은 서동과의 첫 만남이 되는 가장 중요한 계기를 만들어 주었다. 그러나 아버지 진평왕이 선화공주를 귀양 보내지 않고, 궁궐 내에서 근신을 시켰다면, 이야기는 어떻게 될까?

어떻든 서동이 선화공주를 만나야 하는데, 그 계기를 하나 만들어야겠다. 선화공주가 궁궐 밖으로 나오질 못하니, 서동이 궁궐 안으로 들어가야 하는데, 어떻게 하면 그가 궁궐로 들어갈 수 있을까? 산에서 마를 캐는 시골 청년이 궁궐에 들어갈 방법이 뭐가 있을까?

여러분에게 어떤 좋은 방법이 있는지. 있다면 그것으로 이야기를 만들면 된다. 아무래도 마를 가지고 그런 기회를 한번 만들어 보는 게 어떨까 하는 생각이 든다. 불로초와 같은 천 년 묵은 마를 하나 캐서 신라왕에게 바치러 간다든가, 신라에서는 금이 귀했으니, 커다란 금덩이를 하나 캐서 왕에게 바친다든가 하는 방법이 가장 그럴듯해 보이긴 한다.

생활 속에 살아 있는 '쌩쌩 맞춤법'

맞춤법은 표준어를 그 대상으로 하며, 표준어란 한 나라가 법으로 정해놓은 언어 규범으로, 서울의 중류 사회 사람들의 말이다. 이는 국어사전에 나와 있는 내용이다. 이 내용을 다시 설명하지 않아도 여러분들은 충분히 이해하리라 믿는다.

그러나 표준어 하나만을 가지고는 우리의 정서와 맛과 멋을 다 담아내기는 사실 어렵다. 지방 사투리의 미묘한 맛을 표현해내는 데에 표준어는 나름대로 한계가 있다. 이는 어느 나라나 마찬가지일 것이다. 우리나라도 은근하고 멋진 사투리가 얼마나 많은가?

'겁나게' '싸게싸게' '우야꼬' '우째', '할껴말껴' 등 오묘하고 재미있는 말들이 많다. 우선은 표준어를 제대로 알고, 지방 사투리도 알아두면 좋겠다. 그러나 맞춤법에 틀린 말은 고쳐야 함이 당연한 일이다. 알쏭달쏭한 단어들을 조금 더 알아보자.

'괴팍하다'와 '괴퍅하다', '강퍅하다'와 '강팍하다'

성격이 보통 사람들과는 다르게 유별나고 괴상하며 특이한 경우, 무슨 표현이 맞을까? '괴팍하다'일까, '괴퍅하다'일까? 맞는 말은 '괴팍하다'이다. 한자로는 괴팍(乖愎)이라고 쓴다. '괴퍅하다'는 틀린 말이다.

반면에, 유난히 깐깐하고 까다로우며, 자기 고집이 지나치게 강한 사람의 성격을 표현할 때 쓰는 맞는 말은 '강퍅하다'와 '강팍하다' 중 어느 것일까? 이때는 '강퍅하다'가 맞다. '강팍하다'는 틀린 말이다. 한자로는 강퍅(剛愎)이라고 쓴다. 똑같은 한자인 '愎'을 쓰지만, 다르게 읽는다. 유의해서 보아야 할 단어들이다.

'갯벌'과 '개펄', '갯펄'

이 단어 중 밀물 때는 물에 잠겼다가 썰물 때는 물 밖으로 나타나는 평평한 모래땅을 나타내는 단어는 어느 것일까?

정답은 '갯벌'이다. 그러나 '개펄'도 표준말이다. '갯벌'이 밀물, 썰물 등 바닷물이 드나드는 평평한 모래땅을 가리키지만, '개펄'은 거무스름하면서 부드럽고 고운 흙이 깔린 벌판을 가리키는 말이다.

'갯벌'은 이러한 '개펄'을 포함하여 모래가 깔린 부분까지 다 포함하는 것으로 '개펄'보다는 '갯벌'의 범위가 더 넓다. 명확히 구분하자면 그렇다는 것이고, 사실 이 두 단어는 유사어이므로 같이 쓰이곤 한다.

'갯펄'은 틀린 말이다.

'켸켸묵다'와 '케케묵다'

물건 등이 아주 오래되어서 허름해지고 낡은 것을 뜻하는 형용사로 어느 것이 표준말일까? 정답은 '케케묵다'이다. 종종 '켸켸묵다'라고 쓰곤 하는데, 틀린 말이다.

'오랫만에'와 '오랜만에', '오랫동안'과 '오랜동안' '오래동안'

이 다섯 단어 중 맞춤법에 맞는 단어들은 어느 것일까? '오랜만에'와 '오랫동안'이다. '오랜만에 그와 소주 한잔했다'라고 쓰면 되고, '그는 오랫동안 그 병을 앓고 있었다'라고 쓰면 된다. 나머지는 모두 맞춤법에 어긋난다. 발음과 표기 등에서 유의해야 할 단어들이다.

'삭월세'와 '사글세', '삯월세'

집이나 방을 매달 빌려 쓰고 내는 돈, 즉 월세를 뜻하는 단어로 맞는 말은 '사글세'이다. 종종 '삭월세'의 한자 朔月貰를 생각하여 이것을 표준어라고 착각하기 쉬운데, 틀린 말이다. '삯월세' 역시 옳지 않은 말이다.

'노을'과 '놀'

해가 뜨거나 질 때에 하늘이 붉게 보이는 현상을 표현하는 것으로 위의 단어 중 맞춤법에 맞는 것은? 둘 다이다. 위 단어들은 복수 표준어이다. '놀'은 '노을'의 준말이다. 앞에서 이미 언급을 했지만, 복수 표준어는 우리 주변에 매우 많다.

예를 더 들자면, '오뉘'가 '오누이'의 준말로 그렇고, '넝쿨'과 '덩굴'이 그렇다. '거슴츠레하다'와 '게슴츠레하다'도 그렇다. '뾰두라지'와 '뾰루지'가 그렇고, '버들강아지'와 '버들개지'가 그렇다. '벌레'와 '버러지'도 그렇다. 그 외도 많은 복수 표준어가 있다.

'발자국'과 '발자욱'

표준말은 어느 것일까? 아는 바와 같이, '발자국'이다. 종종 시구 같은 데에서 '발자욱'이라고 쓰여 있는 것을 볼 수 있는데, 어감을 고려한 시적 표현을 위하여 그렇게 쓰기도 한다. 그러나 이것은 맞춤법에 맞는 말은 아니다.

'버무리다'와 '버무르다'

여러 가지 재료를 한꺼번에 섞는 동작을 뜻하는 단어로써 맞춤법에 맞는 것은 '버무리다'이다. '버무르다'는 틀린 말이다. '아내가 김치소를 골고루 버무렸다', 또는 '배추를 버무리려면 조금 더 기다렸다가 해야 한다' 등으로 쓰면 된다.

'붙이다'와 '부치다', '붙히다'

　편지나 소포 등을 어떤 방법을 써서 상대방에게 보내는 행위를 나타내는 말은 '부치다'이다.

　즉, '발송하다'라는 뜻이다. '붙이다'는 '붙다'의 사동사로서 서로 닿아 떨어지지 않도록 하는 것을 뜻한다. 즉, '부착하다'라는 뜻이다. 또한 '붙다'는 '불이 옮겨 붙다' 할 때도 쓰이는 동사이다.

　반면에 '붙히다'라는 단어는 없다. 종종 '붙이다'와 '붙히다'를 헷갈리기 쉬운데, 이번 기회에 확실히 알아두길 바란다.

'벗어부치다'와 '벗어붙이다', '벗어붙히다', '벗어제끼다'와 '벗어젖히다'

　힘찬 동작으로 옷을 벗어버리다라는 뜻의 단어로 맞춤법에 맞는 말은 어느 것일까? '벗어부치다'이다. '벗어붙이다'나 '벗어붙히다'는 다 틀린 말이다.

　이와 유사한 표현으로, 옷 등을 힘차게 벗어버리는 동작을 나타내는 단어의 표준말은 '벗어제끼다'와 '벗어젖히다' 중 어느 것일까? '벗어젖히다'이다. '벗어제끼다'라는 말은 없다.

글쓰기,
우리들의 로망

내 영혼을 살찌우는 글쓰기

종종 '나는 유명한 작가다'라는
상상에 빠져보라

내가 유명한 작가라면, 내가 쓴 글을 많은 사람이 읽고 감동하며 공감을 해준다면, 나의 글이 그런 힘과 영향력이 있다면……. 사람은 누구나 이러한 생각을 한다. 당연한 일이다. 글을 쓴다면, 이왕이면 훌륭하고 멋진 글을 써서 주변의 많은 사람에게 감명을 주고 싶을 것이다.

물론 큰 노력과 땀과 시간이 필요하다, 많은 책을 읽어야 하고, 많이 써보아야 한다. 산책도 하고, 여행도 하고, 다양한 경험을 직 · 간접적으로 체험하고, 또한 이것들을 표현할 줄 알아야 한다.

그것도 적당히 표현하는 것이 아니라, 사람들의 가슴에 콱 들어와 박히는 색다른 감동으로 표현이 되어야 사람들은 관심을 보이기 시작할 것이다.

현대인들은 책을 비롯한 많은 매스컴과 각종 매개체에 아주 쉽게 접근할 수 있으며, 누구나 손에 든 스마트 폰으로 모든 정보와 사건에 완전히 노출되어 있다. 그들의 이성은 더욱 차가워졌으며, 감성은 더욱 부드러워졌다. 웬만해서는 잘 울지도, 잘 웃지도 않는다. 이러한 그들에게 감동을 준다는 것은 결코 쉬운 일이 아니다. 그래서 한 편의 소설도, 수필도, 한 편의 영화나 드라마도 심혈을 기울여 아주 잘 만들지 않으면, 그들로부터 공감과 박수를 얻어내기란 여간 어려운 일이 아니다.

시간이 지나면 지나갈수록 그러한 현상은 더욱 심화할 것으로 보인다. 그러나 가끔 별 내용도 아닌 것 같은데, 많은 사람으로부터 호감을 받으며, 인기를 끄는 내용의 책이 있다. 앞에서 몇 차례 언급했지만, 풍부한 상상력을 바탕으로 솔직하고, 진실하고 재미있는 글이라면 언제나 사람들의 공감을 얻어내고, 격려를 받을 수 있다. 여러분도 다 할 수 있는 일이다.

글을 쓸 때는 가끔 자아도취가 필요하다

종종 '나는 유명한 작가다'라는 상상에 빠져보는 것도 그다지 나쁜 일은 아니다. 착각하고 살라는 얘기는 아니고, 스스로 자신감을 가지고, 도전해보라는 뜻으로 생각해주길 바란다. 어느 분야의 일이건 지금 내가 잘하고 있다, 나도 숙련자이다, 나도 유명하다 등의 생각을 하는 것은 자기에게 엄격하고, 차가운 이성을 가진 사람이라면 살아가면서 수시로 할만하다.

글을 쓰는 데도 가끔은 이런 자아도취가 필요하다는 것인데, 이는 스스로 멋있다고 생각해보거나 나는 괜찮은 작가라는 상상을 통하여 자신에 대한 신뢰감과 자신감을 가져본다는 의미에서 중요한 일이다. 종종 형식이 내용을 만들고, 규제하기도 한다. 물론 내용이 중요하지만, 형식이 괜찮을 때 거기에 담는 내용을 잘 만들 수 있는 자신감이 생겨나는 것이다.

학창시절에는 글로 쓰고 싶은 생각들이 너무나 많았는데, 글 실력이 없어서 이를 제대로 표현하지 못했다. 아마 머리만 복잡한 사춘기여서 그랬는지도 모른다. 물론 글 실력도 없었다. 그것이 글을 쓰고 싶어 했던 학창시절의 내 고민이었다. 펜을 잡고 책상에 앉으면 몇 글자 끼적거리다가 그만 막히곤 했다. 가장 길게 써본 편지가 겨우 한 장, 짧은 수필 겨우 한 편, 그리곤 에이, 하는 생각이 자괴감처럼 들어서 그만둔 적이 많았다. 물론, 글쓰기에 소질이 없었던 나였기 때문이었을 것이다.

그러던 어느 날, 나는 '이효석'의 「낙엽을 태우면서」라는 수필을 읽게 되었다. 교과서에 실려 있던 그 수필 한 편……. 나는 그것을 읽으면서 큰 감동을 하였다. 이효석이라는 분이 엄청난 소설가라는 것을 이미 알고는 있었지만, 그 글에서 나오질 못하고 있었다. 사춘기의 또 다른 충격이었다. 동시에, 묘한 자아도취에 빠지게 되었다. 나도 언젠가는 이런 글을 쓰고 싶다는 생각을 넘어서, 나도 쓸 수 있을 것 같다는 건방짐에, 그래, 나도 수필가라는 착각에 몰입되었던 것이고, 그 가을에 나는 낙엽이 구르는 학교 교정을 혼자 뒷짐을 지고 거닐며, 이 세상의 고독은 몽땅 내가 짊어지고 사는 것처럼 엄청난 착각의 모습으로 알쏭달쏭한 생각에 빠지게 되었다. 당시 나는 유명한 수필가요, 철학자였다. 나는 스스로 꽤 괜찮은 작가라고 생각하기로 했다. 그래서 지금 내 생각 하나하나가 매우 소중하고 귀한 것이라고 의미를 부여했다. 어쨌든 그런 자아도취가 그 며칠 뒤에 나에게 괜찮은 수필 한 편을 쓰게 했다.

물론, 이것은 순전히 나의 개인적인 경험이다. 그리고 지나친 자아도취는 스스로 고립되게 만드는 바보 같은 행동일 수도 있다. 모든 것이 넘치거나 부족하면 안 되고, 적절해야 하지만, 스스로 괜찮은 사람, 멋있는 사람이라는 생각을 가져볼 필요는 있다. 이는 비단 글을 쓰는 일뿐만이 아니라, 사람 사는 모든 일에도 그럴 것이다.

자신감과 자기 독려는 글을 쓰는 데 있어서 꼭 필요한 것들이고, 자괴감과 자기 비하는 꼭 버려야 하는 것들이다. 가을이 되면, 옷깃을 목 뒤까지 올리고, 양손을 호주머니에 푹 찔러 넣고, 낙엽이 구르는 공원의 한적한 길을 걷자. 잠시 벤치에 앉아 떨어지는 나뭇잎을 바라보며, 행인의 뒷모습을 바라보자. 그리고 어느 인적 끊긴 바닷가 모래밭에 앉아 바위에 부서지는 파도를 바라보자. 그리고 나는 작가다, 글 쓰는 사람이라는 생각으로 그 분위기 속에 잠겨 사색하고, 고민하자. 그래서 쓴 글이 좋든, 아니든 그 글은 분명 솔직하고 진실한 것임에는 틀림이 없다. 부족한 표현, 어눌하고 세련되지 못한 표현이 많이 있더라도 그 글은 분명 어느 작가의 생각 깊은 글인 것이다.

글은 자기만의 방식이 필요하다

글을 쓰는 사람들은 자기만의 방식으로 글을 쓴다. 누구는 연필로 쓰고, 누구는 볼펜으로 쓰고, 누구는 잉크를 찍어서 쓰고, 누구는 노트북 자판을 두드린다. 자기만의 습관이라고 할 수 있겠지만,

그에 타당한 이유도 있을 것이다. 하다 보니 그렇게 굳어져 이제는 그렇게 하지 않으면 글이 잘 안 써지는 때도 있다. 정답은 없다. 그러나 그것은 글을 쓰는 개인에게는 무척 중요한 일이다.

어느 작가는 HB가 아니라, 4B용 연필을 쓰기도 한다. 조심스럽게 연필을 깎고, 흑연으로 된 심으로 하얀 백지 위에 까만 글자를 적어나간다. 그러다가 연필심이 다 닳으면, 다시 면도칼로 연필을 깎고, 또 글을 써 나간다. 그러다가 오자가 나거나, 잘못 쓴 문장 같으면 지우개로 다 지운다. 그의 옆에는 연필과 함께 항상 닳은 지우개가 놓여 있다. 그의 열 손가락은 항상 새까맣다. 그 작가의 마음을 우리는 알 수 없지만, 그 정성과 집념과 철저함은 알 수 있다. 아름다움 그 자체이다.

또 어떤 작가는 볼펜으로 글을 쓴다. 한참 쓰다 보면 볼펜은 볼펜 똥이라는 것이 묻어나는데, 닭이 주둥이를 모래밭에 문지르듯이 작가는 이 볼펜 똥을 종이 위에 문지르며, 또 열심히 글을 쓴다. 그 모습, 또한 아름답다. 또 어떤 작가는 펜으로 잉크를 찍어서, 아니면 만년필을 가지고 글을 쓴다. 요즈음은 펜으로 잉크를 찍어서 쓰는 경우는 거의 없지만, 얼마 전까지만 해도 많은 작가가 그렇게 정성껏 펜에 잉크를 묻혀가며 글을 썼다. 만년필도 만 년 동안 쓸 수 없다. 채 며칠도 안 되어 다시 잉크를 넣어주어야 한다.

또 어떤 작가는 컴퓨터 자판을 두드린다. 자판과 화면을 번갈아 보는 눈이 피곤하지만, 쉬지 않고 글자를 골라 두드린다. 양쪽 어깨가 들썩거리고 두 눈을 자주 문지른다. 젊은 작가는 열 손가락을 다 이용하여 글자를 빨리 만들어 나가고, 나이 든 작가는 양손의 검지만을 사용하는 독수리 타법으로 자음과 모음을 찾아 한 글자씩 만들어 나간다. 그러다가 오타가 생기면 거꾸로 다 지워야 한다. 어떤 때에는 쓴 글자보다 지우는 글자가 더 많다. 글은 솔직하고 진실하게 써야 하지만, 정성과 집념, 그리고 자기만의 방식이 필요한 것이다.

이럴 때일수록
반란의 깃발 일으켜 세우기 좋아
마른 풀잎도 건드려 보고
잠든 돌멩이도 차보는 어둠의 반항
자정보다 더 깊은 밤은 없습니까.

— 최성철

9
처용 설화

설화 속으로

악귀를 쫓는 용왕의 아들, 처용

설화의 내용

신라 제49대 헌강왕의 재위 기간은 875년부터 886년까지였다. 이 10여 년간은 해마다 풍년이 들어 백성들의 살림살이가 풍요로 웠던 태평성대의 시절이었다. 자연재해도 없었고, 나라 안팎으로 큰 어려움도 없었으며, 정치적으로는 역대 왕들의 시대에 비교하여 상대적으로 안정되었다. 헌강왕은 이러한 정치적·사회적 안정과 풍요로움 속에 신하들과 함께 연회를 자주 열었다.

어느 날, 왕은 동해 바닷가로 놀이를 나갔는데, 궁으로 돌아오려고 할 때, 갑자기 바다에서 먹구름이 솟아오르더니 주변은 온통 어둠에 휩싸였다. 이는 동해 용왕의 조화에 의한 것임을 안 왕은 용왕을 위하여 절을 세우도록 하였고, 이에 먹구름이 금세 사라졌으니, 구름이 사라졌다고 하여 이곳을 개운포(開雲浦)라고 불렀다. 이에 용왕이 기뻐하여 일곱 아들을 데리고 나타나 왕 앞에서 춤을 추었다. 용왕은 그 아들 중 한 명을 궁궐로 보내어 나랏일을 돕도록 했는데, 그가 바로 처용이었다. 처용은 왕의 정사를 돕는 능력이 뛰어나서 왕은 그를 붙잡아두기 위하여 큰 벼슬을 내리고, 아름다운 여자를 아내로 삼게 해주었다.

어느 날 늦은 밤, 처용이 집으로 돌아와 방문을 열어보니, 자기 아내가 다른 남자와 잠자리를 하였다. 처용의 아내가 너무나 아름다워서 역신이 사람으로 변하여 그의 아내를 탐하였다. 불륜의 현장을 목격한 처용은 화를 내기는커녕 그 현장을 빠져 나와서는 노래를 부르며 춤을 추었다. 그 노래가 바로 〈처용가〉이고, 춤은 〈처용무〉이다.

서라벌 달 밝은 밤에
밤늦도록 노닐다가
돌아와 잠자리를 보니
가랑이가 넷이로구나.
둘은 내 것이다만

둘은 뉘 것이란 말인가?

본디는 내 것이지만

빼앗긴 걸 어찌하리오?

처용이 화를 내지 않고 이같이 노래를 부르며 춤을 춘 모습을 본 역신은 처용 앞에 무릎을 꿇었다. 그 역신은 처용의 아내가 너무나 아름답고 탐이 나서 이 같은 큰 잘못을 저질렀으나, 처용이 화를 내지 않고, 오히려 춤을 추며 노래를 부르는 모습을 보고, 크게 감동하고 뉘우쳐서 앞으로는 처용의 얼굴이 있는 그림만 보아도 그 문에 들어가지 않겠다는 맹세를 처용 앞에서 하고는 조용히 물러갔다.

그 후 사람들은 처용의 모습을 그린 그림을 문에 붙여 역신과 악귀를 물리치도록 하였다. 또 이 노래와 춤은 고려 시대에 나례(儺禮)라고 하는 음력 섣달 그믐날 밤에 궁중이나 민가에서 악귀를 쫓기 위해 했던 행사와 유사한 의식으로 행해졌으며, 조선 시대의 〈악장가사〉와 〈악학궤범〉에도 처용의 이야기가 전해진다. 요즈음도 일부 지역에서는 무당이 악귀를 쫓는 굿을 할 때, 처용의 얼굴 모습으로 된 탈을 쓰고 하는 경우가 있는데, 이 역시 역신을 물리치기 위한 것이다.

헌강왕은 용왕과 약속한 대로, 용왕을 기념하기 위하여 영취산(울산에 있는 산)기슭에 절을 세웠는데, 이름을 망해사(望海寺)라고 하였다. 당시에는 신방사(新房寺)라고도 불렀다. 용왕이 헌강왕 앞에서 춤을 출 때, 처용이 나왔다고 하는 바위인 처용암은 지금 울산광역시 남구 황성동 개운포 앞바다에 있다.

설화의 배경과 의미

처용 설화는 전해 내려오는 많은 설화나 신화 중 하나라는 보편적인 인식 외에, 이 설화에 나오는 〈처용가〉는 우리나라 국문학사에서 〈서동요〉와 함께 상당히 중요한 자리를 차지한다. 〈서동요〉가 우리나라 최초의 4구체 향가라면, 〈처용가〉는 8구체 향가로서 고려 시대에 궁중이나 민간에서 가면을 쓰고 주문을 외우며 악귀를 쫓는 의식인 나례를 거쳐서 조선 시대까지 그 이야기가 전해지는 긴 세월 동안의 설화라는 점에서 색다른 의미가 있다. 특히, 〈처용가〉는 〈처용무〉와 함께 노래와 춤이 복합된 가요라는 점에서 매우 주목할 만한 가치가 있다.

역신과 자기 아내의 불륜 현장을 보고, 화를 내기는커녕 돌아서서 노래를 부르며 춤을 추었다는 것은 보통 사람으로는 상상조차 할 수 없는 일이다. 그 넓은 아량과 용서, 여유와 관용의 미덕을 최고조로 보여줌으로써 죄를 범한 역신이 하늘보다 깊고, 땅보다 넓은 처용의 마음에 감복하여 지은 죄를 스스로 뉘우치고 물러나게 하는 처용의 모습에 보통 사람들은 차라리 당황하게 된다. 그것도 노래를 부르며, 춤도 같이 추었다니, 역신은 얼마나 놀라 자빠졌을까.

역신(疫神)은 일반적으로 천연두나 홍역이나 학질 등 질병을 일으키는 나쁜 신을 뜻하는데, 처용 설화에서의 역신은 이 같은 열병을 일으키는 악신을 포함하여 가정과 사회, 나라를 병들게 하는 어둠의 신으로 간주한다. 처용은 이러한 악신과 악귀를 쫓아내는 강력한 보호신의 모습으로 신라 시대로부터 고려 시대를 거쳐서 조선 시대까지, 그리고 지금까지 우리들의 건강과 행복을 지켜주는 방패의 탈로서, 무사 무탈함의 가면으로서 그 명맥을 이어간다.

이 설화에서 용왕의 등장 역시 흥미로운 일이다. 〈서동과 선화공주 설화〉는 백제 무왕의 이야기로서 신라 26대 진평왕 시대인 579년~632년의 일이다. 반면에, 〈처용 설화〉는 49대 헌강왕 시대인 875년~886년에 벌어진 사건이다. 나라가 건국된 지 무려 630여 년, 또는 930년이 지난 후의 설화인데, 서동은 용과 사람의 관계에서 태어난 인물이요, 처용은 용왕의 아들이다. 이 시대에서도 여전히 이러한 설화가 있었다는 것은 무엇을 의미하는 걸까? 특히, 출생의 신비함이 뜻하는 바가 무엇인지 흥미로운 일이 아닐 수 없다. 물론 그 이후에도 여러 가지 크고 작은 신화나 전설, 민담 등이 새로 생겨서 지금까지 전해 내려오고 있음은 주지의 사실이지만, 서동과 처용의 출생의 기이함과 비밀스러움은 이들이 만든 향가라고 하는 우리나라 가요의 탄생과 함께 설화로서의 가치와 그 오묘함을 극대화하는 데 부족함이 없다.

서동은 백제 사람이고, 처용은 신라 사람이다. 모두 한반도 중남부 지역 출신이었다는 것, 그와 동시에 한민족이었다는 것에 민족적 공감을 가지는 것은 당연한 일이겠지만, 당시는 각각 다른 나라로서 무려 300년이라는 서로 간의 긴 시간 간격을 두고, 한국 최초의 4구체 향가와 8구체 향가가 탄생하였다는 것에 설화의 묘한 흥미로움과 큰 관심이 생긴다.

처용의 얼굴은 악귀를 쫓고, 행운을 부르는 우리의 얼굴로서 여전히 우리 주변에 살아 있다. 지금도 지방에서의 전통행사 때 사람들은 그의 얼굴이 그려진 탈을 쓰고 춤을 춘다. 악귀나 역신은 얼씬도 할 수 없다. 무당이 굿할 때도 처용 탈을 쓰고 굿을 한다. 처용 탈을 대문 앞에 걸어두면 어떠한 잡귀도 그 집 안으로 들어갈 수가 없다. 처용의 가면은 각종 질병과 불행을 막고, 건강과 행운을 가져다주는 상징인 것이다.

신라에서 시작되어 고려를 거쳐 조선까지, 아니 지금을 넘어 미래의 시간에도 계속 이어져갈 처용 이야기, 하나의 설화에서 시작되어 민속신앙으로 계속 이어지는 이 처용의 존재……. 우리 마음 속에 지금, 그리고 앞으로 이만한 민속적 믿음을 주는 능력자가 또 어디에 있을까 하는 생각이 든다.

처용 설화로 알아보는
올바른 문장 사용법

> **1**
> 땅보다 넓은 처용의 마음에 감복하여
> 지은 죄를 스스로 뉘우치고 물러나게 하는
> 처용의 모습에 보통 사람들은
> 차라리 당황하게 되는 것이다.

이 문장을 처음에는 다음과 같이 썼다.

땅보다 넓은 처용의 마음에 감복하여
스스로의 죄를 뉘우치고 물러나게 하는
처용의 모습에 보통 사람들은

차라리 당황하게 되는 것이다.

이 두 문장 간의 차이점은, '지은 죄를 스스로 뉘우치고'와 '스스로의 죄를 뉘우치고'이다.

무슨 차이가 있을까? 처음에 썼다는 문장도 올바르지 않은 문장은 아니다. 그러나 두 문장의 뉘앙스는 다르다. 원래 문장에서 '스스로의'는 '죄'를 수식한다. 관형격조사인 '의'가 들어간 관형어이기 때문이다. 반면에, 고쳐 쓴 예문에서의 '스스로'는 '뉘우치고 물러나게'를 수식하는 부사이다. 품사가 달라졌음을 쉽게 알 수 있다. 어느 것이 글 쓴 사람의 마음을 잘 나타내주는 바람직한 표현일까? 원래 문장을 쓰면서 '스스로의' 속에는 혹시 '죄'와 함께 '뉘우치고 물러나게'를 수식하고 싶었던 글 쓴 사람의 의도가 들어있지는 않았을까? 그렇다면 당연히 '스스로'를 써야 할 것이다.

나아가, '스스로의 죄를 뉘우치고 물러나게'라는 표현에서 부적절한 것은 '스스로의 죄'라는 표현이다. 죄라는 것은 본인 스스로 짓는 것이 당연한 일인데, 그것을 구태여 '스스로의 죄'라고 표현할 필요는 없다. 따라서 글 쓴 이의 의도는 분명히 역신이 스스로 뉘우치고 물러났다는 것을 강조하고 싶었을 것이고, 그렇다면 예문의 문장이 더 올바른 표현인 것이다.

사소하고 작은 표현의 차이로 보이지만, 잘 뜯어놓고 보면 글쓴 이의 의도가 제대로 전달되지 못하는 경우가 왕왕 있다. 의미도 달라질 수 있다. 이미 앞에서도 언급했듯이, 작은 나무도 잘 봐야겠지만, 작은 숲도 잘 살펴볼 필요가 있다.

> **2**
> 특히, 〈처용가〉는 〈처용무〉와 함께
> 노래와 춤이 복합된 가요라는 점에서
> 매우 주목할 만한 가치가 있다.

이 문장 역시 처음에는 다음과 같이 썼다.

> 특히 〈처용가〉는 〈처용무〉와 함께
> 노래와 춤의 복합적인 가요라는 점에서
> 매우 주목할 만한 가치가 있다.

틀린 문장도 아니고, 특별히 거북하게 느껴지지도 않는다. 정상적이고 올바른 문장인데, 다시 읽어보다가 원래 예문같이 바꾸어 썼다.

두 문장 간 차이점은 '노래와 춤이 복합된 가요'와 '노래와 춤의 복합적인 가요'이다. 전자는 '이'라고 하는 주어부의 조사를 쓴 것이고, 후자는 '의'라고 하는 관형격조사를 쓴 것이다. 특히 후자는 '노래와 춤의'가 '복합적인'을 수식하고, 다시 '복합적인'은 '가요'를 수식한다. 딱딱한 느낌이 드는 이유는 관형어의 중복 때문이다.

문장은 기본적으로 주어부와 서술부로 이루어진다. 간단하고 명료한 구성이 읽기에 편안하다. 물론 그 속에는 부사도, 형용사도, 관형사도 들어가고, 각종 조사도 들어간다. 다 매우 중요한 문장의 구성 요소들이다. 그러나 특히 관형어의 중복된 사용은 읽은 사람에게 편안한 마음을 주지 못한다. 멋진 문장을 써보려는 생각에서 종종 본의 아니게 이렇게 불편한 표현을 하는 경우가 자주 있다.

3
헌강왕은 이러한 정치적 · 사회적 안정과 풍요로움 속에 신하들과 함께 연회를 자주 열었다.

평범한 문장이다. 수식어도 많지 않아 담백한 느낌이 드는 올바른 문장이다. 그런데 '자주' 앞에 '꽤'를 한번 넣어보자. 그렇게 쓰지는 않겠지만, 강조할 목적으로 비슷한 수식어를 중복해서 쓰거나 너무 많이 사용하면 문장의 품위가 떨어지고, 너무 가벼운 느낌이 난다. '연회를 꽤 자주 열었다'는 표현은 부담스럽다. 불필요한 수식어의 중복 때문이다.

'그 아이는 그 나이에 비해서 꽤 탁월한 바이올리니스트이다'라는 표현에서 '꽤'는 불필요하다. '탁월한'이 '꽤'의 역할을 충분히 해내기 때문이다. '우리 아버지는 정말 상당히 엄하고 무서운 사람이었다'라고 쓴다면, '정말'이나 '상당히' 둘 중 하나는 빼도 된다. 두 단어가 모두 같은 뜻을 가지고 중복되었기 때문이다. 그러나 이것은 그 앞의 예문 속에서의 '꽤'와 '탁월한'의 경우와는 다르다. 그 문장에서는 '탁월한'을 빼면 안 된다. 같은 수식어라도 품사가 달라 그 용도가 다르기 때문이다.

이같이 수식어의 중복은 피하도록 하되, 문장에서의 역할과 그 기능을 보아서 판단하는 것이 좋다. 약간, 대략, 어느 정도, 그야말로, 실로, 다소, 정말 등 우리는 다양한 수식어를 사용하여 문장을 만드는데, 한 문장에서 같은 뜻을 가진 수식어의 중복 사용은 피해야 한다.

4

**정치적으로는 역대 왕들의 시대에 비하여
상대적으로 안정되어 있었다.**

이 예문을 조금 꼬아서 다시 써보겠다.

정치적인 관점에서 보더라도
역대 왕들이 통치했던 그런 시대에 비하여
상대적으로 판단해볼 때 안정되어 있었다.

처음 예문과 무엇이 다르게 느껴지는지. 다시 쓴 문장은 글 쓴 사람의 문장 실력과 멋이 곳곳에 나타나 있다. 더 확실한 설명과 표현으로 문장의 내용은 훨씬 뚜렷해졌다. 그러나 부드럽고 쉽게, 그리고 빨리 읽히지는 않는다. 몇 군데를 꼬았기 때문이다.

이러한 일들은 일반적인 문장 곳곳에서 발견된다. 좀 더 복잡한 문장의 예를 들어보자.

우리가 살아가고 있는 이 복잡하고 현란한
현대사회의 현상 속에서 누구라고 지적할 것도 없이

자기의 본래의 모습을 잃어버리고 살아가고 있는
그런 모습에 우리는 직면하기 쉬운 것이다.

세련되고, 학구적이며 멋진 문장이다. 그런데 장황한 편이다.
이 문장을 다음과 같이 한번 고쳐보자.

현재 우리가 살고 있는 이 복잡한 사회에서
우리 각자는 자기의 원래 모습을 잃고
살아가기가 쉽다.

말하고자 하는 내용은 다 포함되어 있으면서도 문장은 간단명
료해졌다. 아까 문장보다는 학구적으로 보이지 않는 게 흠이라면
흠일까? 어려운 문장이 학구적인 문장이 아니다. 쉬운 문장이라고
얕보거나 글 실력이 없다고 생각한다면 그것이야말로 큰 착각이
다. 쉽게 쓰자. 배배 꼬지 말고, 비틀지 말고, 우왕좌왕하지 말고 간
단명료하게 쓰자. 그것에 습관을 잘 들인 후에, 수식어와 설명이 다
양하게 포함된 만연체 문장 쓰기에 도전해보자.

사람들은 그의 얼굴이 그려진
탈을 쓰고 춤을 춘다.

어떤 행위나 동작의 진행이나 완료를 나타내는 우리나라 말 중에는 헷갈리는 표현이 많이 있다. 현재 진행형과 현재 완료형의 구분이 모호한 경우이다. 이 예문을 다음과 같이 고쳐보자.

사람들은 그의 얼굴이 그려진
탈을 쓰고 있다.

여러분은 이 문장 중에서 '탈을 쓰고 있다'라는 표현을 어떻게 해석할 것인가. 사람들이 '지금 탈을 쓰고 있는 중'이라는 뜻인지, '이미 탈을 다 쓰고, 지금은 쓴 채로 있다'는 뜻인지. 진행과 완료의 상태가 불분명하다. 그래서 이 예문은 그것을 확실하게 표현하기 위하여 '탈을 쓰고 춤을 춘다'라고 명확하게 썼다.

처용 설화로 만들어 보는
새로운 이야기

처용 설화는 아내의 불륜 현장을 목격하고, 이에 기가 막히게 대처하는 처용의 능력을 보여주었다. 그러한 능력은 역신을 물리치고, 행운을 기원하는 사람들의 염원을 나타내는 상징으로 이어져 내려왔다. 과연 내가 내 아내의 불륜 현장을 내 목전에서 확인했다면 나는 어떻게 했을까? 춤을 추며 노래를 한다? 천만의 말씀이다. 그렇게 한다는 것은 오직 정신 나간 자의 행동일 뿐, 그러면 나는?

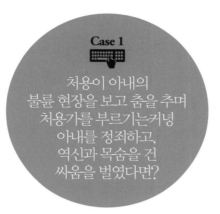

Case 1

처용이 아내의
불륜 현장을 보고 춤을 추며
처용가를 부르기는커녕
아내를 징죄하고,
역신과 목숨을 건
싸움을 벌였다면?

사실 이것이 냉엄한 현실이다. 처용같이 춤을 추며 노래를 불렀다면 이것은 너무 놀라서 잠시 머리가 도는 바람에 그랬을 것이다. 정상적인 사람이라면 그렇게 할 수가 없다. 그러면 어떻게 했을까? 배신에 대한 응당 조치와 복수혈전이 있음은 당연한 일이며, 곧이어 피바람이 불어온다. 역신도 신이고, 처용도 용궁의 왕인 용왕의 아들이다. 이들의 신출귀몰한 싸움이 시작되는 것이고, 지금의 설화보다 더 흥미진진한 일들이 전개될 것 같다. 물론, 처용의 아내는 처용으로부터 호된 질타를 당했을 것이다. 그러면 이 흥미로운 이야기를 더 전개해보자.

귀가가 항상 늦은 처용이 문제였다. 그의 아내는 일주일이면 엿새를 밤늦게 돌아오는 남편의 행실에 불만이 가득했다. 술에 취해서 온 적도 자주 있었다. 왕의 정사를 돕느라 그렇다는 것은 그녀가 보기엔 핑계의 하나였다. 더구나 그녀는 젊고 아름다웠다. 그러한 아내에 대한 처용의 무사태평과 불성실함에 그녀의 불만은 날로 쌓여만 갔다. 우리는 아직 신혼이 아닌가.

어느 날, 팔뚝이 굵고 가슴팍이 넓은 사내 하나가 그녀 앞에 나타났다. 건장해 보이는 청년이었다. 야성미가 넘쳐흘렀다. 처용의 아내가 역대의 미인이라는 소문을 듣고, 역신이 사람으로 변하여 그녀 앞에 나타난 것이었다. 그녀는 그의 유혹에 쉽게 넘어가고 말았다. 처용의 아내와 정사를 벌인 역신은 처용이 돌아오기 전에 얼른 집을 떠났어야 했는데, 그만 깜빡하고 깊이 잠들어버리고 말았다.

그날 밤, 처용이 여느 때처럼 술에 취해서 방문을 열었다. 방문을 연 처용은 가랑이가 넷인 것을 보고는 경악했다. 자기도 모르는 사이, 문 옆에 있던 싸리 빗자루를 손에 움켜쥐었다. 그리고는 신발을 신은 채 방으로 뛰어든 처용은 네 가랑이의 주인들을 후려갈겼다. 그의 아내가 소스라치게 놀라며 이불로 가슴을 가렸고, 역신은 바지도 입지 못한 채, 후다닥 방을 뛰쳐나가다가 방문 턱에 걸려 방 바깥으로 엎어지고 말았다. 상황이 이쯤 되면, 이제 여러분이 이야기를 끌고 나갈 수 있으리라 믿는다.

역신과 용의 아들과의 싸움은 과거 김수로왕과 석탈해의 재주 겨루기처럼 매로 변했다, 독수리로 변했다 하는 등 분명 신출귀몰할 것이다. 과연 누가 이길 것인지도 의문이다. 만약에 처용이 졌다면 이야기는 매우 복잡해진다. 어쨌든 처용은 아내의 불륜을 정죄한 우리나라 역사상 첫 설화의 주인공이 될 뻔하였다. 그러나 그 무엇보다 가장 가슴 아픈 일은 〈처용가〉와 〈처용무〉라는 우리나라의 소중한 향가 문화재가 일찌감치 물 건너갔다는 일일 것이다.

Case 2

처용이
아내의 불륜을 보고,
정식으로 이혼을
요구해서 재산을
분할했다면?

아내의 불륜이 다시 얘기될 수밖에 없는 이 현실적 문제가 안타깝기는 하지만, 이는 눈앞의 엄연한 현실이다. 자, 다른 이야기를 한 번 더 만들어 보자. 처용은 차분하고 조용하며 이성적인 사람이다. 그래서 왕의 정사를 잘 도와줄 수 있었고, 왕으로부터 신임을 얻을 수도 있었다. 또 일이 많고 바쁘다 보니, 야근을 자주 해야 했고, 회식도 자주 하게 되었다.

그런데 아내는 이런 남편을 가장 싫어한다. 이는 동서고금을 통하여 다 확인된 사실이다. 더구나 처용의 아내는 젊고 예쁘지 않은가? 처용의 성격은 조용하고 내성적이다. 따뜻한 감성보다는 차가운 이성의 남자이다. 이런 남자는 젊고 예쁜 여자에게는 사실 재미가 별로이다. 좀 나쁘게 얘기하면, 뜨뜻미지근하여 믿음이 잘 안 가는 그런 사람이기도 하다. 처용을 너무 나쁘게 묘사하여 기분이 안 좋겠지만, 이야기의 전개를 위하여 그렇게 함을 이해 바란다.

혼자이건, 친구들과 함께이건, 아내만 빼고 밤늦도록 노닐다가 느지막이 귀가하는 남편. 궁궐 일이라는 게 또 뭐 그리 대단한가? 결혼한 남자라면 직장에서 돈 벌어오는 것은 누구나 다 하는 일인데, 혼자 유난을 떠는 건 아닌지. 이런저런 생각에 처용의 아내는 항상 불만스러웠고, 처용은 그날도 늦었다. 아내의 불륜 현장을 보고 난 그날 밤, 처용은 잠시 깊은 생각에 빠졌다. 이 일을 어떻게 수습할까? 감히 외도라니? 그것도 버젓이 집 안에 남자를 불러들이다니. 말도 안 되는 일이 벌어진 것이었다. 그의 아내도 깊은 생각에 빠졌다. 내가 잘못은 했지만, 매일 늦게 들어오면서 나에게 별로 신경도 쓰지 않는 남편은 아무 잘못도 없다는 것인가? 그 차갑고 냉정한 성격은 아무 문제가 안 된다는 말인가? 우리는 아직 신혼인데.

서로의 생각은 서로를 비난하기 시작한다. 그리곤 서로의 잘못을 지적하면서, 며칠 동안 싸우다가 합의이혼이라는 결론에 도달한다. 처용은 매우 현실적이고 이성적인 사람이었으며, 그의 아내역시 왕이 골라준 현명하고 똑똑한 여자였기 때문이었다. 명분도중요했지만, 실리가 더욱 중요했다. 다행히 아이는 없어서 큰 어려움은 없었는데, 재산분할이 문제가 되었다. 그러나 현명한 그들은모든 것을 딱 반반씩 나누기로 했다.

그들이 행한 이혼에 대한 재산분할은 원만한 합의에 의한 것이었다. 이는 우리나라 최초의 합의에 의한 방식이었다. 처용과 그의아내가 행한 〈재산분할법〉은 이혼 시, 어떤 중재에 의하지 않은 자발적이고 원만한 재산분할 방법으로 역사적으로 가장 오래된 것이며, 매우 합리적이며 타당한 방법이었다……. 재미있고 기발한상상 속의 이야기다. 만약에 이같이 되었다면, 그 법은 〈처용가〉나〈처용무〉이상으로 그 역사적 가치와 의미가 있을 것은 틀림없는사실이다.

현실적으로는 이럴 확률이 가장 높다. 왜 역신이 처용이 올 때까지 그 방에 누워 있었는지, 이해가 가지 않는다. 신답지 못한 멍청한 행동이다. 그가 오기 전에 역신이 아내를 데리고 잽싸게 어디론가 사라졌든가 했다면 이야기는 어떻게 전개되었을까. 어느 날 밤, 홀연히 사라진 아내, 그 이유를 모르고 있는 처용, 처용은 처용가를 만들어 부를 수가 없을 것이다. 가랑이가 넷이 아니라, 한 개도 없으니 어찌 이런 노래를 부르겠는가.

그는 아내를 찾느라고 허둥지둥 댈 것인데, 워낙 차분하고 이성적인 성격의 소유자이므로 당황한 내색은 하지 않고, 조용히 사건의 재구성에 몰두할 것 같다. 나중에 역신의 짓이라고 판명이 나든, 아니든, 그 멋진 〈처용가〉와 〈처용무〉는 탄생하지 아니할 것 같아, 국문학사적으로, 민속 설화적으로 매우 불행한 일이 되었을 것으로 보인다.

생활 속에 살아 있는 '쌩쌩 맞춤법'

표준말은 그 시대의 상황에 부응하여 바뀌기도 하고, 추가되기도 한다. 그에 따라 맞춤법 역시 달라질 수 있다. 새로운 표준말이 만들어지기도 하고, 표준말에 포함되는 외래어도 늘어난다. 요즈음 젊은 세대는 낯설고 새로운 단어를 많이 쓴다. 기존의 말을 자기들 식으로 줄여서 쓰다 보니 알아듣기가 힘든 것도 있지만, 이러한 단어 중에는 새로운 표준어로서 추가되는 것도 있다.

물론, 신중을 다해서 표준어로서 인정하겠지만, 표준어에 관한 규정을 너무 융통성 없게 할 수는 없을 것이다. 세상이 많이 바뀌고 있다. 그러나 아무리 그렇다 하더라도 천박한 말이나 비속어는 쓰지 말아야 한다. 표준어에 대하여 조금 더 알아보자.

'복실복실'과 '복슬복슬', '복실강아지'와 '복슬강아지'

초등학교 책에 자주 등장하는 단어이다. 어느 것이 맞춤법에 맞는 표준어인지. '복실복실'은 '복슬복슬'의 잘못된 표현이다. '복슬복슬'이 맞다. 따라서 강아지도 '복실강아지'가 아니라, '복슬강아지'가 맞다.

'볼쌍사납다'와 '볼썽사납다'

어떤 사람이나 사물의 모습, 또는 그 상황이 보기에 흉하고 역겹다는 표현으로 맞는 것은?

'볼썽사납다'이다. '볼쌍사납다'는 틀린 말이다. 이런 유사한 단어들은 가만히 들여다보면, 일반적으로 아닌 것 같은 것이 표준말이고, 맞는 것 같은 것이 틀린 말이다. 오랫동안 잘못 써온 습관 때문이다.

'맹세'와 '맹서', '채비'와 '차비'

이 단어 중 맞춤법에 맞는 두 단어는 어느 것일까?

네 단어 모두 표준말이다.

'맹서'는 '맹세'의 원말이고, '차비'는 '채비'의 원말이다. '맹세'의 뜻은 다 알겠지만, 여기에서 '차비'나 '채비'는 어떤 일을 위하여 그에 적절한 자세를 갖추거나 물건 등을 미리 준비하는 것을 의미한다. '차비'는 '차를 타는 데 드는 비용'이라는 뜻도 있다. 일반적으로는 '맹서'나 '차비'보다는 '맹세'나 '채비'를 더 자주 쓴다.

'봉숭화'와 '봉숭아', '봉선화'

세 단어 모두 자주 쓰는 말이며, 동일한 식물을 뜻하는 단어이다. 어느 것이 맞춤법에 맞는 말일까?

우선 '봉숭화'는 지방 사투리로서 표준말이 아니다. '봉숭아'가 표준말이다. 그러면 '봉선화'는? 역시 표준말이다. '봉숭아'와 '봉선화'는 복수 표준어이다.

'벼슬'과 '볏'

닭이나 꿩 등 새의 앞 머리 위에 세로로 나 있는 살 조각을 지칭하는 말로 맞는 것은?

정답은 '볏'이다. '벼슬'은 표준말이 아니다. '벼슬'은 나랏일을 맡아 관리하거나 다스리는 자리나 그런 일을 의미한다.

'부시럭'과 '부스럭', '부스럭지'와 '부스러기', '부시럭지'

마른 잎이나 종이 등을 밟거나 뒤적일 때 나는 소리를 뜻하는 부사로 자주 혼동되는 단어인데, 맞춤법에 맞는 말은 '부스럭'이다. 또한, 잘게 쪼개진 물건을 뜻하는 명사로 맞춤법에 맞는 말은 '부스러기'이다. '부스럭지'나 '부시럭지'는 모두 틀린 말이다.

'부스스하다'와 '부시시하다'

머리카락이나 털 등이 흐트러져 있거나 서로 뒤섞이어 일어나 있는 상태를 나타내는 말로써 표준말은 '부스스하다'이다. 많은 사람이 '부시시하다'라는 표현에 익숙해져 있지만, 틀린 말이다.

'부시다'와 '부수다'

빛이나 색채가 너무 강하여 눈이 어리어리하여 바라보기가 어려운 상태를 나타낼 때 쓰는 표준말은 '부시다'이다. '햇빛에 눈이 부시다'라고 쓰면 된다. 또한 '부시다'에는 그릇 등을 깨끗이 씻다는 뜻이 있다. 반면에, '부수다'는 어떤 물체를 여러 조각내는 것을 의미한다. 이런 뜻으로 '부시다'를 쓰면 안 된다.

'불나비'와 '부나비', '불나방'과 '부나방'

어느 것이 맞춤법에 맞는 단어일까?

'불나비'는 '부나비'의 원말로서 둘 다 같은 말이다. 그렇다면 '불나방'과 '부나방'은? 역시 둘 다 표준어로서 모두 복수 표준어이다.

'늠름한'과 '늠늠한'

종종 혼동되는 단어이다. 이것이 맞다고 생각하면 그렇게 느껴지고, 저것이 맞다고 생각하면 또 그렇게 느껴진다. 그러나 맞춤법에 맞는 단어는 '늠름한' 하나이다.

'꽃봉오리'와 '꽃봉우리', '산봉오리'와 '산봉우리'

두 단어는 틀린 말이고, 두 단어는 맞는 말이다. '꽃봉오리'가 맞고, '산봉우리'가 맞다. '꽃'과 '산'의 '봉오리'와 '봉우리'의 개념이 다르다.

'건더기'와 '건데기'

국물이 있는 음식에 들어가 있는 국물 이외의 것이나, 액체 속에 있는 아직 녹지 않은 덩어리를 뜻하는 단어로는 '건더기'가 옳은 표현이다. 여전히 '건데기'라는 단어를 많이 쓰는데, 틀린 표현이다.

글쓰기,
우리들의 로망

내 영혼을 살찌우는 글쓰기

표준국어대사전이라는
두꺼운 사전을 소설 읽듯이

　글은 마음의 양식이요, 정신을 풍요롭게 하는 삶의 도구이다. 좋은 글은 그러한 역할을 더욱 멋지게 해낼 것은 분명한 사실이다. 이 세상에 나쁜 사람은 있어도 나쁜 글은 없다. 음란함과 욕이 아니면, 나쁜 글이란 없는 것이다. 좋은 글이란 내 마음을 어루만져주는 글이다. 또한, 글 쓴 사람이 나를 그의 세계로 마음껏 날아다닐 수 있도록 해주면서, 그것을 통하여 삶에 대한 소망과 미래에 대한 꿈을 가질 수 있도록 나를 격려해주는 것이 좋은 글이다. 그렇기에 글을 쓴 사람은 그 글을 읽는 사람이 공감할 때, 힘과 기쁨을 얻고,

보람을 갖게 된다.

이처럼 누구나가 좋은 글을 읽고 싶고, 또 쓰고 싶다. 여기에 정해진 왕도란 사실 없다. 자고로 책을 많이 읽어야 하고, 글을 자꾸써 봐야 한다는 상식적인 말 외에, 무슨 뾰족한 방법이 있겠는가? 과외수업을 받을 수도 없고, 그렇다고 그렇게 나아질 것도 아닌 것같고.

책을 많이 읽자. 그리고 단어를 많이 아는 것도 참 중요하다. 어휘력이 부족하면 실전에 약해진다. 나는 예전에 '가'부터 시작하는 표준국어대사전이라는 두꺼운 사전을 소설 읽듯이 읽어본 적이 있다. 물론 '하'까지 다 보지는 못했지만, 상당 부분 읽어보았는데, 사전을 본다는 일이 이렇게 흥미 있는 것인 줄은 그때 처음 알았다. 지겨울 것 같았지만, 의외로 재미가 있었다. 아하, 이런 단어가 있었구나, 이 단어에 이런 뜻도 있었구나, 그런 것을 알아가는 즐거움으로 그 단어가 쓰인 예문까지 찬찬히 읽어보았다. 꽤 크고 두꺼운 국어사전이었는데, 나에게는 매우 유익한 '사전 읽기'였다. 보통 사전은 어느 단어를 확인할 때나 찾아보는 것이지만, 사전을 보겠다는 목적을 가지고 보기 시작한 사전 읽기는 나름대로 묘한 맛이 있었다. 물론, 외울 수도 없을뿐더러 며칠 지나고 나면 다 까먹고 마는 것이지만, 내 나름대로는 의미와 보람이 있었던 일이었다.

글쓰기는 '쓰기 전'까지가 어렵다

풍부한 어휘력은 글을 쓰는 데 있어서 꼭 필요하다. 글이란 결국 감정을 표현하기 위하여 그에 적절한 글자를 찾아서 늘어놓는 일인데, 단어를 모른다면 모든 것이 정지되고 말 것이다. 아무리 멋진 감정이라도 글자로써, 단어로 표기를 하지 않는다면 아무 의미가 없는 일이 되고 만다. 그 표현에 맞는 단어는 단 한 개밖에 없다. 프랑스의 소설가인 플로베르의 〈일물일어설〉을 이렇게 간단히 설명하는 것은 무리가 있으나, 동사든, 형용사든 하나의 대상을 가장 정확히 나타내고 규정하는 말은 오로지 하나밖에 없다는 것에 대하여 우리는 곰곰이 생각해보아야 한다. 글을 쓰면서 거기에 맞는 유일한 단어를 찾아내야 한다는 것인데, 어휘력이 부족하다면 이는 매우 어려운 일이 될 것은 불 보듯 뻔하다.

특히, 시를 쓸 때는 거기에 맞는 가장 적합한 단어를 찾는 일이 참으로 중요하다. 시적 효과를 위하여 시어의 선택은 그만큼 중요한 일이다. 그 한 단어를 찾기 위하여 시인들은 어두운 밤거리를 산책하고, 어디론가 여행을 떠나고, 외진 바닷가를 찾는다. 그 단어를 찾아내지 못했을 때, 그 시는 시인만이 아는 미완의 작품이 되고, 그 자리에 다른 단어가 들어갔을 때 역시 그 시의 효과는 반감된다. 그 자리에는 그 단어가 있어야 한다. 그러려면 풍부한 어휘력이 필요하다. 도구가 다양하고 많아야 맛있는 음식을 만들어 낼 수 있으며, 어떤 특정한 맛을 내려면 반드시 그 도구가 필요한 법이다.

초등학교 시절에 가을이면 운동장에서 대운동회를 했다. 전교생이 청군, 백군으로 나뉘어서 달리기, 줄다리기, 콩주머니로 공 터뜨리기, 기마전 등 신나는 경기를 했는데, 가장 긴장되는 것은 단거리 달리기였다. 50m였을 것이다. 어쨌든 단거리 달리기처럼 가슴이 콩닥콩닥 뛰는 경기는 없었다. 응원하는 아이들도 그러했으니, 반 대표선수로 나간 아이들은 오죽했을까.

선생님 호루라기 소리에 출발선에 있던 아이들이 쏜살같이 달려나간다. 와와, 응원 소리도 잠시, 경기는 이내 끝나고, 곧바로 등수가 결정되어 버린다. 걸린 시간은 길어야 모두 일 분 이내, 아니 삼십 초 미만이다. 골인을 마친 아이들은 가쁜 숨을 몰아쉬며 주위를 두리번거린다. 내가 몇 등 했을까. 출발 전 두근두근했던 가슴이 이제는 느긋해진다. 뭐, 별것 아니네, 그런 생각이 든다. 한 번 더 뛰었으면 하는 생각까지 들 정도이다. 사실 골인하고 나면 다 그런 생각이 드는 것이지만, 출발하기 바로 전까지의 그 초조함과 긴장감이란 이루 말로 다 표현하기 어렵다. 시작과 끝이 극과 극인 것이다.

글쓰기도 유사하다. 쓰기 전까지가 어렵다. 시작이 어려운 것이다. 여러 가지 생각할 것도 많고, 어떻게 써 나가야 할지 불안하다. 그러나 막상 쓰기 시작하면 아무것도 아니다. 천천히, 생각나는 대로 써 나가다 보면, 별것 아니네, 하는 생각이 들게 되어 있다. 이런 생각이 안 든다면, 그 이유는 너무 성급히 글쓰기를 마치려고 하는 조급함 때문이다. 천천히 말하듯이 글을 쓰자.

글의 소재를 잡을 때
때로는 염세주의자가 되자

글쓰기는 훈련이라고 한다. 단거리 달리기이든, 마라톤이든 일단 다 뛰고 나면 자신감이 생기고, 별것 아니라는 호기도 생긴다. 골인하는 것이 중요하다. 골인도 하지 않고, 두려워할 필요는 없다. 서두르지 말고 천천히 가면 된다. 천천히 가다 보면 누구나 다 골인을 할 수 있는 것이며, 골인의 경험을 쌓다 보면 두려움과 조급함의 벽이 서서히 무너지는 것이다.

이런 이야기를 하면 불필요한 오해가 생길까 조심스럽지만, 글의 소재를 잡을 때, 기쁜 것보다는 슬픈 것, 즐거움보다는 외로움, 고독함 등을 먼저 생각해보는 것도 나쁜 일은 아니다. 비관주의자나 염세주의자가 되라는 말은 아니다. 물론, 행복하고 즐겁고 기쁜 일이나 사건으로 좋은 글을 충분히 쓸 수 있다. 당연한 말이다. 그러나 그것보다는 지나간 일에 관한 아쉬움, 미련, 후회, 슬픔 등이 글을 쓰기 위한 감성을 흔들어 깨우기에 보다 적합한 편이다.

사람 사는 일이란 만족이나 흡족보다는 불만족이나 미흡이 많고, 완벽함보다는 미숙함이 훨씬 많다. 대부분의 삶이 그렇다. 지나간 일을 생각하면 '잘했다'보다는 '잘하지 못해서 아쉽다'가 더 많다. 이런 감성을 흔들기에는 아쉽고 후회스러운 마음이 더 효율적이다. 이 말에 오해가 없기를 바란다. 어두운 글을 쓰라는 얘기가 아니다. 밝은 글이 당연히 바람직할 터, 글의 소재를 찾는 기회가 어느 쪽이 더 많을까 하는 생각에서이다. 그래서 글쓰기란 그런 아쉬움 속에서 출발하기도 하여, 더 나은 미래, 더 행복한 앞으로의 삶을 추구해가는 과정의 하나로서 인식한다면 그 보람도 더욱 커질 것이다.

요즈음은 배워도 너무 많이 배우는 세상이다. 고학력 시대는 이미 오래전에 도래하여서 지금은 대학원은 나와야 예전의 대졸과 비슷한 것 같기도 하다. 우리 주변에 석사와 박사가 넘쳐난다. 외국 유학경험도 웬만하면 다들 있다. 자기가 가고자 하는 방향은 물론, 유사한 분야의 자격증도 미리미리 따놓고 보는 세상이다. 자격증이 몇 개씩 되는 사람도 한둘이 아니다. 모두 열심히 공부한 덕분이다.

　그들의 뇌에는 무엇인가가 한가득 들어있다. 오늘도 초등학생의 작은 머릿속에는 새로운 영어 단어가 들어가야 하고, 중학생은 어려운 미적분 문제풀이로 골머리를 앓고 있다. 고등학생의 수학 문제는 너무 어려워 골머리를 앓아도 안 풀린다. 이들이 성인이 되면, 머리는 또 다른 것들로 꽉꽉 채워진다. 이제는 뇌가 폭발하기 일보 직전이다.

　머리를 좀 비워내야 한다. 좋은 글을 쓰려면 머릿속이 너무 복잡해서는 안 된다. 새롭고 신선한 상상력과 꿈을 가지려면 머릿속에 적절한 공간이 있어야 한다. 너무나 많은 것이 들어가 있는 우리의 뇌는 지금 지쳐 있다. 거기에는 정말 필요 없는 정보도 있을 것이고, 다 낡아빠진 고물도, 냄새나는 쓰레기도 있을 것이다. 머리에 있는 것들을 조금 덜어내자. 이것이 좋은 글을 쓰기 위한 마음의 준비 중 하나가 될 것이다.

하늘에 다 맡기고도 하염없이 아쉽고 아쉬워
중천을 가다가도 또 돌아보고

— 최성철

10
바리데기 신화

저승을 관장하는 무조신(巫祖神), 바리공주

신화의 내용

해동 조선의 북서쪽에 있는 불라국의 오구대왕은 아들을 낳지 못하여 깊은 고민에 빠졌다. 왕자를 낳아야 왕위를 물려주고, 후대도 이어갈 수 있을 텐데 그러지 못하는 것이 안타까웠다. 그러던 중 아내인 길대 부인이 임신하여 아이를 낳았는데 딸이었다. 그 이후로도 길대부인은 여섯 명의 아이를 낳았으나 모두 딸이었다. 오구대왕은 화가 났다. 이듬해 길대부인이 일곱 번째 아이를 낳았는데, 또 딸이었다. 화가 머리끝까지 치민 왕은, 막 나은 딸아이를 궁궐 뒤뜰에 버렸다. 그러나 새들과 짐승들이 나타나 그 아이에게 젖을 먹이고 보호하자, 왕은 그 아이에게 '바리데기'라는 이름을 지어

주고는 옥함에 담아 강물에 내다 버렸다.

　그로부터 며칠 뒤, 바닷가에 사는 어느 노부부가 그 옥함을 발견하고는 집으로 가지고 왔다. 그들은 그 안에 있는 아이를 발견하고는 자식이 없는 자기들에게 하늘이 내려준 복이라고 생각하고, 그 아이를 정성껏 보살폈다. 세월이 흘러 바리데기가 열다섯 살이 되었다. 그러던 어느 날, 오구대왕과 길대부인은 이름 모를 병을 얻어 병석에 눕고 말았다. 점쟁이를 통해서 알아보니, 자식을 버린 데 대한 죄 때문이라는 것이었다. 이 병에서 나을 수 있는 유일한 방법은 서천 서역국에서 나는 약수를 마시는 것뿐이었다.

　오구대왕은 여섯 딸을 모두 불러 서역국에 가서 약수를 좀 구해 오지 않겠느냐고 물었으나, 딸들은 모두 이런저런 핑계를 대며 아무도 나서지 않았다. 서천 서역국 가는 길은 워낙 멀고 험난하였기 때문에 아무리 부모가 죽을병에 걸렸어도 선뜻 나설 수가 없는 일이었다. 길대부인은 문득 오래전에 내다버린 바리공주가 생각났다. 바리공주라도 있었으면……. 오구대왕은 바리공주를 찾아오라고 신하에게 명령하였다. 수소문 끝에 신하들은 바리공주를 찾았고, 바리공주는 자기를 버린 아버지와 어머니를 다시 만났다. 병석에 누운 부모를 만난 바리공주는 자초지종 이야기를 듣고, 자기가 서천 서역국을 다녀오겠다고 하였다.

바리공주는 부모에게 먹일 약수를 구하기 위하여 서역국으로 떠났다. 워낙 힘들고 어려운 길이라 살아서 돌아오지 못할 수도 있었다. 난생처음으로 가는 그 길을 바리공주는 알 턱이 없었다. 다만 서쪽으로만, 서쪽으로만 갈 뿐이었다. 바리공주는 만나는 사람마다 붙잡고 길을 물었다. 그러나 누구도 쉽게 그 길을 알려주지 않았다. 검은색 빨래를 하얗게 빨아주어야, 쇠다리 아흔아홉 칸을 다 놓아주어야, 높은 석탑을 다 쌓아주어야 겨우 길 일부를 알려주었다. 바리공주의 손과 발은 이미 다 물러지고 부르텄다. 한참 길을 걷다가 바리공주는 부처와 보살을 만났다. 부처와 보살은 바리공주를 보고는 깜짝 놀랐다. 이곳은 아무나 들어올 수 없는 곳이기 때문이었다. 사연을 들은 부처와 보살은 바리공주에게 위험한 저승길을 무사히 다녀올 수 있도록 지켜주는 꽃 세 송이와 금지팡이를 주었다.

바리공주는 저승길을 걸으면서 악귀가 들끓는 지옥의 참혹하고 비참한 모습을 생생히 보았다. 죽은 사람들의 몸이 마귀의 칼에서 토막이 나고, 혀가 뽑히고, 눈알이 뽑히고, 방아에 몸이 짓이겨지고, 여기저기서 피가 솟구쳐 올랐다. 고통의 비명이 끊이질 않았다. 바리공주는 그 처참한 지옥의 현장을 똑똑히 보았다. 팔만 사천 지옥이었다.

바리공주는 그 아비규환의 저승길을 지나 저승강에 이르렀다. 거기에서 바리공주는 무장승이라는 거인을 만났는데, 약수를 구하기 위해서는 그의 요청대로 9년 동안 심부름을 해주어야 했으며, 일곱 아들을 낳아주어야 했다. 드디어 무장승으로부터 약수와 개안초와 환생꽃을 얻은 바리공주는 돌아오려고 했으나, 무장승이 당신 없이는 살 수 없다며, 바리공주의 앞길을 가로막았다. 그들은 결국 부부가 되어 같이 불라국으로 돌아왔는데, 길거리에서 많은 사람이 상여를 둘러싸고는 울고 있었다. 오구대왕과 길대부인이 이미 죽은 것이었다.

바리공주는 떠온 약수를 그들의 입에 붓고, 개안초를 눈에 넣었다. 그리고는 환생꽃을 가슴에 대었더니 왕과 왕비가 다시 살아났다. 오구대왕은 그들의 결혼을 승낙하였고, 무장승은 왕의 사위가 되었다. 나중에 무장승은 산신으로, 그들의 일곱 아들은 저승을 다스리는 십대왕으로, 바리공주는 무당의 조상신, 즉 무조신(巫祖神)이 되었다.

신화의 배경과 의미

바리데기는 바리공주를 의미하는 말이며, '바리다'는 '버리다'의 옛말이다. 따라서 '바리공주'는 '버려진 공주'라는 뜻이다. 바리데기 신화는 자기를 버린 아버지를 살리려고 저승까지 다녀온 효녀의 눈물 나는 이야기다. 이 세상에 이런 효녀는 없다. 앞으로도 그럴 것 같다. 이 바리데기 신화는 바리공주가 그저 저승길을 왕복했다는 이야기가 아니다. 우선 그녀는 태어나자마자 부모에 의해 버려졌다. 오직 딸이라는 이유에서였다. 딸이기 때문에 버려졌고, 또딸이기 때문에 그 부모를 구할 수 있었다. 이 얼마나 아이러니한 일인가.

바리공주가 부모를 살리는 데 꼭 필요한 약수를 구하러 가는 과정은 피눈물 나는 정도가 아니다. 피눈물을 심는 수준도 넘는다. 길을 물을 때마다 사람들은 그녀에게 남자로서도 힘든 어려운 일을 시켰다. 그래야만 길을 알려주었다. 검은색 빨래를 하얀 눈처럼 희게 빨아놓아야 했으며, 아흔아홉 칸짜리 쇠다리를 놓아야 했으며, 돌을 날라 탑을 쌓아야 했으며, 무장승을 만나서는 3년간 물을 긷고, 3년간 나무를 하고, 3년간 불을 때야 했으며, 그리고 일곱 아들을 낳아주어야 했다. 이러한 갖은 고생과 정성 끝에, 드디어 그녀는 약수를 구할 수 있었다. 이러한 고난의 과정을 겪음으로써 바리공주는 죽은 부모의 목숨을 살릴 수 있었다.

우리는 바리공주 덕분에 저승길도 미리 한번 가볼 수 있었다. 저승의 지옥은 갖가지 고통을 줄 수 있도록 여러 형태로 만들어져 있었다. 너무 무시무시하여 차마 눈 뜨고는 볼 수가 없을 지경이었다. 톱으로 몸이 토막 나고, 눈과 혀가 뽑히고, 펄펄 끓는 물에 빠지고, 불 속에 던져지고 하는 그 참혹한 지옥의 광경들을 우리는 바리공주와 같이 생생히 보았다.

자기를 버린 아버지를 살리려고 저승까지 다녀온 바리공주. 벌은 자식을 버린 죄를 저지른 부모가 받는 것이 당연한 일인데, 오히려 고생은 바리공주 혼자 다 해야만 하였다. 길러준 은덕은 없어도, 낳아준 공은 있으니 그렇게 한 것인가. 그렇더라도 바리공주의 마음은 그 누구도 헤아릴 수 없이 넓고도 깊은 것이다.

이 신화가 우리에게 시사하는 바는 무엇일까? 배신과 버림을 복수가 아니라, 고행과 덕으로 갚는 그 넓은 마음과 효심으로 사후에 추앙을 받는 신의 가르침, 그것은 우리 인간이 가져야 할 희생적이고 헌신적인 삶의 올바른 길을 보여주는 것이 아닐까.

우리는 바리공주의 고난의 긴 여정을 보면서 인간 삶의 의미와 허무, 그리고 보람도 느끼게 된다. 파란만장한 우리 인간의 일생이 거기에 다 나와 있다고 해도 과언이 아니다. 태어나서 버려지고, 남의 손에서 자라고, 나를 버린 자를 다시 만나고, 복수하여야 할 그에게 내 손을 내밀어 주고, 원수인 그를 위하여 나를 또 하염없이 희생하여야 하는 그런 인생……. 원래부터 인간 삶이란 그런 것이었다. 잠시의 기쁨과 즐거움이 있었을 뿐, 삶이란 고해를 헤엄쳐 다니는 일이었다. 그러다 힘들면 잠깐 바위에 기대어 쉬었다가 다시 고해의 물속으로 뛰어들어야 하는 그러한 삶의 연속…….

바리데기 신화를 읽으며, 눈시울이 뜨거워졌던 이유는 바리공주를 통하여 이러한 우리 삶의 현실적인 모습이 그대로 투사가 되어서가 아니었을까 하는 생각이 들어서였다.

그녀는 이 세상에 둘도 없는 효녀였다. 효녀로서 많은 사람으로부터 추앙과 존경을 받았다. 그리고 그녀는 무조신이 되었다. 저승의 모든 일을 관장하고, 죽음을 관리하는 무조신이 되었다. 바리공주가 삶과 연접한 사회에서는 효녀의 대상으로, 죽음과 연접한 사회에서는 무속신앙의 대상으로 인식되고 있다는 점에 큰 의미가 있다.

바리데기 신화로 알아보는
올바른 문장 사용법

> **1**
> 해동 조선의 북서쪽에 있는 불라국의 오구대왕은
> 아들을 낳지 못하여 깊은 고민에 빠졌다.

아주 단순하고 평범한 문장인데, 처음에는 다음과 같이 쓴 것을 다시 고쳐 쓴 것이다.

해동 조선의 북서쪽에 있는 불라국의 오구대왕은
<u>길대부인과의 사이에서</u> 아들을 낳지 못하여
깊은 고민에 빠졌다.

'길대부인과의 사이에서'를 빼버렸다. 물론, 길대부인이라는 대상이 들어가면서 부인의 이름을 명시한 것에 의미도 있지만, 그 뒤에 그 이름이 연속적으로 나오므로 불필요한 내용을 삭제해버린 것이다. 아이는 당연히 부인과의 사이에서 낳는 것이니, 그것 역시 군더더기 같은 표현이다. 고쳐 쓴 문장이 훨씬 간단명료하다.

> **2**
> 그 이후로도 길대부인은
> 여섯 명의 아이를 <u>낳았으나</u> 모두 딸이었다.

이 문장은 종종 다음과 같이 쓰곤 한다.

그 이후로도 길대부인은
여섯 명의 아이를 <u>출산하였으나</u> 모두 딸이었다.

이 예문은 '출산하였으나'를 '낳았으나'로 바꾼 것이다. 명사+동사보다는 하나의 동사로 표현하는 것이 더 좋은 방법이다. 특히 적합한 우리말이 있는데 구태여 한자를 쓸 필요는 없다.

> **3**
> 그러나 새들과 짐승들이 나타나
> 그 아이에게 젖을 먹이고 보호하자,
> 왕은 그 아이에게 '바리데기'라는 이름을 지어주고는
> 옥함에 담아 강물에 내다 버렸다.
> 그로부터 며칠 뒤, 바닷가에 사는 어느 노부부가
> 그 옥함을 발견하고는 집으로 가지고 왔다.
> 그들은 그 안에 있는 아이를 발견하고는
> 자식이 없는 자기들에게 하늘이 내려준
> 복이라고 생각하고, 그 아이를 정성껏 보살폈다.

접속사 및 동사의 적절한 선택의 중요성을 설명하려고 다소 긴 문장을 예로 들었다. 이 문장은 원래 다음과 같이 썼다.

그러나 새들과 짐승들이 나타나
그 아이에게 젖을 먹이고 보호하자,
왕은 그 아이에게 '바리데기'라는 이름을 지어주고는
옥함에 담아 강물에 내다 버렸다.
그런데 바닷가에 사는 어느 노부부가
그 옥함을 발견하고는 집으로 가지고 왔다.
그들은 그 안에 있는 아이를 발견하고는

자식이 없는 자기들에게 하늘이 내려준
복이라고 생각하고, 그 아이를 정성껏 <u>길렀다.</u>

원래 문장과 고쳐 쓴 예문의 차이는, 가운데 두 번째 문장 앞에 있는 접속사 '그런데'가 '그로부터 며칠 뒤'로 바뀐 것, 그리고 맨 끝의 '길렀다'가 '보살폈다'로 바뀐 것이다.

원래 문장도 틀린 문장은 아니다. 단, 접속사 '그런데'가 두 문장을 부드럽게 잇기보다는 생뚱맞은 감이 들게 한다. '어느 날'도 괜찮지만, 그 뒤에 그 단어가 또 나오므로, 아예 '그로부터 며칠 뒤'라고 바꾸었다. 또 맨 끝의 '정성껏 길렀다'보다는 '정성껏 보살폈다'가 사람인 공주를 대상으로 할 때, 더 바람직한 표현이다.

> **4**
>
> 병석에 누운 부모를 만난 바리공주는
> 자초지종 이야기를 듣고,
> 자기가 서천 서역국을 다녀오겠다고 하였다.
> 바리공주는 부모에게 먹일 약수를 구하기 위하여
> 서역국으로 떠났다.

이 문장도 처음에는 다음과 같이 썼다.

병석에 누운 부모를 만난 바리공주는
자초지종 이야기를 듣고,
자기가 서천 서역국을 다녀오겠다고 하였다.
<u>드디어</u> 바리공주는 부모에게 먹일 약수를 구하기 위하여
<u>그 멀고 험한</u> 서역국으로 떠났다.

역시 틀린 문장은 아니지만, '드디어'라는 접속사와 '그 멀고 험한'이라는 수식어를 뺀 것이다. 특히, 서역국은 멀고 험한 곳이라는 것이 이미 문장 앞에 설명되어 있기에 중복 사용으로 효과를 반감하고, 더불어 문장의 품위를 떨어뜨린다. 그리고 '드디어'처럼 그다지 필요하지 않은 접속사는 빼는 것이 좋다.

> **5**
> ……여기저기서 피가 솟구쳐 올랐다.
> 고통의 비명이 끊이질 않았다. 바리공주는 그 처참한
> 지옥의 현장을 똑똑히 보았다. 팔만 사천 지옥이었다.
> 바리공주는 그 아비규환의 저승길을 지나
> 저승강에 이르렀다. 거기에서 바리공주는 무장승이라는
> 거인을 만났는데…….

이 문장 역시, 처음에는 다음과 같이 썼다.

……여기저기서 피가 솟구쳐 올랐다.

고통의 비명이 끊이질 않았다. 바리공주는 그 처참한

지옥의 현장을 똑똑히 보았다. 팔만 사천 지옥이었다.

그리고 바리공주는 그 아귀다툼의 저승길을 지나

저승강에 이르렀다. 거기에서 바리공주는 무장승이라는

거인을 만났는데…….

두 문장 간 차이는 접속사 '그리고'의 있고 없고의 차이다. 그 차
이를 여러분은 어떻게 느끼는지. 별것 아니라면 별것 아니지만, 불
필요한 접속사들이 문장 앞에 자주 있으면 글이 뭔가를 질질 흘리

는 듯한 느낌을 준다. 말끔하고, 세련된 멋이 없다. 옷으로 얘기하면, 밑으로 딱 떨어지는 느낌이 있는 옷이 단정하고 깔끔해 보이는 것과 같다.

> **6**
>
> 그녀는 <u>태어나자마자</u> 부모에 의해 버려졌다.
> 오직 딸이라는 이유에서였다.

아주 간단하고 평범한 문장이다. 그런데 이것과 같은 뜻으로, 종종 이렇게 잘못 표현하는 때가 있다.

그녀는 <u>낳자마자</u> 부모에 의해 버려졌다.
오직 딸이라는 이유에서였다.

여러분은 이런 오류를 범하지는 않겠지만, 많은 사람이 대수롭지 않게 여기고 넘어간다. '태어나다'와 '낳다'는 그 주체와 대상이 다르기에 구분해서 써야 한다. '내가 너를 낳자마자 날이 밝았다'에서 낳은 사람은 나이고, 태어난 사람은 너이다. '낳게 되자마자'를

써도 마찬가지다. 이 예문처럼 '태어나자마자'를 써야 뜻이 분명해
진다.

> **7**
> 바리데기 신화를 읽으며, 눈시울이 뜨거워졌던 이유는
> 바리공주를 통하여 이러한 우리 삶의
> 현실적인 모습이 그대로 투사가 되어서가
> 아니었을까 하는 생각이 들어서였다.

세련된 표현이 들어간 복합적인 문장이다. 이 문장 역시 처음에
는 다음과 같이 썼다가 고쳐 썼다.

바리데기 신화를 읽으며, 눈시울이 뜨거워졌던 이유는
바리공주를 통하여 이러한 우리들의 삶의
현실적인 모습에 대한 투사가 그대로 되어서가
아니었을까 하는 생각이 들었기 때문이었다.

원래 이렇게 썼다가 이 문장이 너무 꼬였다는 생각이 들었다. 내
가 써놓고도 그 뜻이 쉽게 들어오지 않는다면, 다른 사람이 읽으면

더욱 그럴 것이다. 따라서 다시 고쳐 쓴 문장이 더 간명하다.

관형어 등 수식어를 사용하여 글을 길게 늘여 쓰면, 남들이 보기에 글을 잘 쓴다고 할 수도 있다. 그러나 그것은 대부분 착각이다. 글 쓴 사람의 의도가 제대로 전달되지 못하게 되는 경우가 많다. 중간에 콤마를 쓰든, 안 쓰든 그렇다. 자기도 읽기 힘든 문장은 쓰지 말자.

바리데기 신화로 만들어 보는
새로운 이야기

바리공주가 우리나라 무조신으로 섬김을 받게 된 이유는 모든 고난과 고통을 이겨낸 효녀로서, 불가능을 가능하게 만든 여인으로서, 파란만장한 삶을 행복하게 마감함으로써 모든 무녀의 표상이 되었기 때문이다. 삶의 모든 아픔을 대신 다 짊어지고, 온갖 문제점들을 다 해결해낸 무한의 능력을 보면서 이 땅의 무녀들은 바리공주와 같이 되고 싶었을 것이다. 그러한 바리공주의 일생을 새롭게 한 번 써보자.

우선 그가 일곱째라고 하더라도 아들이라면 버려지지는 않았을 것 같다. 오구대왕이 아들은 버리지 않았을 테니까. 그러나 그가 딸을 원했는데, 길대부인이 계속 아들만 낳았다면, 그것도 열 받을 일이 될 수 있다. 아들은 대를 이을 용도로 하나나 둘이면 되고, 이제는 딸을 원하고 있는데, 계속 아들만 낳는다? 아들이 여섯 명이나 되니, 궁궐 안에서는 매일 아침저녁으로 무엇인가가 부서지고, 깨지고, 터지고, 왁자지껄 소란한 꼴을 더 못 보겠다고 화를 낸 오구대왕.

길대부인이 또 임신했다는 소식을 듣고, 신관을 불러 물어보니, 이번은 분명 딸이라고 하였다.

잔뜩 신이 난 오구대왕은 달님 같은 딸의 얼굴을 상상하며, 길대부인의 출산일만을 기다렸는데……. 또 아들이었다. 신관의 목이 달아났다. 오구대왕은 그 아들이 태어나자마자 바리왕자라고 이름을 짓고는 옥함에 담아서 강물에 내다 버렸다.

바리왕자는 바닷가에 사는 어느 노부부에게 발견되어 그들의 보살핌을 받으며 자라게 되고, 노부부는 바리왕자에게 자초지종을 다 얘기해준다. 이야기가 여기까지 흘러왔다면, 이제 여러분은 어느 방향으로 이야기를 끌고 가고 싶은지. 원래의 신화대로 간다면, 저승강에 도착한 바리왕자는 무장승이 아니라, 어느 미모의 여인을 만나는 것이 타당할 것이며, 일곱 아들은 그 여인이 낳게 된다. 바리왕자는 당초의 바리공주처럼 약수와 개안초와 환생꽃을 얻어 가지고 와서는 죽은 부모를 구한다. 그리고 무조신이 되는데, 남성 무조신이 되는 것이다.

이렇게 이야기를 꾸미면 되는데, 재미가 별로라고 느껴진다. 그래서 이야기를 이렇게 비틀어보자. 노부부는 바리왕자가 열다섯 살 되던 해, 바리왕자를 데려다 키우게 된 과정을 자세히 설명해준다. 그리고는 바리왕자가 옥함에서 발견되었을 당시, 그 안에 같이 들어있었던 노란색 비단 조각 하나를 그에게 주는데, 거기에는 붉은 글씨로 '이 아이는 오구대왕의 일곱째 아들로 이름은 바리왕자이다'라고 써 있었다. 이것은 오구대왕이 쓴 것으로, 길대부인이 바리왕자를 옥함에 넣어 강물에 버릴 때, 옥함 안에 같이 넣어 두었던 것이다.

자신이 오구대왕의 아들임을 확인한 바리왕자는 비록 자기가 일곱 번째 막내아들이지만, 분명히 왕자이므로, 어떻게 해서든 궁궐로 돌아갈 생각을 한다. 며칠 뒤, 노부부는 노환으로 숨지고 말았다. 바리왕자는 자신을 잘 길러준 노부부의 장례를 정성껏 치러주고, 그들이 준 비단 조각을 품 안에 넣고서는 궁을 향하여 길을 떠난다.

며칠이 걸려서 궁에 도착한 바리왕자는 궁궐 문을 지키는 병사들과 실랑이를 벌인다. 행색이 초라한 한 젊은이가 자기가 오구대왕의 아들이라고 소리치며 우기니, 병사들은 그를 체포한다. 그 시점에서 오구대왕과 길대부인은 같이 병석에 눕고 만다. 자식을 버린 죄로 받는 벌이었다. 바리왕자를 확인해 줄 사람은 그의 부모인 오구대왕과 길대부인 밖에 없으나, 유감스럽게도 그들은 이내 숨지고, 바리왕자는 감옥에서 풀려나지 못한다. 며칠 뒤, 바리왕자는 감옥에서 소란을 피우고, 조정의 대신들이 그를 면담하는데, 그때 바리왕자는 품 안에 간직하고 있던 비단 조각을 대신들에게 보여준다. 대신들은 모두 놀라 바리왕자의 얼굴을 쳐다본다.

그런데 이 글씨가 진짜 오구대왕의 글씨인지를 확인해 줄 사람이 없었다. 그러나 천만다행으로 죽은 신관의 아버지가 이를 확인해 주었는데, 그는 원로급 조정 대신이었으나, 아들이 죽은 후에 자숙하는 처지에서 낙향하여 시골에서 지냈다. 우여곡절 끝에, 그 사람이 오구대왕의 글씨체를 확인해 주었고, 드디어 일곱 아들이 한자리에 모두 모인 것이다. 부모의 사후에 벌어진 일이었다.

궁궐에서 멀쩡히 잘 살아오고 있는 여섯 아들, 그리고 어디선가 굴러들어 온 막내아들. 그렇지 않아도 한 개의 왕좌를 놓고, 여섯 명이 암투를 벌이고 있었는데, 한 명이 더 늘어서 묘한 편 가르기가 다시 시작되었다. 거칠게 살아온 바리왕자가 가장 용감하고 진취적이었으나, 막내라는 약점으로 따돌림당하고, 바리왕자는 그동안의 서러움을 극복하고, 자기 자리를 차지하기 위하여 몇몇 형들과 담합을 하여 다른 형들을 대적하고…….

서천 서역국 약수는 이미 물 건너간 지 오래다. 무장승도 등장하지 못하고, 일곱 아들도 태어나지 못한다. 그런데 후손들을 위하여 우리나라 무조신이 한 명 탄생해야 하는데, 그것이 안 되어 고민이다. 아무래도 무조신의 탄생은 피비린내 나는 왕자들의 난 이후로 미뤄야 할 것 같다.

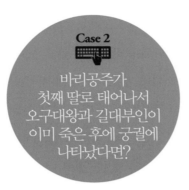

Case 2

바리공주가
첫째 딸로 태어나서
오구대왕과 길대부인이
이미 죽은 후에 궁궐에
나타났다면?

　우선 첫째 딸은 버려지지 않기 때문에 바리공주가 될 수 없다. 실제로 첫 딸이 태어나자, 오구대왕은 복덩이라고 해서 무척 기뻐하였다. 이름도 청대공주라고 예쁘게 지어주었고, 별명은 해님데기라고 하였으며, 앞산 별궁에 살도록 해줄 정도로 귀여워하였다. 원래 아들이건 딸이건 첫 자식은 항상 부모로부터 최고의 사랑을 독차지하는 법이니까.

　그러나 이야기를 새롭게 끌고 가기 위해서는 첫 딸이 버려져야 한다. 원래 오구대왕은 첫아들을 잔뜩 기대했다. 드디어 길대부인이 임신을 하자, 오구대왕은 신관을 불러 딸인지, 아들인지 물어보았고, 신관은 점괘를 보더니 아들이라고 알려주었다. 오구대왕은 첫아들에 대한 기대감으로 잠을 이루지 못하였다. 밤마다 호랑이같이 용맹스럽고, 독수리같이 날렵한 아들이 그의 꿈에 나타났다.

십여 명의 궁녀가 항상 길대부인의 바로 옆에서 대기하였다. 본인도 매일 아침저녁으로 길대부인의 침소에 들러 그녀를 돌보았다. 드디어 길대부인의 출산일이 되었다. 어전에서 서성이던 오구대왕의 귀에 천둥 같은 소식이 들려왔다. 길대부인이 아들을 낳은 것이 아니라, 딸을 낳았다는 기별이었다. 궁궐은 순식간에 암운에 휩싸였고, 신관의 목이 달아났다. 길대부인은 산후 울음소리도 제대로 내지 못하였다. 딸은 버려졌다.

자, 여기까지는 별 어려움 없이 이야기를 끌고 왔다. 이제부터가 좀 고민이 된다. 큰딸 바리공주는 어느 노부부가 주워서 키웠다. 바리공주는 자신이 공주였다는 사실을 모르는 채, 어느 바닷가 시골집에서 어렵게 자랐다. 그리고 열다섯 살에 바리공주는 동네 총각과 혼인을 하였다. 노부부는 바리공주의 과거를 얘기해주지 못하고, 그만 세상을 떠났다.

오구대왕과 길대부인은 자식을 버린 죄로 몹쓸 병을 얻어 병석에 눕게 되었다. 오구대왕이 숨을 거두던 날, 길대부인은 별안간 큰딸 바리공주가 보고 싶어졌다. 길대부인은 새로 부임한 신관을 불러 바리공주를 찾아오라고 하였다. 수소문 끝에 바리공주가 궁궐에 도착한 날, 길대부인의 숨은 겨우 붙어 있었다. 그녀는 바리공부 손을 붙잡고 숨넘어가는 목소리로 자초지종을 얘기해주었다. 그리고 길대부인은 바리공주의 손을 잡은 채로 숨을 거두었다.

사건의 전모를 알아버린 바리공주와 여섯 명 여동생들의 관계가 불편해지기 시작했다. 특히, 남편이 있는 둘째와 셋째 딸의 견제가 심상치 않았다. 왕세자로 이미 책봉을 받은 둘째 딸 남편의 견제가 칼바람이 되어 바리공주과 그의 남편을 에워쌌다. 그들은 바리공주 측에서 반정이라도 일으키지 않을까 노심초사하고 있었다. 지금은 잘 넘어간다 하더라도 앞으로 바리공주가 아들이라도 낳게 된다면 어떻게 될까, 그들의 걱정은 산 넘어 산이었다. 굴러온 돌이 박힌 돌을 빼내는 일이 벌어질 수도 있기 때문이다.

이 정도로 이야기를 끌고 간다면, 한 편의 흥미진진한 역사소설로도 부족함이 없다. 그러나 불운하게도 바리공주는 지금의 무조신이 되지는 못하였을 것 같다. 이제 이야기를 어떻게 더 써 나갈까. 여러분에게 그 고민을 맡긴다.

생활 속에 살아 있는 '쌩쌩 맞춤법'

'무르다'와 '물르다', '물러지다'

어떤 물체가 단단하지 못하거나, 마음이 여리고 힘이 약함을 나타내는 단어로 맞춤법에 맞는 말은 어느 것일까? 그 단어는 동시에 딱딱하거나 단단했던 것이 물렁거리게 되는 것을 뜻하기도 한다. 이에 맞는 표준어는 '무르다'이다. '물르다'는 틀린 말이다.

이 '무르다'에는 물건을 원래의 주인에게 되돌려 주고, 돈이나 물건으로 도로 찾는다는 뜻도 있다. 이 경우에도 종종 '물르다'라고 쓰기 쉬운데, 유의하여야 한다. 만약에, 있는 곳에서 다른 곳으로 옮겨가는 것을 뜻하고자 한다면 '물러가다'로 써야 한다. '물러지다'는 딱딱하거나 단단했던 것이 물렁물렁해지는 것을 뜻하는 단어로써 '무르다'와 함께 표준말이다.

'계발'과 '개발'

많이 알고 있으면서, 또 많이 헷갈리기도 하는 단어이다. 두 단어 모두 표준말인데, 그 뜻과 사용 용도가 다르다. '계발'은 재능이나 능력 등을 일깨워 발달시키는 것을 말하며, '개발'은 지식이나 소질 등이 더 나아지도록 이끌어주거나, 자원이나 토지 등을 개척하여 쓸모 있게 만들거나, 산업, 경제 등을 발전시켜주는 것을 말한다.

따라서 '자기 개발'과 '자기 계발'을 모두 쓸 수 있는데, 각 단어의 뜻과 쓰고자 하는 문장의 성격을 고려하여 골라 쓰면 된다.

'해님'과 '햇님'

달은 '달님'하면 되고, 별은 '별님'하면 되는데, 해는 어느 것이 맞춤법에 맞는 말일까? '해님'이 맞다. 발음도 '해님'이라고 해야 한다. '햇님'이라고 하면 안 된다.

'쭈볏쭈볏'과 '주볏주볏', '주뼛주뼛'과 '쭈뼛쭈뼛'

놀라거나 무서워서 머리카락이 꼿꼿하게 곤두서는 느낌을 나타내거나, 말이나 행동이 수줍고 서툴러서 머뭇거리는 모양을 나타내는 단어로 맞춤법에 맞는 말은 '주뼛주뼛'이다. '쭈뼛쭈뼛'도 표준어인데, '주뼛주뼛'보다 센 말이다. '쭈볏쭈볏'이나 '주볏주볏'은 모두 틀린 말이다.

'골다'와 '곤다', '곯다'

'골다'는 잠잘 때의 숨 쉬는 상태가 거칠고 일정하지 않아 숨이 콧구멍에 울려 소리를 내는 것을 뜻한다. '코를 골다', 또는 '코를 곤다'라고 쓰면 된다. 반면에, '곯다'는 과일 등의 속이 너무 물러져서 상한 것을 의미하거나, 몸에 골병이 드는 것을 뜻하기도 한다. 따라서 '참외가 곯아서 먹을 수가 없게 되었다'라고 쓰면 되고, '참외가 골아서'라고 쓰면 안 된다. 또한 '그는 배를 너무 곯아서 일어설 힘조차 없었다'라고 쓰면 된다.

'괴멸'과 '궤멸'

이 두 단어는 여전히 헷갈리면서 쓰이고 있다. '괴멸'은 어떠한 조직이나 그 체계 등이 모두 파괴되거나 망가져서 멸망하는 것을 뜻하며, '궤멸'은 부서지거나 무너져서 흩어져 없어지는 것을 뜻한다. 물론, 둘 다 표준어로 유사한 뜻이 있으나, 그 의미를 잘 알고 문장의 내용에 따라 잘 선별하여 사용해야 한다.

예로, '연합군의 총공세로 적은 이제 괴멸 직전에 놓였다'라든가, '아군의 막강한 화력이 적을 궤멸시켰다'라고 쓰면 된다.

'떠벌이다'와 '떠벌리다', '떠버리'와 '떠벌이'

이야기를 과장해서 늘어놓으며 떠들어대는 것을 표현하려면 '떠벌리다'라고 쓰는 것이 맞춤법에 맞다. 이것을 '떠벌이다'라고 쓰면 안 된다. '떠벌이다'는 큰 규모로 차려 놓는 것을 의미하는데, 자주 사용하지는 않는 단어이다. '그 친구는 사업을 너무 떠벌여 놓았다' 등으로 사용될 수 있다.

항상 시끄럽게 떠드는 사람을 낮잡아 하는 말로 '떠벌이'라고 하는데, 이는 틀린 것이고, '떠버리'라고 쓰는 게 맞는 표현이다.

'뜻뜨미지근'과 '뜻드미지근', '뜨뜻미지근'과 '뜨듯미지근'

'미지근'에서 나온 이 네 단어 중 어느 것이 표준어일까? 많이 헷갈린다. 정답은 '뜨뜻미지근'이다. 많은 사람이 '뜻뜨미지근'으로 잘못 알고 있는데, 유의해야 할 단어 중 하나이다.

'걸죽하다'와 '걸쭉하다', '걸직하다'와 '걸찍하다'

액체가 묽지 않고 진하다, 또는 말하는 것이 외설스럽다라는 표현으로 맞는 단어는 '걸쭉하다'이다. 이 역시 '걸찍하다'로 잘못 쓰는 경우가 종종 있다. '걸죽하다'와 '걸직하다'는 모두 틀린 말이다. 예문을 들자면, '그 막걸리가 꽤 걸쭉하다'라고 쓰거나, '그 전라도 아주머니의 걸쭉한 말솜씨에 모두가 배꼽을 잡았다' 등으로 쓰면 된다.

'승낙'과 '승락', '허락', '수락', '쾌락'

청하는 것을 들어준다는 뜻의 단어로 '승낙'이 맞을까? '승락'이 맞을까? 정답은 '승낙'이다. 단, '허락'이 맞고, '수락'이 맞으며, '쾌락'이 맞다. 모두 같은 한자어인 '낙(諾)'을 쓰는데, 그 발음이 각각 다른 것이다. 한글 맞춤법에는 한자어에서 원래의 음(본음本音)으로 나고, 사회에서 통용되는 음(속음俗音)으로도 나는 것은 각각 그 소리에 따라 적도록 규정되어 있다. 따라서 '승낙'은 본음으로 나는 소리를 적은 것이고, '허락', '수락', '쾌락'은 속음으로 나는 소리를 적은 것이다.

'빈털터리'와 '빈털털이'

재산이나 재물을 다 없애고, 아무것도 가진 것이 없게 된 사람을 뜻하는 단어로 맞춤법에 맞는 말은 어느 것일까? '빈털털이'라고 하기 쉬운데 이는 틀린 말이고, 맞는 말은 '빈털터리'이다.

내 영혼을 살찌우는 글쓰기

쓸쓸하였던 과거가
보이지 않는 힘이 되다

중학교 3학년일 때 일이었다. 당시 〈학원〉이라는 잡지가 우리에게는 꽤 인기가 있던 월간지였다. 나는 그때 소설이랍시고, '십 대의 고백'이라는 제목으로 학원문학상(그것이 문학상이었는지 정확한 기억은 없지만, 〈학원〉에서 학생들의 글을 공모했다)에 응모했다. 단편소설을 쓴 것이었는데, 뭐라고 썼는지 지금 전혀 생각이 나진 않지만, 아무튼 한참 사춘기 시절에 나는 십 대의 반항을 주제로 며칠 밤을 새우면서 글을 써서 드디어 투고하였다. 소설의 구성을 갖추지 못한 것은 물론, 문장들도 그랬을 것이고, 내용도 어설프기 짝이 없었을 것이다. 그러나 나는 1등은 아닐 테고, 3등 안에는 들지 않겠나 하고 내심 기대를 하였다.

나는 가슴을 졸이며 발표의 날만을 손꼽아 기다렸다. 결과는 입선이었다. 장려상 정도의 수준이었다. 입선자는 다수의 학생이었다. 그 정도면 작품은 실리지 않고, 이름만 쭉 명기되었다. 그래도 나는 엄청난 흥분으로 며칠을 들떠서 지냈다.

그리고 고등학교 1학년이 되었다. 나는 계속 문예반에서 특별활동을 하였다. 그해 가을에 어느 대학교에서 백일장을 개최하였는데, 글 좀 쓴다 하는 서울의 중고등학생들이 참석하는 전통 있는 대학교의 글짓기대회였다. 글도 잘 쓰지 못하는 나는 오직 문예반이라는 것 때문에 그 백일장에 참가하게 되었다. 당시 우리에게 주어진 제목은 시, 수필 공히 '어머니'였다.

나는 시 부문을 선택하였다. 나와 같이 참석한 우리 학교 내 친구 한 명이 있었는데, 그는 문예반은 아니었지만, 학교에서 글을 잘 쓰는 학생(혼자서 고독이라는 걸 씹으며, 밤거리를 방황한다는 좀 괴팍한 친구)으로 알려져 있었다. 그는 국어 선생님이 추천하였는데, 수필 부문을 선택하였다. 비록 장르는 달랐지만, 시상은 시와 수필을 합해서 하기에 그 친구와 나는 본의 아니게 경쟁상대가 되어버렸다. 우리는 각자 원고지를 들고, 나무 숲속으로 뿔뿔이 흩어졌다.

그리고 마감이 되고, 결과가 발표되었는데, 장원은 다른 학교 고3 형이 가져갔고, 그 친구는 차상을 차지하였다. 나는 등수에도 못 들었다. 나름대로 기대를 하였는데, 크게 실망하고, 섭섭하였다. 그때 나는 깨달았다. 나는 글 잘 쓰는 아이가 아니라는 것을. 나 스스로 글을 잘 쓴다고 착각을 하며 살았지, 글 잘 쓰는 그런 재능이 없다는 것을 알게 되었다. 중학교 3년, 고등학교 3년, 거의 6년을 문예반에서 줄곧 활동하였고, 소설책도 많이 보고, 시도 많이 읽고, 문학 동아리도 하고 그랬는데, 그런 것들이 아마 나를 글 잘 쓰는 아이라고 스스로 세뇌를 시킨 모양이었다.

글이란 마음의 움직임을 표현하는 것

그 후로도 이곳저곳에 투고도 하고, 또 백일장에도 참가하였는데, 역시 좋은 결과는 없었다. 실망도 하였고, 창피하기도 하였고, 하고 싶은 잘난 척을 못 해서 속이 상하였고, 좋은 성적을 낸 친구나 문예반 형들을 시새움 하다가 부러워하였고……. 이런 시간이 지나면서 나는 지금까지 문학상 한번 타보지 못한 작가 아닌 작가, 시인 아닌 시인이 되었다.

그러나 이러한 과정을 통하여 나는 많은 것을 또 깨달았다. 글

쓰는 일이라는 것이 쉽지는 않다고. 그래서 이런저런 글쓰기 책도 뒤져 보고, 스스로 공부도 해보고 하였는데, 마음속에 갖게 된 생각은 역시 다음과 같은 것이었다. 책을 많이 읽자. 생각을 많이 하자. 재미있는 공상가가 되어 보자. 산책하자. 여행을 떠나자. 모방도 좀 해보고, 흉내도 좀 내보자. 스스로 작가라고 자위도 해보고, 폼도 잡아 보고, 잘난 척도 좀 해보자…….

그리고 나는 또 알았다. 학창시절에 변변한 상 한번 받지 못해서 실망하고 쓸쓸하였던 그 과거가 나에게는 보이지 않는 힘이 되었다는 것, 글을 잘 쓴다는 나에 대한 착각도 그런 힘의 하나가 되었다는 것, 그리고 나도 시인이라고 온갖 폼은 다 잡아가며, 가을 교정의 숲길을 싸돌아다녔던 것, 이런 것들이 모두 나에게는 보이지 않는 손처럼 나를 밀어주고 있었다. 그리고 무엇보다 중요한, 궁둥이 붙이고 앉아 인내와 끈기를 가지고 글을 써 본다는 것의 중요성을 깨달았다.

또 한 번은 초등학교 6학년 때의 일이다. 영화관에 갈 수도 없고, TV도 없었던 시절, 학교에서는 그런 우리를 위하여 여름방학 시작하기 바로 전날, 학교 운동장 바닥에 전교생을 앉혀놓고는 교실 담벼락을 스크린 삼아 영화 한 편을 보여주었다. 필름을 감은 큰 원반 두 개가 위잉 하고 돌아가면서 하얀빛을 쏟아내며 보여주던 〈백설공주와 일곱 난쟁이〉······. 화면은 빛바랜 광목처럼 뿌옇고, 화면 여기저기가 비가 내리듯 광선이 흔들리고, 걸핏하면 필름이 툭 끊어지고 하였지만, 처음 보는 총천연색 영화였다. 까까머리 아이들은 너무 좋아서 머리카락이 곤두섰고, 팔에 소름이 돋았다.

나는 그때의 감동을 지금도 글로 쓴다. 사람이 감동하면 그것을 표현하고 싶어진다. 말로 전하고 싶음은 물론, 글로 쓰고 싶어진다. 글이란 그러한 마음의 움직임을 표현하는 것일 텐데, 우리가 살면서 그러한 커다란 감동을 하는 일이 많지는 않겠지만, 크고 작은 다양한 감동의 경우를 만날 것은 분명하다. 이러한 감동과 경험을 메모해두자. 잊어버리고 마는 것이 인간의 습성이지만, 메모할 줄 아는 것도 우리의 좋은 습성이다.

나의 역사가 그곳에 있다

좋은 영화 한 편 본 것, 멋진 음악 한 곡 들은 것, 한여름 대낮에 목이 터질 듯이 우는 매미 소리를 들은 것, 하늘이 뚫어진 듯 폭우가 쏟아져 내리는 날 하늘을 올려다보며 비를 맞은 것, 가을날 나뭇잎 떨어지는 모습을 본 것, 잎이 다 떨어진 감나무 맨 꼭대기 앙상한 가지에 간신히 붙어 흔들리고 있는 감 한 개를 본 것, 아침에

커튼을 열어보니 밤새 하얀 눈이 와 있음을 알게 된 것, 그 눈 위에 내려온 까치 한 마리⋯⋯. 감동까지는 아니더라도 우리 주변의 이러한 모습은 우리 마음을 흔들기에 충분하다. 마음이 흔들릴 때, 감동의 파문은 일고, 글을 쓰고 싶어진다.

가능한 한 역사 속으로 나를 밀어 넣자. 과거로 날아가자. 현재보다는 과거의 일로 인한 글의 소재가 더욱 많다. 과거란 이미 지나간 일이어서 그 속에 미련과 후회와 아쉬움과 함께 기쁨과 슬픔과 분노, 그리고 다시금 희망과 소망이 있다. 나의 역사가 그곳에 있다. 내가 그곳으로 다시 들어가면, 그러한 여러 가지 감정 속에서 새로운 생각이 떠오른다. 그리고 미래로 날아가자. 미래라는 것은 현실에 비추어 볼 때, 나에게 꿈과 희망을 준다. 풍부한 상상력의 공간을 만들어 준다. 불가능을 가능하게 해준다. 시신경을 잃은 사람이 앞을 볼 수 있으며, 성대를 잃은 사람이 노래를 할 수 있다. 고막을 잃은 사람이 다른 사람들의 얘기를 다 알아들을 수 있다. 미래는 분명 희망을 줄 것이다. 그 희망이 글의 소재가 될 수 있다.

너무 완벽해지려고 하지 말자. 아무리 훌륭한 작가도, 소설가도, 수필가도 단 한 번에 완벽한 글을 만들어 낼 수는 없다. 설령 그렇다고 하더라도 그것으로 글의 천재라고 할 수는 없다. 글을 아주 잘 쓴다는 사람이라도, 그것이 처음에는 완벽한 글이었다고 생각하지만, 시간이 흘러서 다시 읽어보면 아쉬운 부분이 눈에 띄게 되어 있다.

글은 기술의 산물이기도 하지만, 감정의 산물이기 때문이다. 단 한 번에 쓰고 난 글이 명문이 된 때도 있다. 그러나 여러 번 고친 글은 그렇기에 더욱 가치가 있다. 그래야 글쓰기가 두렵지 않고, 편안해질 것이며, 그런 마음 상태에서 좋은 글이 나올 수 있다.

오늘부터 내 생활에서 빚어지는 생각의 조각들을 메모해두자. 그리고 30분씩 책상 앞에 앉아 글을 쓰자. 나중에 그것을 다시 읽어보고, 고쳐 쓰기를 해보자. 그렇게 만든 글을 하나, 둘 모아간다면 그것이 곧 소중한 내 삶의 재산이 될 것이다. 〈끝〉

세상을 살아가는 사람들 이야기라고?

평범한 사람들 이야기라고?
물론 나도 알고 있어.
평범한 것이 편안한 것이고 그것에 기대고 싶다는 것도 나는 알고 있어.
그렇게들 얘기하고 싶겠지.
그러나 이 세상이 다 그런 곳일까.
바람이 멈추면 무엇이 될까.
파도가 멈추면 또 무엇이 될까.
보이거나 보이지 않거나 그런 것들이
세상 이야기 전부라고?

- 최성철

초 판 1쇄 인쇄 | 2018년 12월 24일
초 판 1쇄 발행 | 2019년 1월 2일

지은이 | 최성철
펴낸이 | 조선우 • 펴낸곳 | 책읽는귀족

등록 | 2012년 2월 17일 제396-2012-000041호
주소 | 경기도 고양시 일산서구 대산로 123, 현대프라자 342호(주엽동, K일산비즈니스센터)

전화 | 031-944-6907 • 팩스 | 031-944-6908
홈페이지 | www.noblewithbooks.com
E-mail | idea444@naver.com

출판 기획 | 조선우 • 책임 편집 | 조선우
표지 & 본문 디자인 | twoesdesign

값 20,000원
ISBN 978-89-97863-95-2 (03800)

이 도서의 국립중앙도서관 출판예정도서목록(CIP)은
서지정보유통지원시스템 홈페이지(http://seoji.nl.go.kr)와
국가자료공동목록시스템(http://www.nl.go.kr/kolisnet)에서
이용하실 수 있습니다.
(CIP제어번호: CIP2018040832)